GOLDMANN

Buch

Bob Ghostly beauftragt den Privatdetektiv Fred Carver, seine Frau zu suchen. Erst nach vielen bohrenden Fragen gibt Ghostly schließlich preis, was er eigentlich zurückhalten wollte: Seine verschwundene Frau Beth ist heroinsüchtig, und er fürchtet um ihr Leben. Carver übernimmt den Fall, aber erst nachdem ein Mord geschieht, kommt er hinter die wahre Identität seines Auftraggebers. Es ist der Drogenboß Roberto Gomez. Und als Carver die verschwundene Frau findet, weiß er, daß ihr Leben wirklich bedroht ist: Ihr Ehemann selbst will sie umbringen, weil er sie für den Tod ihres gemeinsamen Kindes verantwortlich macht. Carver will ihr helfen und stürzt sich damit mitten in den höllengleichen Alptraum einer jungen Frau.

Autor

John Lutz lebt als Schriftsteller in der Nähe von St. Louis, Missouri. Er gehört in Amerika zu den angesehensten Krimi-Autoren, und seine Arbeiten wurden bereits mehrfach ausgezeichnet (mit dem Edgar-Allan-Poe-Preis und dem Shamus Award).

»John Lutz hat ein weiteres Buch geschaffen, das man nicht aus der Hand legen kann, und nichts anderes haben wir von dem Autor erwartet.« *(Robert J. Randisi)*

Von John Lutz sind außerdem bei Goldmann erschienen:

Ein Tropfen Tod (5151)
Ein flammend heißer Tag (5150)
Das zweite Leben des Bert Renway (5164)

JOHN LUTZ

FEUER IM BLUT

Kriminalroman

Aus dem Amerikanischen
von Ulrich Hoffmann

GOLDMANN VERLAG

Deutsche Erstausgabe

Die Originalausgabe erschien unter dem Titel
»Bloodfire« bei Henri Holt, New York

Umwelthinweis:
Alle bedruckten Materialien
dieses Taschenbuches sind chlorfrei
und umweltfreundlich.
Das Papier enthält bereits
Recyclinganteile.

Der Goldmann Verlag
ist ein Unternehmen der Verlagsgruppe Bertelsmann

Made in Germany · 1. Auflage · 10/92

Umschlaggestaltung: Design Team München
Umschlagillustration: Veron, Hamburg
Satz: Uhl+Massopust, Aalen
Druck: Elsnerdruck, Berlin
Krimi: 5163
Lektorat: Ulrich Genzler
Redaktion: Ursula Walther
Herstellung: Heidrun Nawrot
ISBN 3-442-05163-0

Für Ben

Thus at the flaming forge of life
Our fortunes must be wrought;
Thus on its sounding anvil shaped
Each burning deed and thought.

– Longfellow
The Village Blacksmith

It is not in our power to love or hate,
For will in us is over-rul'd by fate.

– Marlowe
Hero and Leander

1

Die Wellen rauschten, und die Strömung trug ihn in Richtung Küste. Carver spürte, wie der Auftrieb abnahm. Sein Körper schien schwerer zu werden. Finger und Zehen berührten groben Sand und zermahlene Muschelschalen. Die Wellen verliefen sich auf dem flachen Strand, das Wasser schäumte um seinen plötzlich träge und steif wirkenden Körper. Carver zog sein steifes Bein nach und schob sich durch das seichte Wasser auf den Strand.

Kaum reckte er sich aus dem erfrischenden Naß, brannte die Sonne Floridas gnadenlos auf ihn herunter, und auf seinen Schultern und im Nacken mischte sich Schweiß mit dem Salzwasser. Carver hatte keine Angst, einen Sonnenbrand zu bekommen; von seinen allmorgendlichen therapeutischen Schwimmübungen war seine Haut bereits tiefbraun.

Durch das flache Wasser robbte er auf die Stelle zu, wo er seinen Stock wie einen Speer in den Sand gebohrt hatte. Er hievte sich aus dem Wasser, nahm sein Handtuch und schüttelte den Sand in die heiße Morgenluft. Rubbelte sein Gesicht und den kahl werdenden Schädel mit dem rauhen Stoff trokken. Setzte sich in den warmen Sand, das steife Bein vor sich ausgestreckt, und sah aufs Meer hinaus. Weit draußen lag ein riesengroßer Frachter. Vor dem dunstig blauen Horizont sah er beinahe aus wie eine Insel – daß er in Richtung Norden fuhr, war nur mit Mühe zu ahnen. Näher an der Küste waren etliche weiße Dreiecke zu sehen: Segel, die alle in exakt demselben Winkel im Wind lagen. Ein paar Möwen flogen umher, dunkle Flecken am strahlendhellen Himmel, sie wurden vom warmen Wind auf und ab getragen.

Carver sah gern aufs Meer hinaus; er saß ruhig da und lauschte dem jahrtausendealten Rhythmus der sich brechenden Wellen, während er den Fischgestank lebender und toter Dinge einatmete, die das Meer hervorgebracht hatte und sich nun wieder einverleibte. Zwischen dem Rauschen der Wellen, dem jedesmal lauter werdenden Auflaufen und dem leiseren Ablaufen des Wassers, drangen manchmal gedämpfte Rufe zu ihm herüber; schon so früh am Tag trieben sich braungebrannte Sonnenanbeter auf dem öffentlichen Strand herum, der nur ein paar hundert Meter weiter rechts begann, wo sich die Küste von seiner Strandhütte und dem dazugehörigen Stückchen privatem Sand abzuwenden schien.

Nur ein winziger Teil des öffentlichen Strandes war noch im Blickfeld. Carver sah, wie sich ein schlankes junges Mädchen in einem weißen Einteiler in die Fluten stürzte und dann erschreckt herumhüpfte, als stünde das Wasser unter Strom. Sie rief irgend jemandem am Strand etwas zu, schüttelte ihr langes blondes Haar und rannte aus der Reichweite der Wellen und Carvers Sicht hinaus hinter die Biegung der Küste. Carver hörte noch einen Ruf. Dann Gelächter.

Aus dem Augenwinkel nahm er eine Bewegung wahr. Ein Mann kam vom öffentlichen Strand auf ihn zu.

Carver beugte seinen Kopf ganz leicht nach vorn und sah weiterhin aufs Meer, so als habe er den Eindringling gar nicht wahrgenommen. Der Mann wirkte normal groß und schwer, schien aber ungewöhnlich muskulös zu sein. Er war gleichmäßig gebräunt, als würde er viel Zeit im Freien verbringen, und hatte eine rote Badehose an, die seinen flachen Bauch betonte. In der rechten Hand trug er ein zusammengefaltetes weißes Handtuch. An den Absätzen seiner Strandschlappen bildeten sich bei jedem Schritt kleine Sandfähnchen.

Carver nahm an, daß er vorbeigehen würde, um zu dem Steinstrand auf der linken Seite zu gelangen, der allerdings zu ungemütlich zum Schwimmen oder Sonnenbaden war. Er saß da und hörte auf die leisen Geräusche der Schritte im Sand, als der Mann hinter ihm war.

Das Rieseln des Sandes, das bei jedem Schritt zu hören war, hörte auf. Der Mann war hinter ihm stehengeblieben.

Carver sah sich um. Der Mann blickte auf ihn herunter. Er war vielleicht vierzig, aber noch gut in Schuß. Die Bräune wirkte schon fast zu gleichmäßig, so, als hätte er mit Sonnenstudiobesuchen nachgeholfen. Auf eine düstere, klassische Art sah er gut aus, obwohl sein gewelltes schwarzes Haar schon grau wurde. Eine der buschigen dunklen Augenbrauen saß höher als die andere. Jetzt kroch sie noch höher auf die Stirn hinauf, was ihm einen hochmütigen, amüsierten Ausdruck verlieh, als würde er in einer Welt voller Mittelmaß leben und seine Mitmenschen mit Geringschätzung zur Kenntnis nehmen. Er hatte braune Augen und präsentierte perfekte Zähne, als er lächelnd sagte: »Gut geschwommen?«

»Wie immer«, antwortete Carver und starrte weiterhin auf die See hinaus, während er darauf wartete, daß der Mann weiterging.

Statt dessen kam er um Carver herum und blickte auch aufs Meer. Sogar seine Art zu stehen wirkte hochmütig.

Carver hatte keine Lust, Konversation zu machen. »Das ist 'n Privatstrand«, sagte er freundlich. »Aber ich hab' nichts dagegen, wenn Sie ihn als Abkürzung benutzen.«

»Sie sind nicht gerade höflich«, sagte der Mann, drehte sich aber nicht um. »Auf diese Art werden Sie die Klienten verschrecken.«

»Klienten?«

Jetzt wandte er sich um und wiederholte diese großkotzig-amüsierte Sache mit seiner Augenbraue: Carver war seine Zeit kaum wert, trotzdem stand er hier, und Carver war ziemlich dämlich, wenn er sich darüber nicht freute. »Sie sind Privatdetektiv, nicht wahr, Mr. Carver?«

»Ja. Mein Büro ist in der Stadt, in der Magellan Avenue, genau gegenüber vom Rathaus.«

»Machen Sie nur dort Geschäfte?«

»Nein«, antwortete Carver, weil er befand, daß er sich wie ein stures Arschloch benahm, obwohl das völlig unnötig war. Sagte Edwina ihm nicht dauernd, er wäre zu zynisch? Daß er das Leben gar nicht mögen wollte? Er packte seinen Stock auf halber Höhe und stemmte sich hoch. Sah dem Mann in die Augen, lächelte freundlich und fragte: »Sind Sie ein Klient?«

»Ich könnte einer werden, wenn Sie den Fall übernehmen.« Er streckte seine rechte Hand aus. »Ich bin Bob Ghostly.«

Carver gab ihm die Hand. Der Griff des Mannes war kraftvoll und trocken, und irgendwo schien noch ein wenig verborgene Energie zu lauern. »Meinen Namen kennen Sie ja schon.«

»Den Vornamen nicht.«

»Fred«, sagte Carver und fragte sich, weshalb ein potentieller Klient seinen Vornamen wissen wollte. »Aber normalerweise nennen mich alle einfach Carver.«

»In Ordnung, Carver.« Schon wieder dieses leutselige Lächeln, diesmal gepaart mit der Geringschätzung der hochgezogenen Augenbraue. »Wollen Sie wissen, worum es geht?«

»Gehen wir ins Haus«, sagte Carver. »Dort ist's kühler. Und ich würde gern ein Bier trinken.«

»Klingt gut.«

Carver klemmte sich sein Badetuch unter den Arm und

ging über den leicht ansteigenden Strand voraus zu seinem niedrigen Haus mit dem flachen Schindeldach. Er mußte aufpassen, daß er seinen Stock in dem weichen Sand ordentlich aufsetzte, bevor er sein Gewicht darauf stützte. Er konnte den leisen, gleichmäßigen Gang des Mannes hinter sich hören, ab und zu auch den rieselnden Sand und die klatschenden Gummisohlen. Ghostly blieb ein Stück zurück, als wollte er Carver keinesfalls durch die Tatsache verärgern, daß er zwei starke und gesunde Beine hatte. Vielleicht kam es Carver auch nur so vor, weil sein Selbstmitleid alle Wahrnehmungen überlagerte. Darauf mußte er mal achten.

Er zog die Fliegentür auf und trat zur Seite, damit Ghostly zuerst hineingehen konnte. Er folgte ihm und ließ die Tür hinter sich zufallen. Das Knallen von Holz auf Holz hallte wider und verlor sich dann im Hintergrundrauschen des Meeres, als verschwände es irgendwo in der Ewigkeit.

Ghostly stand da und sah sich um. Eine Hütte mit nur einem Raum, Holzboden; eine spanische Wand teilte den Bereich ab, in dem Carver schlief. Neben der Kochnische stand ein kleiner Frühstückstisch, an dem Carver normalerweise im Stehen aß, ganz so, als wäre er kein Krüppel. Ein paar vertrocknete Pflanzen hingen an dünnen Kettchen von der Decke und bildeten eine merkwürdige Silhouette vor dem großen Fenster zum Atlantik. »Nett hier«, sagte Ghostly. Es klang total unglaubwürdig.

Carver warf sein nasses Handtuch auf den Regiestuhl aus Segeltuch neben der Tür. Humpelte zum Kühlschrank und öffnete ihn. Kalte Luft schien auf seine bloßen Füße zu fallen. Er nahm eine eiskalte, rot-weiße Dose heraus und fragte: »Möchten Sie 'n Budweiser? Was anderes hab' ich nicht.«

»Stimmt«, kommentierte Ghostly. »Ich kann keine Lebensmittel entdecken.«

Carver richtete sich auf und sah ihn an. »Möchten Sie nun ein Bier oder nicht?«

»Nein, danke.« Ghostly lächelte, und seine asynchronen Augenbrauen turnten auf seiner Stirn herum. Carver hatte langsam den Eindruck, daß der Typ einfach nur irgendein Klugscheißer war, der versuchte, ganz nett zu wirken, das aber überhaupt nicht auf die Reihe kriegte. Irgendeine ganz unangenehme Ecke war immer zu ahnen.

Carver öffnete die Bierdose und genoß das Zischen. Ein paar Tropfen kaltes Bier liefen ihm über Daumen und Zeigefinger. Er goß sich die halbe Dose in den Hals, was seine Schleimhäute ziemlich schockierte, und wischte sich den Schaum von der Oberlippe. »Was ist Ihr Problem, Mr. Ghostly?«

»Meine Frau.«

Dieses Mal mußte Carver ein Lächeln unterdrücken. Es war immer dasselbe. Das ernährte ihn: der Kampf der Geschlechter. Liebe, Lust oder irgendwas anderes hielt die Welt in Bewegung und ließ hin und wieder Leute vor Carvers Haustür stranden.

Er nahm den Griff seines Walnußholzstocks in die eine Hand, das Bier in die andere, und hinkte zu dem Regiestuhl. Er hatte sich noch nicht abgetrocknet und zog eine Wasserspur durch den Raum. Er setzte sich auf das Handtuch. Hier saß er immer nach dem Schwimmen, es war ihm egal, ob das Segeltuch naß wurde. Er nahm einen weiteren Schluck Bier und wartete darauf, daß Ghostly fortfuhr.

»Sie ist verschwunden«, sagte Ghostly.

Wie originell, dachte Carver. Er sagte nichts.

Ghostly kaute auf seiner Unterlippe herum und demonstrierte Carver so, wie besorgt er war. »Letzte Woche bin ich aufgewacht, und sie war weg. Hatte einen Zettel dagelassen, auf dem stand, daß sie nicht wiederkäme.«

»Waren das genau ihre Worte?« fragte Carver.

»Ja, ganz genau. ›Bob, ich habe genug. Ich gehe und komme nicht wieder.‹ Ich erinnere mich an jedes Wort.«

»Haben Sie den Zettel noch?«

»Nein. Ich hab' ihn weggeworfen. Wußte nicht, wozu er nütze sein könnte.«

Das klang nicht allzu wahr in Carvers Ohren. Normalerweise hoben verlassene Eheleute solche Zettel auf. Die letzte Nachricht von jemandem, den sie vielleicht nie wiedersehen würden. Im Streitfall vielleicht auch ein greifbarer Beweis für Untreue. »Hat sie unterschrieben?«

»Sicher. Nicht mit Nachnamen. Nur ›Elizabeth‹.«

Carver sah die halbleere Bierdose an. »Einfach so? Mit dem ganzen Vornamen?«

Ghostly nickte.

»Wie haben Sie sie denn normalerweise genannt?«

»Beth. Ihre Freundinnen nannten – nennen – sie auch so.«

»Aber unterschrieben hat sie mit Elizabeth. Ziemlich förmlich, finden Sie nicht? War es ihre Handschrift?«

»Ja, ganz sicher.«

»Hatte sie irgendeinen Grund, abzuhauen?«

»Muß sie ja. Schließlich ist sie verschwunden.«

Klugscheißer. »Ich dachte eher an etwas, von dem Sie wissen. Haben Sie sich gestritten, bevor sie Sie verließ? Irgendwelchen Ärger?«

Zum ersten Mal sah Ghostly verunsichert aus. Starrte Carver abschätzend an und kaute wieder auf seiner Unterlippe herum, diesmal aber, weil er wirklich nachdachte. »Wenn ich Ihr Klient werde, sind diese Angaben dann vertraulich?«

»Das sind sie sowieso«, beruhigte Carver ihn.

»Trotzdem . . .« Ghostly faltete sein Handtuch auseinander. Ein ledernes Portemonnaie und eine Sonnenbrille waren darin eingewickelt gewesen. Er nahm einen Geldschein aus dem teuren Kroko-Portemonnaie und hielt ihn Carver hin. Tausend Dollar. »Ich möchte sicher sein, daß kein Wort unserer Unterhaltung diesen Raum verläßt. Ich möchte, daß Sie einer Art moralischen oder professionellen Schweigepflicht unterliegen. Bitte nehmen Sie das Geld. Dann bin ich Ihr Klient, bevor ich weiterrede. Anschließend können Sie den Fall übernehmen oder abgeben, die tausend können Sie in jedem Fall behalten.«

Carver wurde neugierig und entschied sich mitzuspielen. In den Fernsehshows mußten die Leute schließlich auch nicht besonders viel für ihr Geld tun. Er nahm den Geldschein, faltete ihn und stopfte ihn hinter das Gummiband seiner Badehose. »Sie können sich auf mich verlassen«, sagte er.

»Ich weiß«, antwortete Ghostly. »Ich habe Informationen eingeholt, bevor ich hergekommen bin. Sie sollen 'ne Menge Eigenschaften haben, Carver. Eine davon ist Ehrlichkeit.«

Den Rest wollte Carver gar nicht hören. Es war besser, bei Ehrlichkeit aufzuhören, solange er noch im Vorteil war. Er sank wieder in den Regiestuhl aus Holz und Tuch, der unter seinem Gewicht leise ächzte. Legte seinen Krückstock quer über den Schoß und streckte sein steifes Bein aus – die Folge einer einzigen Kugel... Was für eine Welt.

»Erzählen Sie mir von Elizabeth.«

2

Ghostly hatte seine muskulösen Arme vor der Brust verschränkt und die Beine gespreizt. Daß seine Frau verschwunden war, schien ihn eher zu irritieren als ihm wirklich Sorgen zu machen. »Beth und ich sind seit fünf Jahren verheiratet«, sagte er zögernd. »Wir kommen aus New York. Seit drei Jahren leben wir hier in Florida. Um ehrlich zu sein, wir mochten New York beide lieber...«

»Fast jeder hier in Florida kommt von woanders«, sagte Carver freundlich, als er bemerkte, daß Ghostly nicht so recht weiterwußte. Was gab es auch zu sagen, wenn man eines Morgens aufwachte und statt seiner Frau einen Zettel fand? Keine ungewöhnliche Situation in einer modernen Ehe, aber doch eine belastende. »Wenn Sie New York lieber mochten, warum sind Sie dann nach Florida gezogen?«

»Mein Job. Ich wurde versetzt. Ich bin Vertreter eines Arzneimittelgroßhandels, und wir haben 'ne Menge Kunden in Mittel- und Südflorida.«

»Haben Sie Kinder?«

Ghostly schien diese Frage etwas verwirrend zu finden. Seine asynchronen Augenbrauen führten einen wilden Tanz über seinen großen Augen auf; es sah ziemlich komisch aus. Er beruhigte sich wieder und sagte: »Keine Kinder. Nur Beth und ich.«

»Sie leben in Del Moray?«

»Nein. In Orlando.«

»Glauben Sie, daß Beth nach New York zurückgekehrt ist?«

»Nein. Weiß nicht. Könnte sein.«

Carver lehnte sich zurück und betrachtete Ghostly, dessen arrogantes Auftreten überhaupt nicht zu seinem verunsicherten Gestammel paßte. Arzneimittelvertreter, hatte er gesagt. Es gab solche und solche Vertreter, aber nur die wenigsten unter ihnen waren offensichtlich arrogant. Mit Heuchelei verkauft man Ware, mit Arroganz nicht. Jedenfalls keine Arzneimittel. »Konnte sie Florida so wenig leiden, daß sie deswegen gegangen ist?«

Ghostly zuckte mit den Achseln, als wollte er sagen: »Sie sind doch der Detektiv.«

Was ja auch stimmte. Carver fragte: »Noch mal: Haben Sie sich gestritten, bevor sie verschwunden ist?«

»Nein, wir kamen gut zurecht.«

»Immer?«

»Meistens.«

»Hat sie sich in letzter Zeit irgendwie merkwürdig verhalten? Anders als sonst?«

»Merkwürdig? Nicht, daß ich wüßte. Das ist es ja. Deswegen mache ich mir solche Sorgen. Vielleicht ist sie entführt worden, oder so.«

»Oder so?«

»Na ja, Sie wissen schon.«

Carver wußte nicht. Aber er ließ das Thema erst einmal ruhen. »Also war alles in Ordnung, und plötzlich ist sie weg?«

Ghostly nickte. Er fuhr sich mit den Fingern durch sein dichtes, schwarzes Haar. Kratzte sich geistesabwesend zwischen den Beinen. »Ja, so könnte man es sagen. Und deswegen mache ich mir Sorgen.«

Carver sah durch das Fenster auf den blaugrünen gewellten Ozean hinter den vertrockneten Topfpflanzen. Ein paar Wolken waren am Horizont zu sehen, sie hingen tief und wurden aufs Land zugeweht. Ein großer Vogel flatterte vorbei – parallel zur Küste. Vielleicht ein Albatros. Carver wußte es nicht; er konnte sich nicht erinnern, jemals einen Albatros gesehen zu haben, und hatte deshalb keine Ahnung, wie einer aussah. Groß, auf alle Fälle.

»Also, was ist?« fragte Ghostly. »Nehmen Sie den Fall an, und suchen Sie nach meiner Frau? Ich würde es natürlich honorieren, auch finanziell. Ich hab' Geld auf der hohen Kante, und ich wüßte keine bessere Verwendung dafür.«

»Warum sparen Sie sich Ihr Geld nicht und rufen die Polizei?«

Ghostly stemmte die Fäuste in die Hüften und sah ihn genervt an. »Ich habe doch schon gesagt: Sie hat eine Nachricht hinterlassen. Deshalb gilt sie für die Polizei nicht als vermißt. Die kümmern sich nicht darum. Aber ich bin ihr Mann, und ich glaube nicht, daß Beth einfach sò abhauen würde. Und selbst wenn, möchte ich sie gern finden und mit ihr reden.«

Gute Gründe. Und was sonst hatte Carver zu tun, wenn er nicht nach Elizabeth Ghostly suchen würde? Morgens schwimmen – und dann? Die Frau, die er liebte, Edwina Talbot, war auf einem Maklertreffen in Atlanta. Was einer der Gründe dafür war, daß Carver überhaupt hier in seiner kleinen Hütte wohnte, statt in ihrem Strandhaus, wo sie normalerweise gemeinsam lebten. Der andere Grund war, daß Edwina sich in letzter Zeit ziemlich merkwürdig benahm. Sie hatten die letzten Jahre eine sehr enge Beziehung gehabt, aber jeder hatte auf seine Unabhängigkeit sehr viel Wert gelegt. Viel Platz zum Atmen für beide. Keine Verpflichtungen.

Vor einer Woche hatte Edwina ihn gefragt, ob er sie heiraten wolle, und Carver hatte abgelehnt. Seitdem hielt sie Abstand von ihm, sowohl physisch als auch emotional. Er war einfach noch nicht bereit für eine neue Ehe.

»Ich werde nach Ihrer Frau suchen, Mr. Ghostly«, sagte er.

»Ich brauche noch ein paar Informationen. Und ein Foto, das neueste, das Sie haben.«

Ghostly grinste und antwortete: »Ich seh' mir gern Detektivfilme an, also weiß ich, wie so was läuft. Ich hab' ein Foto mitgebracht.« Er nahm das gefaltete Handtuch, das er auf den Fußboden gelegt hatte, und zog einen Schnappschuß in einer Plastikhülle heraus. Er gab ihn Carver.

Carver legte das Bild auf seine bloßen Schenkel und betrachtete es. Er war überrascht, daß Elizabeth Ghostly eine Schwarze war. Eine schöne schwarze Frau. Hohe, breite Wangenknochen, lebendige dunkle Augen, kräftige Nase und volle Lippen. Sie trug etwas, das aussah wie ein Cocktailkleid und mehr zeigte, als es verbarg. Perlohrringe. Um ihren Hals wand sich eine Perlenkette, die reizvoll mit ihrer dunklen Haut kontrastierte. Hinter ihr waren eine Mauer, eine Tür mit Ornamenten und ein paar Männer in Smoking zu erkennen. Sie sahen eher nach Rausschmeißern als nach Oberkellnern aus.

»Das wurde vor sechs Monaten auf einer Verkaufstagung gemacht«, sagte Ghostly. »In Miami. Doral Hotel.«

»Sie ist eine attraktive Frau«, sagte Carver.

Einen Moment lang sah Ghostly richtig stolz aus, strahlte aber immer noch ein wenig Arroganz aus. Sein bestes Stück war gelobt worden. Dann erst schien er sich daran zu erinnern, daß sie verschwunden war, und runzelte die Stirn.

»Manchmal sind gemischtrassige Ehen ganz schön anstrengend«, sagte Carver. »Könnte einen der Partner dazu bewegen, sich abzusetzen. Kennen Sie das Gefühl? Ich meine, Florida ist schließlich nicht New York!«

»Nun ja, es gab natürlich hin und wieder Vorfälle, die Beth wohl als diskriminierend bezeichnen würde. Getratsche in unserer Wohnanlage. Aber das hat sich gelegt und stört sie –

uns – nicht mehr. Und mittlerweile ist Beth sowieso nicht mehr die einzige Schwarze in *Beau Capri*.«

»Beau Capri?«

»Ja. Die Wohnanlage. Direkt am *Orange Blossom Trail*.«

Carver stützte sich auf seinen Stock und stemmte sich in den Stand. Hinkte hinüber zum Küchentisch. Der Stock pochte auf den Boden. Carver ging um den Tisch herum. Fischte Papier und Bleistift aus einer Schublade. »Beschreiben Sie mir Ihre Frau bitte so genau wie möglich.«

Das schien Ghostly gern zu tun. Abwesend schlenderte er umher, Hände in die Hüften gestützt, und sagte: »Sie ist dreiunddreißig, ziemlich groß und hat, nun ja, eine ziemlich gute Figur. Zieht sich auch hübsch an.«

»Irgendwelche besonderen Kennzeichen? Narben oder so?«

»Ah, ja. Eine zwölf Zentimeter lange Narbe auf dem Bauch. Sie hatte irgendeine Operation, bevor wir uns kennenlernten.«

Carver fand es ziemlich merkwürdig, daß Ghostly nicht wußte, was für eine Operation sie gehabt hatte. »Hat sie Familie in New York?«

»Nein, sie ist allein. Ihre Familie ist tot.«

Carver starrte ihn an, kritzelte dann diese Information neben die Beschreibung von Beth Ghostly. »Besondere Angewohnheiten? Hobbys? Irgendwas, woraus man schließen könnte, wo sie steckt?«

»Sie geht gern tanzen«, sagte Ghostly. »Macht sich ’nen schönen Abend, so in der Art. Sie ist nicht allzu wild, nicht auf der Suche nach Abenteuern, wenn Sie wissen, was ich meine. Sie hat nur gern Spaß.« Beschwichtigend setzte er hinzu: »Das ist ja auch in Ordnung.«

»Hat sie Geld mitgenommen?«

»Ein paar hundert Dollar. Frauen wie Beth brauchen nicht viel Geld, um sich zu amüsieren.«

»Was ißt sie gern?«

»Wie bitte?«

»Essen«, wiederholte Carver. »Wenn Leute abhauen oder in den Untergrund gehen, besuchen sie oft weiterhin Restaurants, in denen es ihr Lieblingsessen gibt. Ein guter Weg, sie aufzuspüren.«

»Wenn man weiß, in welcher Stadt sie sind.«

»Ja, das kommt zuerst«, gab Carver zu.

Ghostly starrte zur Decke und dachte nach. »Sie ißt am liebsten italienisch, würde ich sagen. Pasta. Aber sie nimmt davon nie zu. Erstaunlich.«

»Drogen? Tabletten?«

Ghostlys Gesicht rötete sich unter der gleichmäßigen Bräune. Er schien empört, daß Carver an so etwas auch nur gedacht hatte. »Vielleicht habe ich den falschen Eindruck hinterlassen, Carver, aber sie ist nicht so eine Frau. Glauben Sie mir.«

»Dann geben Sie mir einen Tip, Mr. Ghostly. Wo könnte sie sein? Es gibt 'ne Menge italienische Restaurants und Diskotheken in Florida.«

Ghostly setzte eine unwissende Miene auf und hob in einer hilflosen Gebärde die Schultern. »Es wirkt bestimmt komisch, man lebt über fünf Jahre mit einer Frau zusammen und kann kaum etwas über sie erzählen. Aber wir haben unsere Zeit meistens irgendwo verbracht, wo es weder Pasta noch Musik gab. Ich meine, Beth hat gern mal Spaß, aber sie ist auch gern zu Hause. Liest viel.«

Eine Frau mit vielen Neigungen. »Was liest sie?«

»Was weiß ich. Ich bin kein großer Leser. Normalerweise steckte ihre Nase in irgendeinem Buch oder in einer Zeitung, mehr weiß ich nicht. Sie mochte jedenfalls gern Romane von Leuten, deren Namen ich noch nie gehört habe.«

»Holte sie sich die aus der Bücherei?«

»Nein, sie hat sie gekauft.«

Cambridge sagte: »Na bitte, da ist doch schon was!«

Ghostly rieb sich mit Daumen und Zeigefinger über das Kinn, als wollte er feststellen, ob er eine Rasur nötig habe. Er schien sich plötzlich unwohl zu fühlen. Carver half ihm nicht aus der Klemme, sondern starrte ihn einfach nur an. Es war sein Zug. Sein Spiel, um genau zu sein.

Ghostly atmete tief ein. »In Ordnung, ich hab' Ihnen ein paar Sachen verschwiegen.«

»Wenn Sie wollen, daß ich sie finde«, kommentierte Carver trocken, »geht das schneller und sicherer, wenn Sie mir alles erzählen.«

»Alles?« Ghostly verlagerte sein Gewicht auf das andere Bein. Stand locker da. Er schien sich entschieden zu haben, Carver zu vertrauen. »Ich habe Ihnen einige Details verschwiegen, Carver.«

»Das Gefühl hatte ich auch.«

»Der Hauptgrund, warum ich zu Ihnen gekommen bin, statt zur Polizei zu gehen, ist Beths, hm, Angewohnheit.«

»Drogen?« Was sonst – in Florida, als Frau eines Arzneimittelvertreters? Fingernägelkauen?

Ghostly sah jetzt so aus, als würde er jeden Moment losschluchzen. Er atmete aus, prustete die Luft durch zusammengepreßte Lippen, wie es Pferde manchmal tun. »Einige Ärzte geben ihren Patienten Heroin als Schmerzmittel, wenn nichts anderes mehr hilft. Das ist ein absolut legaler Einsatzbereich für das Zeug, vorausgesetzt, daß der Arzt es verschreibt. Ich hatte es im Sortiment. Trotz der strikten Überwachungsbestimmungen hab' ich erst vor ungefähr einem

Jahr gemerkt, daß Beth sich welches aus meinen Vorräten abzweigte. Sie gestand mir, daß sie abhängig war.«

»Haben Sie ihr Hilfe besorgt?«

»Entzug? Ich hab's versucht, aber sie wollte nicht. Sie... nun ja, sie schämte sich.«

»Also haben Sie sie heimlich mit Stoff versorgt.«

»Ja. Allerdings nie besonders viel. Und kurz bevor sie mich verließ, erklärte sie sich bereit, Methadon zu nehmen. Und wenn das nichts brächte, wollte sie in eine Reha-Klinik gehen.«

Carver konnte sich vorstellen, wie es vielleicht gelaufen war. Eine Frau, die wußte, daß sie viel abhängiger war, als ihr Ehemann annahm. Die wußte – oder vermutete –, daß es kein Zurück mehr für sie gab. Vielleicht hatte sie ihn verlassen, weil er sie nicht verstehen konnte. Vielleicht wollte sie nicht, daß er miterlebte, wie sie daran zugrunde ging. Gründe genug zum Abhauen hatte Beth Ghostly ganz bestimmt.

Ghostly wirkte jetzt gar nicht mehr arrogant. Es war ihm nicht leichtgefallen, Carver von der Drogensucht seiner Frau zu erzählen, und es hatte ihn auch in Gefahr gebracht: Einen Abhängigen, sogar die eigene Ehefrau, mit Stoff zu versorgen, war strafbar. Rein rechtlich war Carver verpflichtet, ihn anzuzeigen. Die Tatsache, daß Ghostly dann ihr gesamtes Gespräch abstreiten würde, sorgte dafür, daß Carver über dieses moralische Dilemma nicht einmal nachdenken mußte. Das Beste wäre, wenn Beth zu ihrem Mann zurückkehrte und ihre Sucht behandelt würde. Dann hatte sie vielleicht eine Chance. Sie müßte durch die Hölle gehen, aber sie hätte eine Chance.

Carver fragte: »Bekam sie ihren Stoff noch von jemand anderem außer Ihnen?«

»Tja, ich denke, ich sollte wirklich ehrlich mit Ihnen sein. Ich vermute, daß sie noch von jemand anderem was kaufte.

Hab' allerdings keine Ahnung, wann oder von wem. Der einzige Grund, das anzunehmen, ist, daß sie von dem bißchen, das ich ihr gegeben habe, kaum so abhängig hätte werden können. Auf keinen Fall.« Seine Augen füllten sich mit Tränen. »Verdammt, Carver, sie bettelte darum! Sie hätte alles dafür getan! Das hat mich krank gemacht!« Er wandte sich für einen Moment ab, um sich zu beruhigen. Als er sich langsam wieder umdrehte, war sein Gesicht blaß. »Mir wird immer noch übel, wenn ich daran denke.«

»Und jetzt läuft sie irgendwo dort draußen herum, mit nicht mehr als ein-, zweihundert Dollar in der Tasche.«

»Nein, sie hat mehr. Ich habe gelogen. Letzte Woche war ich auf der Bank und habe festgestellt, daß sie exakt die Hälfte unserer Ersparnisse abgehoben hat.«

»Das wäre wieviel?«

»Fast zehntausend Dollar.«

»Genug, um sie 'ne Weile mit Dope zu versorgen, wenn sie irgendwo einen Dealer findet.«

»Mit zehntausend kommt sie nicht weit bei ihrem Verbrauch. Die werden mit ihr tun können, was sie wollen. Das macht mir noch viel mehr angst.«

Carver saß eine Weile da und starrte auf das Bild. Sah auf und sagte: »Ich schau' mal nach ihr«, als wäre das keine besondere Sache und als hätte er nicht gerade sehr sorgfältig überlegt, ob er sich in diesen Fall hineinziehen lassen wollte oder nicht. »Wo kann ich Sie erreichen?«

»Ich werde die nächste Woche nicht zu Hause sein«, antwortete Ghostly. »Ein Meeting in Miami, das ich nicht versäumen kann, ohne meinen Job zu riskieren.« Er wackelte ängstlich mit seinen absonderlichen Augenbrauen. »Gott, das wäre echt der Hammer, wenn ich jetzt auch noch meinen Job verlieren würde.«

»Fahren Sie zu dem Meeting«, beruhigte Carver ihn. »Wenn ich weitere Informationen brauche, ruf' ich in Ihrem Hotel an.«

»Sehr gut. Ich wohne im Holiday Inn an der Collins.« Er beugte sich vor und schüttelte Carvers Hand. Diesmal wirkte sein Griff verunsichert und schwach. »Finden Sie sie, Carver. Bitte.«

»Ich gebe mein Bestes«, sagte Carver. »War Beth mit irgendwelchen Nachbarn gut befreundet?«

»Eigentlich nicht. Wir waren meistens allein. Und ich war sowieso die meiste Zeit auf Reisen.«

Carver löste seine rechte Hand aus Ghostlys Griff. Er bat Ghostly, einen Standardvertrag zu unterschreiben und noch ein paar Fragen zu beantworten, bevor er ging. Ghostly stimmte sofort zu, und Carver hinkte zu der Kommode hinter der spanischen Wand. Zog einen Vertrag aus der mittleren Schublade.

Ghostly unterschrieb, legte den Stift hin und wiederholte: »Finden Sie sie.« Eher ein Gebet als eine Bitte.

»Sollte ich sie nicht finden können«, sagte Carver, »muß sie trotzdem gefunden werden. Ihr muß trotzdem geholfen werden. Sind Sie damit einverstanden, zur Polizei zu gehen, wenn ich feststelle, daß ich nur Ihr Geld verschwende?«

»Darüber habe ich nachgedacht, bevor ich zu Ihnen gekommen bin«, sagte Ghostly. »Die Antwort ist: ja.«

Carver gab ihm eine Kopie des Vertrages. »Mr. Ghostly, ich werde tun, was ich kann, damit es nicht so weit kommt.«

Ghostly ließ weitere zehn Minuten Frage-und-Antwort über sich ergehen. Dann verließ er mit einem dünnen Lächeln Carvers Strandhütte und hinterließ nur jenes unbestimmbare Gefühl, das Carver schon Unbehagen bereitet hatte, als Ghostly ihn am Strand entdeckt hatte.

Vielleicht war es dieses Unbehagen, das Carver – neben seiner Neugier – veranlaßt hatte, den Fall zu übernehmen. Das und das Geld.

Und eine junge Frau, die irgendwo dort draußen auf der Flucht war, allein und verunsichert.

3

Die *Beau Capri*-Wohnanlage sah trotz des Namens nicht im mindesten französisch aus. Während Carver seinen antiken Olds Cabrio über eine mit Azaleen gesäumte Einfahrt auf den Parkplatz lenkte, sah er etliche dreistöckige Wohnklötze aus großen Gußbetonplatten; sie schienen mit Muschelschalen verziert zu sein. Auf den flachen Dächern waren die großen Kästen der Klimaanlagen zu erkennen. Sie waren von symmetrischen, niedrigen Lattenzäunen eingerahmt, die aussahen, als gehörten sie auf den Erdboden und nicht in den dritten Stock. Mitten zwischen vier Gebäuden befand sich der unvermeidbare Swimmingpool, ebenso phantasielos hingekachelt wie der Rest der Anlage. Ein rechteckiges Becken mit einem hohen und einem niedrigen Sprungbrett, breitem Betonrand und unbequem aussehenden Nylonstühlen und -liegen. Diese Ansammlung bewohnter Langeweile war von Maschendraht umzäunt, der mit irgendeinem pastell-rosa Plastik überzogen war, das Carver noch niemals zuvor gesehen hatte. Voltaire hätte mit seinem Leben das Recht der Bewohner verteidigt, in *Beau Capri* zu leben, aber er wäre niemals selbst hier eingezogen.

Die Fahrt von Del Moray nach Orlando auf dem sonnenglänzenden Highway hatte kaum eine Stunde gedauert, es war kurz vor zwölf Uhr mittags. Carver hatte auf der Fahrt das Leinenverdeck des Olds unten gehabt und sich vom Wind umwehen lassen, der versuchte, Haar, das er nicht mehr auf dem Kopf hatte, durcheinander zu wirbeln. Ein kleiner, ärgerlicher Sieg über die Natur.

Er stellte den Olds am Ende des Parkplatzes ab, direkt neben einem tiefergelegten roten Porsche. Er schaltete den kraftstrotzenden V-8-Motor aus und genoß einen Moment das Ticken des abkühlenden Metalls der Motorhaube. Die meisten Autos auf dem Platz waren ziemlich teuer; der verbeulte, rostige Olds sah aus wie ein Penner, der sich auf eine Nobelparty verirrt hatte.

Carver entdeckte die übergroßen Hausnummern auf jedem Gebäude. Die Wohnung der Ghostlys war im linken Trakt, ganz oben im dritten Stock. Als er aus dem Olds kletterte, waberte heiße Luft unter dem Wagen hervor und umspülte seine Knöchel. Er setzte seinen Stock sorgfältig auf den sonnenwarmen Beton und hinkte über den Weg, der direkt an dem pastellfarbenen Swimmingpoolzaun entlangführte.

Ein paar Kinder planschten in dem Becken. Ein alter Mann mit einer Brust voll dichtem, weißem Haar und ein paar Goldketten mit dicken Anhängern stand im flachen Wasser. Eine schlanke, gut gebaute Frau um die Fünfzig stand in einem ziemlich knapp geschnittenen Bikini neben dem Maschendrahtzaun. Sie hatte platinblonde Haare, Haut in der Farbe von verbranntem Ton und blitzend weiße Zähne, die sie vorzeigte, als sie Carver entdeckte – entweder lächelte sie, oder sie verzog ihr Gesicht – Carver war sich nicht sicher.

»Kann ich helfen?«

Ein älterer, grauhaariger Mann blockierte mit seinem dikken Wanst den schmalen Weg vor Carver. Er trug dunkle Hosen und ein weißes, kurzärmeliges Hemd mit irgendeiner

Art Abzeichen auf der einen Schulter. Zurückhaltend, aber wachsam. Offensichtlich durfte man nicht einfach so das Gelände von *Beau Capri* betreten. Wenn es nicht exklusiv wäre, was hätte es sonst schon zu bieten?

Carver strahlte sein beruhigendes Lächeln, das in einem überraschenden Gegensatz zu seinen harten Gesichtszügen stand. »Ich wollte zu den Ghostlys. Ihre Wohnung sei dort drüben, hatten sie mir gesagt.«

»Stimmt.« Der alte Mann kniff seine blaßblauen Augen zusammen. Er versuchte, Carver einzuordnen. Blieb freundlich, aber wachsam, ein typischer Sicherheitsmann. Zog seinen Gürtel über der rechten Hüfte hoch, als wäre er es gewohnt, dort eine Kanone zu haben. Vielleicht ein ehemaliger Bulle. »Würde es Ihnen etwas ausmachen, mir den Grund Ihres Besuches zu verraten, Sir?«

»Ich bin keiner dieser verfluchten Vertreter«, entgegnete Carver.

»Das hatte ich auch nicht angenommen.«

Carver zog seine Brieftasche hervor und zückte seinen Ausweis.

»Detektiv, hä?« sagte der Alte. »Hat Ghostly Ärger?«

»Vielleicht. Haben Sie Mrs. Ghostly in letzter Zeit gesehen?«

»Nee, 'ne ganze Weile nicht. Aber das ist normal – mit dem Baby und so.«

»Baby?«

Der Wächter verscheuchte einen Moskito, der in brutaler Mißachtung der Autorität vor seinen Augen herumschwirrte. »Klar. Die ist schwanger wie verrückt. Seit acht Monaten schon.«

Offensichtlich etwas, was Bob Ghostly zu erzählen vergessen hatte. Carver stützte sich auf seinen Stock. Ein kalter

Schauer kroch über seinen Rücken. »Wir sprechen über dieselbe Elizabeth Ghostly?«

»Ich denke schon. Die Frau von Robert. Nettes Mädel. Alle mögen sie gern, obwohl sie meist für sich bleibt. Wird ihre Gründe haben, nehm' ich an.«

»Was denn für welche?«

»Oh, private natürlich, da bin ich ganz sicher.«

»Sie sagen ja nichts darüber, ob Elizabeths Kerl hier gern gesehen wird.«

Der Wächter schien darüber nachzudenken, ob er Carver vertrauen konnte. Eine warme Brise wehte durch sein weißes Haar und raschelte in den Palmen über ihren Köpfen. Er sagte: »Unter uns Kollegen, ihr Mann ist ein dummer Sack. Benimmt sich, als würde ihm alles und jeder gehören.«

»Wirklich?« Carver heuchelte Erstaunen. »Mir hat er gesagt, daß er kaum hier wäre. Sagte, er würde dauernd reisen und Arzneien verkaufen.«

»Ja, meistens bleibt er weg, aber wenn er hier ist, sollte man ihm lieber aus dem Weg gehen. Beth Ghostly dagegen hat sich immer gern und nett mit den anderen Mietern unterhalten. Sie waren zuerst etwas kühl zu ihr, schließlich ist sie ja 'ne Negerin, aber als sie sie etwas besser kennenlernten, blieb ihnen gar nichts anderes übrig, als sie zu mögen. Fast jeder hier freute sich gemeinsam mit ihr auf das Baby. Die meisten nehmen an, daß sie im Krankenhaus ist und das Baby kriegt. Ein paar Leute haben ihren Mann gefragt, aber der hat sie einfach ignoriert und ist weitergegangen. Hat's immer ziemlich eilig, dieser Mistkerl. Ein wichtiger Mann auf der Durchreise. So sieht er sich zumindest selbst.«

Carver dachte daran, dem Wächter zu erzählen, daß Bob Ghostly ihn angeheuert hatte und daß Beth verschwunden war, entschied sich aber dagegen, weil er nicht wollte, daß die ganzen Nachbarn aufgeregt herumtratschten. Der Hauptgrund, weswegen Ghostly sich an ihn und nicht an die Polizei gewandt hatte, war, daß die Ermittlungen so unauffällig wie möglich durchgeführt werden sollten.

Carver gab dem Wächter eine Visitenkarte. »Vielleicht kriegt sie tatsächlich gerade ihr Kind. Dann rufe ich Sie an und sag' es ihnen. Sollten Sie sie in der Zwischenzeit sehen, wären Sie dann so freundlich, mich anzurufen?«

»Klar.« Der Wächter stopfte die Karte in seine Hemdtasche. »Glauben Sie, daß ... Nein, ich sollte das nicht fragen. Ich meine, warum Sie für Ghostly arbeiten, geht mich nichts an, und Sie würden's mir vermutlich auch nicht erzählen, wenn ich frage, oder?«

»Nein. Das ist vertraulich«, bestätigte Carver.

»Ich bin trotzdem neugierig. Gibt's irgendwelchen Ärger zwischen Beth und diesem Vollidioten von Ehemann?«

»Kein Grund, das anzunehmen.«

Der Wächter lächelte. Er hätte weniger von Carver gehalten, wenn er eine vernünftige Antwort bekommen hätte.

Schweiß lief über Carvers Brustkorb und die Innenseite seines rechten Arms. »Ich geh' jetzt zu Ghostlys Wohnung«, sagte er, »falls Sie nichts dagegen einzuwenden haben.«

»Natürlich nicht«, sagte der Wächter und trat auf das dichte Gras, um dem Krüppel den Weg frei zu machen. »Ich hoffe jedenfalls, daß Beth Ghostly keinen Ärger hat.«

»Das hoffe ich auch«, sagte Carver – und meinte es ehrlich. Durch die brennende Sonne hinkte er auf das blasse, weit entfernte Gebäude zu.

Ghostly hatte ihm keinen Schlüssel gegeben, aber das war okay. Billige Wohnungsschlösser waren kein Problem für Carvers dünne Visa-Karte. Nur Schließriegel bereiteten ihm

Probleme, aber die waren normalerweise separat innen an der Tür angebracht, oberhalb des Türgriffs und des eingebauten Schlosses.

Carver brauchte weniger als eine Minute für die Tür. Er öffnete und bemerkte sofort, daß die Luft abgestanden und muffig war. Es war warm. Die Klimaanlage war ausgeschaltet oder auf »heiß« gedreht worden.

Er setzte seinen Stock auf und ging hinein. Stützte sich in dem großzügigen Wohnzimmer auf den Stock und sah umher.

Glitzerkram von Wand zu Wand – aber ziemlich teurer Glitzerkram.

Ghostly mußte noch eine Nebenerwerbsquelle haben, als Arzneimittelvertreter würde er sich das hier kaum leisten können. Der Teppich war lavendelfarben, die bodenlangen Vorhänge waren beige mit dunklen Tupfen, die zum Teppich paßten. Die Tapete war ziemlich protzig: Sie sah aus wie weiße Pappe, durch die man echte Silberfäden gezogen hatte.

Die Möbel waren aus Leder oder aus Glas und hatten scharfe Stahlkanten. Ein niedriges, großes Sofa beherrschte den Raum, weißes Leder mit glänzenden Metallehnen und einem Haufen lavendelfarbener Kissen. Davor stand ein Couchtisch mit Stahlrahmen, Glasplatte und gläsernen Seiten. In diesem gläsernen Würfel befand sich ein kunstvolles, knallbuntes Arrangement aus Plastikblumen und falschen Schmetterlingen. Die Vorhänge vor dem großen Fenster standen offen, und das Sonnenlicht ließ die merkwürdige Tapete glitzern. An der Wand hingen ein paar chromgerahmte Ölbilder. Eines von ihnen zeigte eine Bulldogge, die das abgebissene Ohr des unterlegenen Hundes zerkaute, während ein wahrer Blumenregen von den begeisterten Zuschauern auf ihn herniederging. Der Kampfhund grinste schräg und sah ein wenig aus wie Bob Ghostly.

Carver hinkte durch das Wohnzimmer zu einem Flur, der vermutlich ins Schlafzimmer führen würde. Er bemerkte, daß sich auf allen Gegenständen eine hauchdünne Staubschicht abgelagert hatte, die sie ihres gefährlich funkelnden Glanzes beraubte. Carver warf einen Blick ins Badezimmer und entdeckte eine riesige Wanne für zwei Personen sowie ein Waschbecken in Blütenform mit goldenen Wasserhähnen. Auch hier durfte er eine ziemlich eigenwillige Tapete bestaunen. Sie zeigte ein zartes Blumendesign. Hallo, Frankreich!

Keine Tapete im Schlafzimmer, statt dessen war es zartrosa gestrichen und weiß möbliert. Auf dem runden Bett lag eine weiße Tagesdecke; das Arrangement erinnerte an einen großen Pilz, der aus dem Teppich wuchs. Carver ging zum Bett und befühlte es. Die riesige Tagesdecke begann auf und ab zu wabbeln: ein Wasserbett. Er blickte auf und sah sich selbst. Spiegel an der Decke. Na klar.

Sein Stock hinterließ münzgroße Abdrücke in dem rosafarbenen Flauschteppich, als er auf die verspiegelten Schranktüren zuhinkte. Er rollte die vordere Tür zur Seite, fand Geschäfts- und Trainingsanzüge. Eine ganze Menge, und alle gute Qualität. In den Schrank waren diese speziellen weißen Ablagebretter und Schubladen eingebaut, die »maximale Raumnutzung« versprachen. Auf einer Ablage standen sechs Paar Herrenschuhe, alle schwarz bis auf ein Paar grauer Etonic-Joggingschuhe mit dicken weißen Sohlen.

Carver schob die Tür leise wieder zu und öffnete die andere.

Beths Schrankseite. Kostüme, Seidenblusen, eine Designerjeans auf einem Bügel. Hochhackige Schuhe auf der Ablage, die der Schuhsammlung ihres Gatten gegenüberlag. Größe siebeneinhalb. Teure Marken.

Carver humpelte zur Kommode und durchsuchte sorgfältig alle Schubladen. Seidenunterwäsche, gefaltete Höschen, ein Fach voller Strumpfhosen. BHs in der mittleren Schublade; Carver achtete automatisch auf die Größe: 36D. In der obersten Schublade lag eine weiße Schmuckschatulle aus Leder, voll mit echt aussehenden Kostbarkeiten, die ein kleines Vermögen wert sein mußten. Vielleicht auch ein großes Vermögen. Neben der Schatulle lag ein gefaltetes weißes Billig-T-Shirt mit einem dieser gelben Lächelgesichter drauf. Auf der Stirn des Smileys war ein Einschußloch, Blut lief über sein Gesicht. Carver war froh, daß er das T-Shirt gefunden hatte; irgendwie machte es aus Elizabeth Ghostly wieder einen Menschen. Alles andere schien einem Mannequin von »Saks« zu gehören, das hier seine Edelklamotten verstaute, während es in irgendeinem Schaufenster posierte.

Es war so stickig im Schlafzimmer, daß Carver überlegte, den Thermostat zu suchen und die Klimaanlage anzustellen. Dann entschied er, daß er sowieso nicht mehr lange bleiben würde. Er hinkte zurück ins Wohnzimmer. Auf dem dicken Teppichboden verursachte er kein Geräusch.

Er stand mitten im Wohnzimmer und sah sich noch ein letztes Mal um, als er zufällig einen Blick durch das Fenster auf den Parkplatz warf. Auf dem gewundenen Fußweg, ungefähr an der Stelle, an der Carver mit dem Sicherheitsmann gesprochen hatte, stand eine Schwarze und unterhielt sich mit einer Frau in einem roten Badeanzug. Von hier oben versperrten ihm ein paar Palmwedel die Sicht, so daß er nicht genau erkennen konnte, wie die Frauen aussahen; aber er erinnerte sich daran, daß Ghostly gesagt hatte, es gäbe mittlerweile auch noch andere Schwarze in *Beau Capri*.

Carver trat einen Schritt vom Fenster zurück und wollte gerade das Apartment verlassen, als er entschied, daß er genausogut noch einmal ins Bad gehen konnte. Es wäre eine Schande, die goldenen Wasserhähne unbenutzt zu lassen.

Er hatte gerade zu Ende gepinkelt und wollte spülen, als er ein Geräusch im Wohnzimmer hörte. Nicht laut; aber es klang, als würde eine Tür zugezogen.

Er zog seinen Reißverschluß hoch und trat einen Schritt zurück.

Nah an der Badezimmertür fand er einen Winkel, aus dem er beinahe das halbe Wohnzimmer überblicken konnte. Den knalligen Glastisch. Einen Teil des weißen Sofas mit den drei sorgsam angeordneten Kissen.

Plötzlich ein Schatten. Er zuckte gerade rechtzeitig zurück, um nicht von der Frau gesehen zu werden, die durch den Flur auf das Schlafzimmer zuhastete und den intensiven Duft ihres Rosenparfums wie eine Schleppe hinter sich her zog. Sie hatte nicht ins Badezimmer geschaut, und Carver hatte sie nur für den Bruchteil einer Sekunde gesehen. Er hielt sie nicht für Beth Ghostly. Sie trug einen dunklen Rock und eine blaue, ärmellose Bluse. Vielleicht war sie die dunkelhäutige Frau, die er vom Fenster aus gesehen hatte.

Als er überlegte, ob er sich hinausschleichen sollte, während sie im Schlafzimmer beschäftigt war, hörte er, wie sie leise die Kommodenfächer aufzog und wieder hineinschob. Die Geräusche wirkten irgendwie selbstverständlich; es lag eine eilige Sicherheit darin, die vermuten ließ, daß diese Frau sich in ihrem eigenen Schlafzimmer befand. Vielleicht war sie doch Beth Ghostly. Fotos können täuschen.

Er entschied sich, die Frau abzufangen, wer auch immer sie war, aber er wollte damit noch einen Moment warten. Er quetschte sich in den Flur. Konnte sie einen Moment lang sehen. Sie wandte ihm den Rücken zu, beugte sich über das Bett und stopfte Sachen in eine Reisetasche. Dunkle Arme, schmale Taille, betonte Hüften.

Carver hinkte ins Wohnzimmer und lehnte sich an die Wand neben der Tür, halb verdeckt von einer Vitrine mit teuren Porzellanfiguren und Kristallvögeln. Eine gläserne Eule starrte ihn weise an, während er darauf wartete, daß die Frau aus dem Schlafzimmer kam.

Fast fünf Minuten waren auf Carvers Seiko vergangen, als sie mit zwei roten Koffern, die offenbar ziemlich schwer waren, herausstapfte. Der Rosenduft begleitete sie. Sie war ungefähr einsfünfundsechzig, schlank und wirkte konzentriert. Sie schwitzte stark nach ihren Anstrengungen im Schlafzimmer. Auf alle Fälle war sie nicht Elizabeth Ghostly; ihr Gesicht war breiter, dafür waren die Augen kleiner und lagen tiefer in den Höhlen. Sie trug einen sehr roten Lippenstift, der ihren Mund feucht aussehen ließ.

Sie stellte die Koffer ab und wischte sich über die schweißnasse Stirn, noch immer hatte sie Carver nicht entdeckt. »Uff«, sagte sie, offenbar als Kommentar zu der brütenden Hitze, und ging zum Fenster. Ohne die Koffer hatte sie einen schönen Gang. Sie sah in alle Richtungen zum Fenster hinaus, als wolle sie überprüfen, daß niemand sie dort draußen erwartete.

Dann drehte sie sich wieder um und entdeckte Carver.

Der Schreck schien sie auszuhöhlen; dieses Vakuum ließ sie Luft einsaugen, was in dem stillen Raum fast wie ein Quietschen klang.

Carver hinkte über den weichen Teppich auf sie zu, er lächelte und hielt seine freie Hand auf Augenhöhe, mit der Handfläche nach oben, als wollte er gleich den Pfadfindereid schwören. Er legte keinen Wert darauf, daß die Frau einen

Herzinfarkt bekam. Er sagte: »Machen Sie sich keine Sorgen.«

Angst huschte über ihr Gesicht, sie riß die Augen weit auf. Dann mischte sich Wut in den Ausdruck. Sie schien die Wut zu schüren, weil sie sie der Angst vorzog.

Sie sagte: »Wer zum Henker –«, als die eine Seite ihres Kopfes plötzlich explodierte.

4

Carver lag zusammengekrümmt auf dem Teppich. Er hatte sich instinktiv fallen gelassen, als er begriff, daß die Frau erschossen worden war.

Er preßte seine Wange an den rauhen Stoff, warf einen kurzen Blick in ihre Richtung und sah sie mit gespreizten Beinen auf dem Boden liegen. Ihr Rock hatte sich um ihre Hüfte gewickelt. Blase und Darm hatten sich entleert. Die zerschmetterte Seite ihres Kopfes war von ihm abgewandt. Wenigstens das! Blut und graue Hirnmasse waren auf der Wand verteilt wie ein erschreckend modernes Gemälde. Darunter, neben der Fußbodenleiste, lag etwas, das wie ein dunkles Haarbüschel aussah, durch das ein wenig Weiß hindurchschimmerte. Carver entdeckte einen dunklen Blutspritzer auf seinem Hemd, einen weiteren auf seinem rechten Unterarm. Sein Magen rebellierte. Er spürte einen bitteren, metallischen Geschmack auf der Zunge. Übergab sich beinahe.

Was nun? Es war still, sowohl hier als auch außerhalb der Wohnung. Es roch nach Fäkalien und Rosenduft. Das Parfum der Toten. Er zitterte.

Außerdem war es gottverflucht heiß! In einem Anfall von Alarmbereitschaft riß er plötzlich seinen Kopf herum und stellte erleichtert fest, daß er zu tief lag, um von draußen durchs Fenster gesehen zu werden; der Killer könnte noch dort sein, den Finger am Abzug.

Könnte. Aber Carver war ziemlich sicher, daß der Mörder sich so schnell wie möglich aus dem Staub gemacht hatte, nachdem er seinen Auftrag erledigt hatte. Die wenigsten Leute blieben am Ort des Verbrechens, wenn sie selbst die Verbrecher waren.

Carvers Krückstock lag auf dem Boden neben dem verdrehten Körper der Frau. Er streckte einen Arm danach aus, schloß die Finger fest um das harte Walnußholz und zog den Stock zu sich heran. Sofort fühlte er sich besser: ganz und weniger hilflos.

Er blieb unten, stemmte sich aber mit Hilfe des Stocks in eine sitzende Position. Rutschte vom Fenster weg. Entdeckte das kleine runde Loch in der dicken Thermopenscheibe. Etwas links vom Zentrum des mittleren Fensters. Das Glas sah milchig aus, war aber nicht aus dem Metallrahmen gesplittert. Sicherheitsglas. Allerdings nicht sicher genug für die Frau dort drüben.

Er sah die Tote nicht an. Schleppte sich mühsam zum Fenster, wobei sein Schuh laut über den Teppich scharrte, als er sein steifes Bein hinter sich her zog. Er blinzelte hinaus, verborgen hinter den Falten des Vorhangs.

Etliche Leute wuselten dort unten herum, unter ihnen der alte Sicherheitsmann, der ihn auf dem Weg zu der Wohnung angehalten und ausgefragt hatte. Sie hatten offensichtlich den Schuß gehört, während Carver selbst ihn in seiner Überraschung gar nicht bemerkt hatte, obwohl er doch direkt neben dem Opfer gestanden hatte. Er erinnerte sich nur an das ekelhafte Schmatzen, als die Kugel in ihren Kopf eingedrungen war.

Die verwirrt und aufgeregt umherschwirrenden Personen reckten ihre Hälse, um herauszubekommen, woher der Knall gekommen war. Früher oder später würde einem von ihnen das milchigweiße Fenster im dritten Stock auffallen, und sie würden begreifen, daß das, was sie gehört hatten, genau das gewesen war, wonach es geklungen hatte: ein Schuß. Carver zog die Vorhänge zu.

Er rutschte über den rauhen Teppich zum Telefon. Das war ziemlich anstrengend auf nur einem gesunden Knie, auf das er ganz besonders gut achtgab. Er zog das weiße Tischtelefon an der Schnur zu sich herunter; es klingelte ein wenig, als es auf den Boden fiel. Er lehnte sich mit dem Rücken an die Wand und drückte ein paarmal auf die Gabel, um sicherzustellen, daß das Freizeichen ertönte. Dann tätigte er zwei Anrufe.

Der erste ins Holiday Inn an der Collins in Miami.

Man teilte ihm mit, daß kein Meeting von Arzneimittelvertretern stattfinde oder geplant sei. Ein Robert oder Bob Ghostly wohne auch nicht dort.

Soviel zum Thema »loyaler Klient«.

Carvers zweiter Anruf galt Lieutenant Alfonso Desoto vom Orlando Police Departement.

Carver saß auf dem niedrigen weißen Ledersofa mit den Chromlehnen, er fühlte sich ungefähr so wohl wie eine Katze auf einem Zaunpfahl. Irgend jemand hatte die Klimaanlage eingeschaltet, und es war nicht mehr so warm, aber er schwitzte trotzdem.

Der Arzt war bereits fertig mit seiner Untersuchung, nur die Spurensicherer liefen immer noch in ihrer ganz eigenen, kontrollierten Art hin und her. Sie saugten den Teppich ab, fotografierten und bestäubten Oberflächen auf der Suche nach Fingerabdrücken. Sie sichteten die Fakten, als müsse ein Blutbad wie dieses sich zwangsweise nach irgendeiner unbekannten Logik richten. Sie hofften auf irgendein Muster, das durch ihre akribische Detailarbeit sichtbar würde. Desoto sprach kurz mit dem Arzt, dann durchquerte er das Zimmer und stellte sich neben Carver. Ein großer Mann mit breiten Schultern und einer wespenschmalen Taille – von der dunklen Schönheit eines Hollywood Bullfighters. Beiger Maßanzug, weißes Hemd, malvenfarbener Schlips, dunkelrote Schuhe, die wie zum Tanzen gemacht aussahen. Er lächelte Carver zu, seine Zähne hoben sich blendend weiß von seiner dunklen Gesichtshaut ab. Sein leicht gewelltes schwarzes Haar war tadellos wie immer frisiert, es glänzte in dem schmalen Lichtstrahl, der durch die beiden Vorhanghälften drang. Staub schwebte durch das goldene Licht, aufgewirbelt durch die unerwartete Aktivität der Polizisten.

Irritiert von Desotos Lächeln sagte Carver: »Ich wüßte nicht, was daran komisch ist.«

Desoto zuckte mit den Schultern, aber immerhin verlor das Lächeln seine lähmende Intensität. »Ich mußte nur gerade daran denken, in was für Sachen du dich immer wieder reinreitest, *amigo*. Das ist schon erstaunlich.«

Carver nahm diese Aussage ohne Groll oder wütenden Kommentar hin. Desoto und er waren seit Jahren befreundet, seit Carver in seinem Department gearbeitet hatte. Sie kannten sich gut. Desoto hatte Carver geraten, im Geschäft zu bleiben. Privatdetektiv zu werden, statt sich als Penner am Strand selbst zu bemitleiden. Sie hatten keine Probleme miteinander, außer in den Momenten, in denen Carver bewußt wurde, daß die Penner am Strand meistens viel älter wurden als ein durchschnittlicher Privatschnüffler.

Keiner von ihnen sprach, als zwei weißgekleidete Beamte

die Tote in einen schwarzen Leichensack legten. Sie schlossen den Reißverschluß mit einem lauten Ratschen, das Carver durch und durch ging, und hoben sie auf eine Rollbahre, die mit vielen metallischen Klicklauten ausgefahren wurde. Die Rollbahre hatte große Gummiräder mit verchromten Speichen. Eines von ihnen quietschte leise, als die Beamten ihre gräßliche Fracht über den Teppich und zur Tür hinausschoben. Draußen begannen sie eine Diskussion darüber, wo sie Mittag essen gehen wollten. Ein ganz normaler Tag für alle Beteiligten. Na ja, nicht für alle. Kein ganz normaler Tag für die Frau im Leichensack.

Desoto wartete, bis das Spurensicherungsteam den Tatort verlassen hatte. Die Tür zum Hausflur stand offen. Ein dunkel uniformierter Ellenbogen und ein Revolver in einem schwarzen Holster waren zu sehen. Aber der Wachmann stand außer Hörweite von Carver und Desoto.

Desoto öffnete sorgsam sein Jackett und zeigte eine dicke, goldene Krawattenklammer. Er trug eine goldene Uhr, ein goldenes Armband am anderen Arm, einen goldenen Ring an jeder Hand. Er mochte Gold fast so gern wie gute Kleidung. Desoto setzte sich vorsichtig ans andere Ende des Sofas, legte langsam die Beine übereinander, so daß er seine Bügelfalten nicht zerdrückte. »Am besten erzählst du mir jetzt mal alle Einzelheiten, Carver.«

Und Carver erzählte ihm alle Einzelheiten. Dies war eine Mordermittlung und nicht der richtige Moment, um den Besserwisser zu spielen.

Als Carver fertig war, stand Desoto langsam auf und streckte sich. Zog sein Hemd zurecht und strich nicht existierende Fältchen aus dem Stoff seiner Hose. Knöpfte sein Jackett zu und ging zu dem milchigen Fenster. Wandte Carver den

Rücken zu und blinzelte durch eine klare Stelle hinaus, wie ein Darsteller in einer Seifenoper.

Er sagte: »Hier riecht es richtig nach Tod.«

»Ja. Du solltest daran gewöhnt sein.«

»Wir beiden sollten daran gewöhnt sein, *amigo*.«

Carver sagte nichts. Wartete ab.

Als er sich umwandte, sagte Desoto: »In dem Führerschein der Toten stand eine Adresse aus Indianapolis. Ihr Name war Belinda Jackson.«

»Sagt mir nichts. Nie gehört.«

»Hat Ghostly ihren Namen erwähnt?«

»Nein.«

»Belinda Jackson war also nicht seine Frau? Hat sie vielleicht einen anderen Namen angenommen?«

Carver zog das Bild von Beth Ghostly aus seiner Hemdtasche und hielt es Desoto hin. Der beugte sich weit vor, um das Foto genau betrachten zu können. Ob Carvers alter Freund wohl demnächst eine Brille brauchen würde? Desoto wäre der letzte, der das zugeben würde. Wahrscheinlich würde er irgendwann heimlich Kontaktlinsen tragen.

Das Foto jedenfalls konnte er gut genug erkennen. »Das ist nicht die Tote«, sagte er. Bog das Bild ein wenig nach unten. »Eine Schönheit. Wangenknochen wie ein Filmstar.«

Es gab kaum etwas, was Desoto an einer Frau nicht bemerkte. Und die Frauen widmeten sich ihm mit derselben erstaunlichen Intensität.

Carver bohrte die Spitze seines Stocks tief in den weichen Teppichboden und wartete darauf, daß Desoto fortfuhr.

Desoto knöpfte sein Jackett wieder auf und steckte die Hände in die Hosentaschen. Ruhig und lässig wie ein männliches Model. »Wenn dieser Ghostly dich noch mal anruft, laß es mich wissen.«

»Du wärst der erste, den ich anrufe«, versprach Carver. Er fühlte sich nicht sonderlich wohl. Wollte weg. Wollte ehrlich und am Leben bleiben. Wahrscheinlich war beides zugleich unmöglich.

»Ich nehme an«, sagte Desoto, »daß du auch schon darüber nachgedacht hast, daß der Schütze vielleicht auf dich gezielt hat.«

»Ist mir durch den Kopf geschossen.« *Besser als die Kugel, die durch Belinda Jacksons Kopf geschossen worden war.* Er setzte seinen Stock sorgfältig in den tiefen Abdruck, den er in den Teppich gebohrt hatte. Stemmte sich vom Sofa hoch. »Aber ich glaube nicht daran. Das wäre der perfekte Fehlschuß. Ziemlich merkwürdiger Zufall, die Zielperson zu verfehlen und jemand anderen ganz sauber zu erledigen, findest du nicht?«

»Mag schon sein, *amigo.* Ich hoffe es.« Desoto nahm die linke Hand aus der Hosentasche und sah auf die Uhr. Das goldene Armband sandte glitzernde Strahlen auf die blutverschmierte Wand. »Gib mir etwas Zeit, um herauszufinden, was wir eigentlich wissen. Und heute nachmittag kommst du dann in mein Büro, sagen wir um drei, unterschreibst deine Aussage, und wir versuchen, das Ganze genau durchzugehen, in Ordnung?«

»Klingt vernünftig«, sagte Carver. »Ich nehme mir ein Zimmer in einem Motel. Reinige mich, so gut es eben geht, von diesem Erlebnis. Howard Johnson's am *Orange Blossom Trail.* Ich rufe dich an, wenn sie nichts frei haben und ich woandershin muß.«

»Gut«, sagte Desoto. Besorgnis verdunkelte seinen Blick. »Willst du eine Weile überwacht werden?«

»Nein. Das Schlüsselwort ist: eine Weile.«

»Da hast du wohl recht.«

Desoto ging zur Tür, sein teurer Anzug sah aus wie eine zweite Haut aus Seide. Er blieb stehen und sah sich nach Carver um. »Kommst du mit? Oder fühlst du dich hier schon zu Hause?«

»Ich komme mit«, antwortete Carver. »Ich hab' schon alle Zeitungen durch.«

»Die auf dem Bord im Klo bestimmt nicht«, entgegnete Desoto.

Carver hatte keine Ahnung, was er damit meinte, aber er fragte auch nicht. Er wollte die zuständigen Stellen das Puzzle soweit möglich zusammensetzen lassen und heute nachmittag versuchen, Desoto möglichst viele Informationen zu entlokken.

Als er auf Desoto zu humpelte, fiel sein Blick auf den dunklen Fleck auf dem Teppich. Er sah noch einmal vor sich, wie die linke Seite von Belinda Jacksons Kopf wegplatzte. Hörte noch einmal den dumpfen Laut, als die Kugel in einer Tausendstelsekunde durch Knochen und Hirnmasse knallte. Noch ziemlich nah, die Eindrücke. Lebhaft und in Farbe. Der Tod war nichts Fernes, dem wir uns langsam und innerlich vorbereitet näherten. Der Tod konnte einen auch unerwartet aus dem hellen Sonnenlicht anspringen.

Im Flur erinnerte Desoto ihn: »Drei Uhr, *amigo*.«

Carver sagte, er könne es gar nicht erwarten. Was einerseits ein cooler Spruch war, um den Horror in Schach zu halten, und andererseits der Wahrheit entsprach.

5

In Desotos Büro war es kühl. Der kleine Ventilator im Fenster, der die Klimaanlage nach Kräften unterstützte, gab sein Bestes; er brauste und summte lebhaft, so daß die gelben Bänder vor seinem Gitter waagerecht in der Luft standen. Auf der Fensterbank direkt daneben stand Desotos tragbarer Sony-Recorder. Als Carver in das Büro hinkte, drehte sich Desoto mit seinem Stuhl um und stellte die Musik leiser. Die flotte Stimme einer spanischen Sängerin verklang; die Trommeln erfüllten weiterhin wie ein geheimnisvoller Herzschlag das Zimmer.

Desoto legte einen gelben Ordner beiseite, mit dessen Inhalt er sich gerade beschäftigt hatte. Präsentierte sein überwältigendes Lächeln und bedeutete Carver mit einer eleganten Bewegung, er möge sich doch bitte in den ledergepolsterten Eichenholzstuhl vor dem Schreibtisch setzen.

Carver plazierte seinen Stock sorgfältig, stützte sich darauf und setzte sich. Der Stuhl quietschte überrascht von Carvers Gewicht.

»Ist es immer noch so heiß draußen?« wollte Desoto wissen. Er trug sein Jackett und hatte den Knoten des malvenfarbenen Binders ordentlich hochgezogen. Er sah ganz bestimmt nicht so aus wie jemand, der schwitzt.

»Das kann dir doch egal sein«, entgegnete Carver. »Hitze läßt dich doch kalt.«

Desoto lächelte: »Das ist alles eine Frage der Einstellung, *amigo*. Wollen wir nun übers Wetter oder über den Mord an dieser Mrs. Jackson reden?«

»Über den Mord«, sagte Carver. Er hielt sich nicht damit auf, Desoto darauf hinzuweisen, daß nicht er das Thema Wetter aufgebracht hatte.

Desoto lehnte sich zurück, ließ aber die Hände auf dem Tisch liegen, so daß seine Ärmel ein wenig nach oben rutschten und die Manschettenknöpfe im Sonnenlicht glitzerten. »Das Opfer war Belinda Louella Jackson aus Indianapolis. Fünfunddreißig Jahre alt, Kellnerin. Sie wurde mit einer 30-06er erschossen, von dem Dach eines der anderen Gebäude aus, das etwas versetzt steht. Das erlaubt einen guten Blick durch das Fenster. In dem Schotter auf dem Dach waren Spuren von dem Killer. Allerdings keine ausgeworfene Patronenhülse. Wenn es eine gab, hat sich der Mörder die Zeit genommen, sie aufzuheben, bevor er sich durch eine kleine Tür quetschte und über die Feuertreppe verschwand.«

»Ein einziger Schuß. Keine Hülse. Klingt nach einem Profi.«

»Ja. Hat ein Zielfernrohr benutzt. Auf dem Geländer sind Spuren zu finden, wo er wahrscheinlich das Gewehr aufgestützt hat. Der Schütze wollte das Gewehr ganz ruhig halten. Rechnete vielleicht damit, daß er nur einen Schuß abgeben konnte.«

Carver fragte: »Weißt du irgend etwas über die Tote?«

»Einiges. Unter anderem, daß sie die Schwester der Bewohnerin des Apartments war.«

Carver faltete die Hände auf dem Griff seines Stocks. »Jackson ist der Mädchenname von Elizabeth Ghostly?«

»Elizabeth Gomez«, korrigierte Desoto.

»Wie bitte?«

»Es gibt keine Elizabeth Ghostly. Auch keinen Robert Ghostly. Aber es gibt einen Roberto Gomez, und er sieht genauso aus wie dein Klient. Dieser Roberto Gomez hat dir eine ganz schöne Scheiße erzählt. Aber da bist du wenigstens nicht der erste. Ich habe mit der Polizei in Miami gesprochen; Gomez ist der Drogenkönig von Südflorida. Hat gute Kontakte nach Südamerika und dealt mit allem, was er kriegen kann. Hat überall Wohnungen und Häuser. Das einzige, wovon die Jungs in Miami *nichts* wußten, war die Wohnung hier in Orlando, wo er seine Frau Elizabeth die letzten acht Monate versteckt hat.«

»Weil sie schwanger war«, ergänzte Carver, »und er sie vor den Risiken seines Berufes schützen wollte.«

»Das ist eine Vermutung.«

»Ich weiß.«

»Und du wirfst *mir* vor, ich sei romantisch.«

»Bist du ja auch. Und Gomez offensichtlich ebenfalls.«

»Vermutlich. Die Schwangerschaft von Gomez' Frau war übrigens noch etwas, wovon die in Miami nichts wußten.«

»Was wissen die denn überhaupt?«

»Er lebt in der zweiten Generation in Amerika. Stammt aus Kuba. Sein Vater war Taschendieb in New York. Wurde vor neun Jahren von den Bullen erschossen. Gomez reiste an der Ostküste entlang und begann, mit Drogen zu handeln. Wurde dreimal verhaftet, einmal verurteilt. Vier Jahre Knast in Attica. Muß ein ziemliches Arschloch gewesen sein. Hatte seinen Zellenblock voll im Griff.«

Carver hatte Schwierigkeiten damit, diese Informationen mit dem Bild des unsicheren Mannes, der sich als Arzneimittelvertreter ausgegeben hatte, zusammenzubringen. Arzneimittel, gar nicht so schlecht. Er hatte mit der Wahrheit gelogen, als er gestanden hatte, Heroin zu verkaufen. »Wird Gomez gesucht?« fragte Carver.

Desoto schüttelte den Kopf. »Benimmt sich ziemlich clever, seit er in den Süden gezogen ist. Die Drogenfahnder in Miami und die *Drug Enforcement Administration* behalten ihn im Auge. Hoffen, daß er irgendwann einen Fehler macht. Sie wissen, daß der Typ einer von Floridas wichtigsten Dealern ist. Aber sie können das vor Gericht nicht beweisen. Im übrigen ist Gomez ziemlich skrupellos, *amigo*. Er hat einen langjährigen Kumpel, einen Kerl namens Hirsh, der die Dreckarbeit macht. Gomez sieht gern dabei zu, heißt es. Aber um die meisten Sachen kümmert er sich immer noch selbst. Er nimmt keine Drogen und verbietet das auch seinen Angestellten. Letztes Jahr, irgendwo zwischen den Inseln von Key West, fand er raus, daß einer seiner Männer süchtig war. Er hackte ihm die Fingerspitzen mit einer Machete ab und band das arme Schwein hinten ans Boot. Fand es ziemlich geil, als die Haie kamen.«

»Aber es gibt keine Beweise, oder?« fragte Carver.

Desoto lächelte abwesend. »Nicht, bis Haie als Zeugen zugelassen werden. Die DEA weiß, wer noch an Bord war, aber niemand sagt etwas.«

Carver konnte das gut verstehen. Wenn Haie einen Kollegen als Mittagsmahl verputzen, merkt man sich das längere Zeit und verhält sich prompt wieder viel loyaler seinem Arbeitgeber gegenüber.

»Alles, was wir wissen«, faßte Desoto zusammen, »ist also, daß Gomez zu dir an den Strand kommt, sich als ein anderer ausgibt und dich engagiert, seine Frau zu finden.«

»Immerhin ist sie wirklich seine Frau«, sagte Carver.

»Scheint so. Aber er erzählt dir nichts davon, daß sie schwanger ist.«

»Vielleicht hat sie ja auch schon entbunden«, gab Carver zu bedenken.

»Stimmt. Niemand weiß, wie schwanger sie ist – oder war. Jedenfalls gehst du zu der Adresse, die Gomez dir gegeben hat – einem Ort, an dem er tatsächlich zusammen mit seiner Frau gesehen wurde und wo sie den Großteil des vergangenen Jahres verbracht hat –, und plötzlich kommt die Schwester seiner Frau rein und wird von irgendeinem Typen erschossen.« Desoto lehnte sich zurück in die kühle Brise des Ventilators. Sein gewelltes dunkles Haar bewegte sich keinen Millimeter im Luftstrom. »*Amigo,* was soll das alles bedeuten?«

Carver hatte sich genau in diesem Moment dasselbe gefragt. Er sagte: »Ich glaube nicht, daß ich Gomez' Schwägerin begegnen sollte. Das macht einfach keinen Sinn. Sie ist wahrscheinlich zufälligerweise gleichzeitig mit mir dagewesen.«

»Ah ja. Und hast du auch eine Idee, was sie wollte?«

»Ein paar Klamotten und persönliche Dinge für ihre Schwester holen, die sich versteckt.«

»Und wovor versteckt sie sich?«

»Keine Ahnung. Vor Gomez?«

»Vielleicht. Glaube ich aber nicht. Und was ist mit dieser unglückseligen Belinda Jackson?«

»Aus Versehen ermordet«, vermutete Carver. »Weil der Killer aus der großen Entfernung dachte, sie wäre Elizabeth Gomez.«

»Das könnte hinkommen.« Desoto beugte sich wieder vor, stützte die Ellenbogen auf den Schreibtisch und legte die gepflegten, sonnengebräunten Hände gegeneinander. »Aber vielleicht will auch jemand Elizabeth Gomez töten, und ihr komischer Roberto sucht sie, um sie zu beschützen?«

»Glaubst du daran?«

»Ich halte es für möglich, *amigo.*«

»Ich glaube eher, daß sie sich vor Gomez versteckt, was für ihn ein guter Grund wäre, mich zu engagieren.«

»Bloß hat er sie erst vor kurzem in Sicherheit gebracht, und zwar in dieser Wohnung in Orlando. Das sieht für mich eher so aus, als wollte er sie und ihr gemeinsames Baby beschützen.«

»Dann ginge Gomez also wirklich davon aus, daß jemand

sie – allein oder mit dem Baby – entführt hat«, sagte Carver. »Wenn man deinen Vermutungen folgt.«

»Ja, so sehe ich das auch«, bestätigte Desoto.

Carver dachte darüber nach. Mochte den Gedanken nicht. Schwieg.

»Übrigens«, sagte Desoto, »früher oder später wird sich ein DEA-Mitarbeiter namens Dan Strait bei dir melden. Er ist neugierig auf alle Informationen über Gomez, die er nur kriegen kann.«

»Verständlich.«

»Unter den gegebenen Umständen nehme ich nicht an, daß du Gomez noch einmal begegnen wirst«, fuhr Desoto fort, »aber wenn doch: Sag mir Bescheid. Nicht nur die DEA will sich mit ihm unterhalten.«

»Als Verdächtigem?«

»Nein. Selbst wenn er die Frau erschossen hat, wird er ein astreines Alibi vorweisen können.«

»Ein sorgfältiger Mann.«

»Miami sagt, er sei ebenso gerissen wie verrückt. Die DEA sagt dasselbe. Drogengeld kann Leute ziemlich aus der Bahn werfen. Der Kerl ist richtig gefährlich. Also paß auf dich auf.«

»Du kennst mich doch.«

»Eben deswegen, mein Freund. Wenn du angefangen hast, dich mit etwas zu beschäftigen, kannst du nicht mehr lockerlassen. Gib einem Hund einen Knochen, und er kaut drauf rum, bis er tot umfällt. So funktionierst du auch.« Er faßte hinter sich und drehte die Musik wieder lauter. Ein Tango; sehr dramatisch. »Noch irgendwelche Fragen, bevor du deine offizielle Aussage machst, *amigo*?«

Carver beugte sich vor, stützte sich auf seinen Stock und stand auf. »Belinda Jackson war eine schlanke, gut gebaute

Frau«, sagte er. »Nicht mal aus der Entfernung konnte man sie durch ein Zielfernrohr für eine Hochschwangere halten.«

»Das ist mir auch aufgefallen«, sagte Desoto.

»Das hatte ich angenommen«, bestätigte Carver und wandte sich zum Gehen.

Er hoffte, Roberto Gomez niemals wieder zu begegnen. Aber er wußte es besser.

Hunde und Knochen.

6

Auf dem Weg zurück nach Del Moray machte Carver im Happy Lobster an der A1A halt und genehmigte sich ein paar Krebse und ein Bier. Es war kühl und ruhig in dem Restaurant; das machte es Carver leicht, endlich einmal in Ruhe nachzudenken. Leises Gemurmel drang von der Bar herüber. Leute unterhielten sich – er konnte jedoch nicht verstehen, worüber. Irgend jemand hustete. Raucher. Klirrendes Frauenlachen. Sie amüsierten sich, alles war in Ordnung.

Carver saß weit hinten im Restaurant, weit genug entfernt von dem fröhlichen Lärm. Er hockte in einer Nische an einem kleinen Tisch mit Blick auf den dunklen Atlantik. Ein paar Fischerboote bewegten sich parallel zur Küste; Möwen umschwirrten sie wie Fliegen einen Hund. Der Wind hatte die Wolken, die heute morgen am Horizont zu ahnen gewesen waren, auf die Küste zu geweht. Der Himmel war grau, aber es herrschten immer noch über dreißig Grad. Feuchtwarm wie in einer Sauna. Alles fertig zum Gewitter.

Carver und Edwina hatten oft gemeinsam im Happy Lobster gegessen, aber er fühlte sich nicht sonderlich einsam und wußte nicht einmal genau, warum. Sie kam heute abend aus Atlanta zurück. Vielleicht war sie sogar schon wieder da. Er hätte zu ihrem Haus fahren und mit Edwina zusammen zu Abend essen können.

Vor sechs Monaten, vielleicht sogar noch vor einem Monat, hätte er das getan. Ihr von Roberto Gomez und seiner Frau und seiner toten Schwägerin erzählt. Aber Edwina hatte eine endgültige Entscheidung von ihm verlangt. Die konnte er ihr nicht geben. Er konnte sich selbst nicht gänzlich aufgeben, also hatte sie ihn abgewiesen, hatte eine emotionale Distanz zwischen ihnen beiden geschaffen, um es nicht noch schwerer zu machen. Sie wußten beide, daß sie sich trennen würden.

Es sei denn, Carver gäbe auf und würde sie heiraten. Mit allem, was dazugehört.

Und er wußte, daß er das nicht tun würde. Nach seiner Ehe mit Laura konnte er sich nicht wieder darauf einlassen. Er hatte keine Kontrolle über diese Gedanken; Heirat war für ihn nur ein anderes Wort für Schmerz. Wenn man sich einmal verbrannt hatte, mußte man nur noch Flammen sehen, damit es weh tat.

Er trank langsam sein Bier und betrachtete die Wellen, die von irgendwoher kamen und auf diesem Strand ausrollten. Er hatte bereits genug gelitten, und das war sicherlich noch nicht das Ende. Aber er wollte wenigstens nicht mehr abkriegen, als unbedingt nötig war. War das selbstsüchtig? Vielleicht. Vielleicht war es auch ein Selbstschutz. Edwina hatte sich vor ein paar Jahren genauso gefühlt, nach einer gescheiterten Ehe und einer mißlungenen Affäre. Sie hatte gelernt, damit umzugehen. Carver nicht. So einfach war das.

Er trank sein drittes Bier aus, bezahlte und hinkte auf den Parkplatz, wo er noch in aller Ruhe eine süße *Swisher*-Zigarre rauchte. Wagen mit neuen Gästen rollten auf den Platz. Er lauschte dem Geräusch von Kies unter Reifen und Sohlen; beobachtete, wie die Gäste, meist Pärchen, in das Restaurant gingen.

Schließlich schnippte er den Zigarrenstummel in Richtung Ozean, sah das winzige Licht vor dem dunkelgrauen Himmel einen Bogen beschreiben und auf der anderen Seite der Einfahrt hinunterfallen.

Dann stieg er in seinen Olds und fuhr zu Edwinas Haus, wo er seit kurzem nur noch einen kleinen Teil seiner Zeit verbrachte.

Ihr Mercedes, den sie auf dem Park-and-Fly-Platz des Flughafens abgestellt hatte, stand in der Auffahrt. Die Schnauze zeigte auf die geschlossene Garagentür. Die Palmenwipfel bewegten sich im Abendwind und ließen ihre Schatten über das Wagendach gleiten. Carver brachte den Olds direkt daneben zum Stehen. Er machte allerhand Krach, als er die Wagentür zuwarf und mit seinem Stock über den Kies ging, damit sie wußte, daß er kam. Als wollte er sie nicht mit ihrem Liebhaber überraschen, obwohl er sicher war, daß es keinen gab.

Sie war schon eine Weile wieder zu Hause. Hatte die feinen Business-Klamotten gegen eine Jeans und eine ärmellose weiße Bluse vertauscht. Ihr dichtes kastanienbraunes Haar, das sie oft hochsteckte, fiel offen über ihre Schultern. Ihre grauen Augen blickten ihn schmerzlich an. Sie sah älter aus, als sie war, so als hätte sich die Stimmung des Abends in ihren Kopf geschlichen. Die dauernde Spannung zwischen ihnen beiden zeigte ihre ersten Spuren.

Sie saß auf dem Sofa im Wohnzimmer, vor sich einen ihrer heißgeliebten Gin-Zitronenlimonade-Drinks, und sagte: »Ich habe bei dir angerufen, aber du warst nicht da. Ich hab' mich gefragt, wo du steckst.«

Er ging ein paar Schritte auf sie zu und stützte sich auf seinen Krückstück. »Orlando. Mußte einen Fall untersuchen.«

Sie trank einen Schluck des selbstgebrauten Gin-Fizz und leckte sich über die Lippen. Wenn er sie nicht so gut gekannt hätte, hätte er den Eindruck gehabt, sie würde mit ihm flirten. »Ich dachte, wir könnten vielleicht irgendwo etwas essen gehen. Das Zeug im Flugzeug schmeckte nach Plastik. Ich hab' nur ein wenig daran herumgeknabbert.«

»Hätte ich das gewußt«, sagte Carver. »Ich hab' unterwegs schon was gegessen.«

Keine Veränderung ihrer Miene. »Macht nichts. Hab' die ganze Kühltruhe voll.« Mit ihrem Kopf deutete sie in Richtung Küche, eher ein betonter Blick und eine leichtes Vorstrecken ihres Kinns als eine wirkliche Bewegung. Um Carvers Herz zog sich etwas zusammen. Sie war wunderschön, wenn sie das machte; diese Geste war ihr ganz eigen.

Er hinkte zu dem Armsessel und setzte sich, streckte das steife Bein vor sich aus und lehnte den Stock an seine Hüfte. Der Absatz seines Mokassins bohrte sich in den Teppich. »Wie war dein Maklertreffen?«

Sie lächelte. »Wie immer. Reden, Versammlungen, Meetings, Essen, Parties. Business-Tratsch. Dauerlächeln. Ein paar Peinlichkeiten bei denen, die dumm genug sind, Beruf und Privatleben zu mischen.«

»Hast du was Neues über das Projekt in Hawaii gehört?«

Er hätte besser nicht gefragt. Die Anspannung kroch wie ein Schatten in ihr Gesicht; ihre Wangenmuskeln verspannten sich. Ihr Kiefer bewegte sich unmerklich. Carver sah es nur, weil er sie so gut kannte. Ihre Launen. Auch wenn er nicht immer alles verstand. »Sie werden das verdammte Ding bauen, wenn du das meinst«, sagte sie.

»Das ist ziemlich genau, was ich meinte.«

Sie stand etwas zu schnell auf, ging dann wie auf einem unregelmäßigen Muster auf dem blauen Teppich umher. Hielt ihr Glas ganz vorsichtig, als wäre es randvoll und nicht halbleer. »Weißt du, Fred –«

»Was?« Er konnte nichts dagegen tun. Er mußte sie einfach unterbrechen. Weil ihm in diesem Moment klargeworden war, daß sie heute abend beide schlecht gelaunt waren. Ein handfester Krach lag in der Luft.

Sie mußte es auch gespürt haben. Sagte: »Ach, nichts. Worum geht es bei deinem neuen Fall?«

»Ich habe nicht gesagt, daß ich einen neuen Fall habe.«

»Als ich nach Atlanta geflogen bin, hattest du überhaupt keinen Fall.«

Korrekt. Ein Punkt für Edwina.

»Worum geht es?« fragte sie erneut. »Oder ist das so geheim, daß du nicht darüber sprechen willst?«

»Nein«, sagte er irritiert. Vielleicht *war* es wirklich etwas, worüber er nicht sprechen sollte. Nicht einmal mit ihr. Das hatte es schon früher gegeben.

Aber er hatte trotzdem immer mit ihr darüber gesprochen.

Nun, diesmal nicht. »Es gibt nicht viel zu erzählen«, sagte er. »Und höchstwahrscheinlich ist es sowieso schon vorbei.«

Sie wanderte weiter umher. Trank ein wenig. Obwohl in den letzten Tagen niemand im Haus gewesen war, hatte der leichte Geruch nach Meer einen Weg hinein gefunden. Die Luft fühlte sich feucht und schwer an. Als könne man sie anfassen. Der Thermostat klickte ein paarmal, und die Klimaanlage erwachte brummend zum Leben. »Bleibst du heute nacht hier?«

»Ich denke nicht«, sagte er. »Wenn dieser Fall nämlich

noch nicht vorbei ist, könnte das keine sonderlich gute Idee sein.«

Sie seufzte. »Immer dieser Gefahrenquatsch mit deinem Job. Verdammt melodramatisch, findest du nicht?« Sie war nahe dran, die Kontrolle über sich zu verlieren. Er wollte sich heute abend nicht streiten.

»Da draußen laufen ein paar ziemlich melodramatische Schmierendarsteller mit echten Pistolen rum.«

Ihre Schultern sackten nach unten. Sie hatte auch keine Lust, sich zu streiten. Jedenfalls nicht jetzt. Gott sei Dank. »Das stimmt wohl. Maklerin ist ein etwas normalerer Beruf.«

»Für normalere Leute.«

»Oder für Leute, die auf eine andere Art bekloppt sind.« Sie trank aus und trug das leere Glas in die Küche. Ein wunderschöner Gang, selbst in Jeans und Hausschuhen. Er starrte sie an. Fühlte er sich deshalb so zu ihr hingezogen? Weil er ein Krüppel war und sie sich wie eine Tänzerin bewegte?

»Leistest du mir Gesellschaft, während ich mein Mikrowellenmahl zu mir nehme?«

»Laß uns doch irgendwo hinfahren«, schlug er vor. »Dann leiste ich dir Gesellschaft, während du ein richtiges Essen zu dir nimmst.«

Sie atmete aus, entspannte sich, wenngleich die Probleme nicht gelöst waren. Lächelte. »Okay, das ist eine gute Idee.«

Waffenstillstand.

Einstweilig.

7

Am nächsten Morgen erwachte Carver vom Rauschen des Meeres. Und von Edwinas Atem neben sich. Die Sonne war gerade aufgegangen, und die Brise, die sanft durch das offene Fenster wehte, fühlte sich kühl an auf seinem nackten Bein, das unter dem dünnen weißen Laken hervorlugte. Edwina hatte das Laken vollständig abgestreift und lag entspannt auf dem Rücken, einen Arm lose über den Augen, als wolle sie sich vor der Sonne schützen. Die Klimaanlage war noch nicht angesprungen; abgesehen von Edwinas Atem und dem Meeresrauschen kam das einzige Geräusch im Zimmer von dem langsam rotierenden Deckenventilator.

Carvers Nase und seine linke Wange waren in das Kissen gedrückt. Er bewegte seinen Kopf, der Nacken tat ihm weh. Vorsichtig rollte er sich auf die Seite. Betrachtete Edwinas nackten Körper im Morgenlicht. Bemerkte den leicht metallischen Geruch von Sex am vergangenen Abend und spürte, wie sich irgend etwas in ihm verwirrt zusammenzog. Edwina seufzte leise, wachte aber nicht auf.

Er dachte an die letzte Nacht, an die Zeit nach Edwinas Abendessen und etlichen gemeinsamen Drinks an der Bar im Restaurant. An die schweißnassen Laken und das Gefühl warmer Haut. An ihr Stöhnen. An das Kopfende des Bettes, das einen primitiven Rhythmus an die Wand klopfte. Sie hatten immer noch Lust, sich zu lieben, aber ihnen beiden war klar, daß sie in der letzten Nacht nur physisch beieinander gewesen waren. So könnten sie lange weitermachen, auch wenn sie sich noch mehr voneinander entfernten – wenn sie sich dazu entschlossen. Aber früher oder später würden sie beide diese Art Sex ablehnen, weil sie nicht mehr als kurzfristige Befriedigung bedeutete; eine Reise nach nirgendwo.

Carver streckte den Arm aus und tastete auf dem Teppichboden umher, bis er seinen Stock halb unter dem Bett gefunden hatte. Er benutzte ihn, um sich aufzusetzen. Edwina schien das Wippen der Federn unter der Matratze nicht zu bemerken. Sie schlief tief und fest.

Er humpelte ins Badezimmer und stellte die Dusche an. Fummelte an den Hähnen herum, bis das Wasser lauwarm war. Lehnte seinen Stock gegen die gekachelte Wand, hielt sich am Handtuchhalter fest und machte einen Schritt unter die stechenden Wasserstrahlen. Dachte, daß es nett wäre, wenn dieses Wasser ihn nicht nur von außen säubern, sondern ihn auch von der Vergangenheit reinigen und ihm eine zweite Chance ermöglichen könnte.

Als er sich abgetrocknet hatte und nackt ins Schlafzimmer zurückhumpelte, war Edwina wach.

Sie lag immer noch auf dem Rücken, hatte ihre Nacktheit jedoch unter dem Laken verborgen. Daran war nicht Scheues, das wußte er; ihr war einfach kalt in der frischen Morgenluft. Sie hatte sich beide Kissen hinter den Kopf gestopft und sah Carver abwartend an. Ihr dunkles Haar war durcheinander und ließ sie wie eine zivilisierte Wilde aussehen. Was sie vielleicht sogar war.

Unbeholfen stieg er in die Jockey-Shorts, die er aus dem Stapel mit seinen Sachen in ihrem Schrank gefischt hatte, stützte sich abwechselnd mit je einer Hand auf den Stock. Die Geschicklichkeit in Person.

Sie beobachtete ihn durch schmale Augenschlitze, so als läge Zigarettenrauch in der Luft. »Du gehst?«

»Ja. Ich muß ins Büro, vielleicht hat jemand angerufen.«

»Ich denke, dein Fall ist abgeschlossen.«

Er sah sich nach dem Rest seiner Kleidung um. »Ja, abgesehen von dem Mordfall.«

»Mord an wem?«

»Eine Frau. Belinda Jackson. Die Schwägerin meines Klienten. Meines ehemaligen Klienten, meine ich.«

»Hier in Del Moray?«

»Nein. In Orlando.«

»Desotos Distrikt.«

»Ja.« Er setzte sich auf die Bettkante und zog seine Hosen hoch. Er hatte sie gestern auf einen Stuhl gelegt, war aber offenbar nicht sorgfältig genug gewesen. Jedenfalls hatten sie jetzt 'ne Menge Falten. Nun ja, er hatte es eilig gehabt. Barfuß hinkte er zu der kleinen Kommode und nahm ein frisches Paar Socken heraus, kehrte zum Bett zurück und zog sie an. Schlüpfte in seine Mokassins, die er nicht zuschnüren mußte. Schuhe zuzuknoten war morgens kein großes Problem, aber Carver haßte es, wenn die Schnürsenkel tagsüber aufgingen und er sich irgendwo hinsetzen und seinen Körper beinahe zusammenfalten mußte, nur um seine Schuhe zuzubinden. Vor allem haßte er die mitleidvollen Blicke.

Er holte einen dünnen braunen Rollkragenpullover aus dem Schrank und zog ihn an. Stand am Fußende des Bettes und stopfte den Pulli in seine Hose. Während er sich durch das dichte, lockiggraue Haar hinter den Ohren und am Hinterkopf fuhr, betrachtete er sich im Spiegel. Dunkle Hose, dunkler Pullover, blaue Katzenaugen, harte Gesichtszüge und eine Narbe im rechten Mundwinkel, die ihm einen zynischen Ausdruck verlieh, wenn er nicht gerade lächelte. Das linke Ohrläppchen fehlte. Jemand hatte es ihm mit einem Messer abgeschnitten. Er sah aus wie ein Schläger. Wie üblich. Es interessierte ihn nicht. Wie üblich.

Edwina setzte sich etwas aufrechter hin und fuhr sich mit rotlackierten Fingernägeln durchs Haar. Es nützte nichts. »Zeit genug zum Frühstücken?«

»Lieber nicht«, sagte er. »Danke.«

»Kein Problem. Ich muß sowieso zur Arbeit. Ein Strandhaus vorzeigen.«

»Viel zu verdienen?«

»Wenn ich es verkaufe.«

»Das wirst du.«

Sie nickte langsam. »Ja, früher oder später sicherlich.«

Er hinkte um das Bett herum auf ihre Seite, stellte seinen Krückstock nah an das Bettgestell, beugte sich vor und küßte sie auf die Stirn. Feucht und kühl.

Sie bewegte sich nicht und sah ihn nicht an. »Auf Wiedersehen, Fred.«

Er stützte sich auf seinen Stock und ging.

Gegenüber von Carvers Büro lag ein weißes Gebäude mit Stuckverzierungen: Gericht und Gefängnis waren dort untergebracht. In dem mittlerweile gleißend hellen Sonnenlicht sah das Haus direkt eßbar aus, wie eine Eistorte. Dahinter war der blauglitzernde Ozean zu sehen. Dieser Ausblick war der Stoff, aus dem die Postkarten sind.

Das Gebäude, in dem Carver sein Büro hatte, war mit beigem Stuck verziert. Es war niedrig und hatte ein rotes Ziegeldach. Er hatte das Büro am Ende. Außer ihm waren noch ein Versicherungsmakler und eine Autovermietung in dem Haus untergebracht. Alle drei Unternehmen hatten ihre Kundschaft, aber niemand hier wurde reich.

Carver parkte den Olds an seinem üblichen Platz, näher an Golden World Insurances als an seinem eigenen Büro, weil der Wagen dann früher im Schatten stehen würde, wenn die Sonne die Magellan Avenue überqueren und hinter dem Dach der Büros verschwinden würde.

Er öffnete das Leinenverdeck, damit die Vinylsitze nicht

anfingen zu schmelzen, hinkte zu seinem Büro und sperrte die Tür auf. Betrat den Vorflur.

Die Sonne hatte heute noch nicht richtig zugeschlagen, und der Klimaanlage war es gelungen, das Büro angenehm kühl zu halten. Gegen zwei Uhr würde es langsam wärmer werden hier drin. Florida im Juni. Was war da schon zu erwarten? Dieser Staat sollte für Reptilien und andere Kaltblütler reserviert werden.

Er nahm die Post, die durch den Türschlitz in den Flur geworfen worden war, blätterte durch die Umschläge und fand nichts, was nach einem Scheck aussah. Rechnungen und Werbung. Es gab einen Videorecorder zu gewinnen, wenn er eine neue Wohnanlage in Fort Lauderdale besichtigte. Na klar. Er warf die Offerte und den Rest der offensichtlich unsinnigen Werbebriefe in den metallenen Mülleimer neben der Tür und humpelte mit den verbleibenden Umschlägen durch den spartanisch möblierten Vorraum auf die offene Tür seines Büros zu. Ging hinein, um sich hinter seinen Schreibtisch zu setzen, seinen Anrufbeantworter abzuhören und die Überreste der Post durchzusehen.

Blieb nach zwei Schritten wie angewurzelt stehen.

Es saß schon jemand hinter seinem Schreibtisch. Auf seinem Stuhl. Noch jemand stand etwas seitlich neben dem Fenster.

Der Mann hinter dem Schreibtisch sagte: »Sie scheinen überrascht zu sein.«

Carver sagte: »Ich bin überrascht.«

»Huh! Huh! Huh!« Das Lachen eines Schakals. »Nichts sollte Sie überraschen in diesem Leben, gar nichts. Die Welt ist ganz einfach so, wenn Sie verstehen, was ich meine.«

Carver verstand. Er fragte: »Sind Sie immer noch Robert Ghostly? Oder diesmal Roberto Gomez?«

8

Carver sagte: »Ich dachte, ich hätte abgeschlossen.«

Gomez lächelte. Er trug einen weißen Anzug und ein hellblaues Hemd mit offenem Kragen. Eine dicke goldene Kette glitzerte in seinem dichten Brusthaar. Diesmal sah er nicht aus wie ein hart arbeitender Vertreter. Er hatte auch eine andere Frisur als bei seinem Besuch in Carvers Strandhaus. Sein Haar war straff zurückgekämmt und mit viel Gel festgeklebt. Das ließ ihn ein wenig wie eine Echse aussehen; seine buschigen Augenbrauen und ihr asynchrones Verhalten wurden so noch stärker betont. »Schlösser interessieren uns nicht so sehr«, sagte er.

Zur Hölle. Carver hinkte auf seinen Schreibtisch zu. Der stehende Besucher blieb weiter mit dem Rücken an der Wand lehnen, sein schlanker, durchtrainierter Körper schien jedoch plötzlich ganz schwach unter Strom zu stehen. Er sah aus wie Mitte Fünfzig, hatte ein schmales, konturenloses Gesicht und traurige blaue Augen. Trug einen dunkelblauen, gestreiften Anzug und eine Weste. Obwohl es nicht besonders warm war im Büro, glänzte sein flaches, düsteres Gesicht vor Schweiß. Das schien ihn allerdings nicht zu stören. Einer der beiden Männer, wahrscheinlich der größere an der Wand, verströmte einen ranzigen, ungewaschenen Geruch.

»Womit kann ich dienen?« fragte Gomez, lehnte sich behaglich zurück und sah Carver freundlich an. Als wäre das hier *sein* Büro.

»Mit meinem Stuhl«, sagte Carver. Er faßte den Griff seines Stocks fester und belastete die Spitze weniger, so daß er ihn als Waffe benützen konnte.

Gomez lächelte, aber seine dunklen Augen zeigten den

desinteressierten, gefühllosen Ausdruck, den Carver von Killern kannte. »Meinen Sie das ernst?«

»Meinen Stuhl? O ja.«

Gomez wackelte mit den Augenbrauen. Seine Wangenmuskeln bewegten sich. Als müsse er sich zusammennehmen, um nicht laut zu lachen. »Ein Wort von mir, Carver, und Hirsh wird Ihre kleinen Knochen knacken lassen. Ich sitze immer, wo ich will. Ist das klar?«

Carver sah zu Hirsh, der ziemlich gelangweilt dreinschaute. Er sah genauer betrachtet älter aus, als Carver zuerst geschätzt hatte. Graue Haare wuchsen ihm aus Nase und Ohren, und sein Haupthaar sah aus, als wäre es gefärbt.

»Ich fragte, ob das klar ist«, sagte Gomez. Jetzt sah er nicht mehr besonders amüsiert aus. Seine Ich-bin-ein-harter-Kerl-Show war in vollem Gange.

Carver sagte: »Stehen Sie auf.«

Gomez wirkte überrascht. Seine Brauen sausten auf und ab. »Du meine Güte! Sind Sie in einem John-Wayne-Film aufgewachsen? Wissen Sie nicht, wer ich bin? Mit wem Sie, verflucht noch mal, reden?«

»Das kenne ich aus ein paar Filmen«, sagte Carver. »Dieses ›Wissen Sie nicht, wer ich bin?‹«

Gomez sah zu Hirsh, der still und konzentriert dastand. »Willst du ihm ein paar reinhauen?«

Hirsh zuckte mit den Schultern. »Mir egal.«

Gomez sah wieder Carver an und sagte: »Das meint er so. Ihm ist es wirklich absolut egal, ob er Sie zu Hühnerscheiße verarbeitet oder nicht. So ist Hirsh eben. Hinterher gehen wir was essen. Und sein Appetit bleibt immer gleich, egal, was gerade passiert ist.«

»Stehen Sie jetzt auf?« fragte Carver.

Gomez faltete seine Hände auf Carvers Schreibtischplatte

und senkte den Kopf, als dächte er darüber nach. Wie ein Abteilungsleiter, der über die Gehaltsforderung eines Untergebenen zu entscheiden hatte.

Er blickte wieder auf. Seine Augenbrauen standen direkt nebeneinander hoch auf der Stirn. Er grinste; es lohnte sich nicht, hierüber einen Streit zu entfesseln. Außerdem wollte er etwas von Carver, sonst wäre er nicht hier. »Na schön. Setzen Sie sich.« Er stand auf und trat einen Schritt zur Seite, um Carver vorbeizulassen. »Sie sind ein verdammter Spießer, und ich sollte besser auf meine Manieren achten, nicht wahr?«

Carver sagte kein Wort, während er zu seinem Stuhl hinkte und sich hineinsetzte. Die Sitzfläche war noch warm von Gomez; das gefiel ihm nicht sonderlich, aber davon abgesehen war es ein gutes Gefühl zu sitzen. Er lehnte seinen Stock an die Schreibtischkante, nahe genug, um ihn schnell greifen zu können, wenn Hirsh oder Gomez irgendeine gefährliche Bewegung machten. Er sah Gomez an, der nun vor dem Schreibtisch stand, Fäuste in die Hüften gestemmt, und auf Carver hinablächelte, als sei der ein echter Idiot. Hirsh hatte seinen Bluthundblick nicht von Carver abgewandt, aber ein wäßriger Schimmer Amüsiertheit schien in seinen blauen Augen erkennbar zu sein.

»Also, warum sind Sie hier?« fragte Carver Gomez. Es war wieder sein Büro, und er hatte das Sagen. Oder so ähnlich.

Gomez hörte auf zu lächeln. »Meine Schwägerin ist gestern gestorben. Sie waren dabei.«

»Sie ist nicht gestorben«, korrigierte Carver, »sie ist erschossen worden. Ja, ich war da.«

»Es stimmt, was in der Zeitung steht? Eine Kugel durchs Fenster, und das war's?«

»Genau«, bestätigte Carver. »Ein Killer mit einem ziemlich guten Gewehr.«

»Haben Sie irgend etwas mitgekriegt?«

»Nur, wie der Kopf Ihrer Schwägerin in Stücke zerfetzt wurde. Das ist alles.«

»Was hatte die dumme Fotze in meinem Apartment zu suchen?«

»Weiß ich nicht. Sie hat ein paar Klamotten in einen Koffer gepackt. Vielleicht für Ihre Frau.«

»Haben Sie mit ihr gesprochen?«

»Keine Zeit. Der Killer war schneller als ich.«

Gomez ging zum Fenster, blinzelte einen Moment in das gleißende Sonnenlicht. Sah kurz hinüber zu Hirsh, kam zu Carver zurück und setzte einen ernsthaften Gesichtsausdruck auf. »Ihr Tod war ein Fehler. Haben Sie verstanden?«

»Wenn jemand auf diese Weise stirbt, ist das immer falsch.«

»Das ist nicht das, was ich gesagt habe, Carver.«

»Sie meinen, der Killer dachte, sie wäre Ihre Frau?«

»Ja. So sieht's aus.«

Carver nickte. So sah er das auch. Es gab nur wenige schwarze Mieter in *Beau Capri*, und die Schwestern könnten sich durch ein Zielfernrohr ähnlich genug sehen, ganz besonders in Elizabeth Gomez' Wohnzimmer. Der Killer hatte vielleicht sehr lange darauf gewartet, daß Beth nach Hause kam. Hatte sie vielleicht niemals zuvor gesehen, sondern nur eine Beschreibung. Und er hatte einen Fehler gemacht, den die meisten Leute gemacht hätten. Die meisten Killer. Carver sagte: »Die Bullen wollen mit Ihnen sprechen.«

»In Ordnung«, entgegnete Gomez. »Es gibt keinen Haftbefehl gegen mich. Ich werd' mit ihnen reden, wenn ich Zeit dazu habe.«

»Die Bullen werden also auch das Glück haben, Ihnen eines Morgens hinter ihrem eigenen Schreibtisch zu begegnen? So wie ich?«

»Sie werden lachen, aber mit dem richtigen Anwalt kann man sich beinahe alles leisten. Diese ganzen Rechte, die man hat... Und ich hab' den richtigen Anwalt.«

»Davon bin ich ausgegangen. Weiß er, daß Sie hier sind?«

Gomez winkte ab. »Alles streng vertraulich, Carver.«

»Wenn Sie nur hierhergekommen sind, um etwas über Belinda Jacksons Tod zu erfahren, das nicht schon in der Zeitung steht, kann ich Ihnen leider nicht weiterhelfen«, sagte Carver. »Es ging alles sehr schnell. Das ist das Beste, was man darüber sagen kann.«

»Das ist nicht der Grund, weshalb ich hier bin«, sagte Gomez. »Ich möchte, daß Sie weiterhin nach Beth suchen. Offenbar ist sie in großer Gefahr, und ich will sie finden, bevor ihr was passiert.«

»Das kann doch auch die Polizei erledigen.«

»Das möchte ich aber lieber nicht.«

»Warum?«

»Sagen wir mal: aus geschäftlichen Gründen.«

Das sah Carver ein. Dennoch sagte er: »Ich möchte mit diesem Fall nichts mehr zu tun haben, Gomez. Ich werde Ihnen den Vorschuß zurückgeben.«

»Ich werde ihn aber nicht annehmen.«

»Dann werde ich ihn eben ausgeben. Aber das ändert nichts.«

»Warum wollen Sie nichts mehr für mich tun, Carver?«

»Sie erzählen mir einen Riesenhaufen Quatsch, engagieren mich unter Vorspiegelung falscher Tatsachen, und prompt stehe ich neben einer Frau, während sie exekutiert wird.«

»Es hätte auch Sie treffen können, was? Ist das der Punkt? Haben Sie die Hosen voll?«

»Das können Sie glauben.«

Gomez' Augenbrauen führten ein kleines Tänzchen auf,

und er zeigte seine blendendweißen Zähne. »Glaube ich aber nicht. Ich informiere mich gut, bevor ich jemandem Arbeit anbiete, Carver. Sie haben Mumm in den Eiern, hat man mir gesagt. Die sollen sogar Geräusche machen, wenn sie beim Gehen aneinanderschlagen. Deshalb wollte ich Sie haben, und nicht irgendeinen dämlichen Schlüssellochgucker, der sich sofort in die Hosen pißt, wenn es ernst wird.«

»Wenn jemand 'ne Kugel in den Kopf kriegt, finde ich das durchaus ernst«, sagte Carver. »Ernst genug, um mich aus der Sache rauszuhalten.«

Gomez verschränkte die Arme vor der Brust und stellte sich breitbeinig hin. Das Ende war in Sicht. »Sagen wir's mal so, Carver: Sie suchen weiter nach Beth, weil Hirsh sonst dafür sorgen wird, daß man ziemlich lange nach Ihren Überresten suchen muß.«

Carver sah Hirsh an, der ihm ein schmales Lächeln schenkte und freundlich nickte. Über seine Weste war eine goldene Uhrkette drapiert, die seinen Spitzbauch betonte. Hirsh sah aus wie ein Schläger, der lange genug überlebt hatte, um ein halber Gentleman zu werden.

Gomez sagte: »Die Leute, die ich engagiere, kündigen nicht.«

»Dann beschreite ich also gerade neues Terrain.«

»Sie werden demnächst unter diesem Terrain liegen.«

»Ich kündige trotzdem«, sagte Carver.

»Stures Arschloch!«

»Sicher. Aber immerhin eines mit Mumm in den Eiern.« Er faßte seinen Stock fester, bereit, um sich zu schlagen und zu stechen, falls Hirsh mit irgendwelchen bösen Gedanken im Kopf auf ihn zukäme. Gomez trainierte seine Augenbrauen ein wenig. Dann sagte er: »Sind Sie sicher, daß Sie das tun wollen, Carver?«

»Ich habe es bereits getan.«

»Das macht doch keinen Sinn.«

»Für mich schon.«

Gomez starrte ihn an. »Ich muß zugeben, irgendwie imponieren Sie mir.«

»Ich mache nur meinen Job«, sagte Carver. »Und ich arbeite nicht für Klienten, die mich anlügen.«

»Na ja, das kann ich nachvollziehen. Geschäft ist etwas, das ich ganz gut verstehe.«

»Das habe ich auch gehört.«

»Huh! Huh! Huh!« Wieder dieses überraschend nasale Lachen. »Ich nehme an, darüber haben Sie eine ganze Menge zu hören bekommen, wenn Sie die richtigen Leute gefragt haben.«

Er blickte weiterhin Carver an und ging rückwärts auf die Tür zu. »Komm, Hirsh.«

Hirsh stieß sich von der Wand ab und ging zur Tür. Dort blieb er stehen wie ein Platzanweiser im Theater. Er trug französische Manschetten, schwarz, ein interessanter Kontrast zu seinem weißen Hemd. Hatte sehr lange Arme. Große, brutale Hände mit dicken, breiten Fingern – wie flachgeklopfte Würstchen.

»Denken Sie darüber nach«, sagte Gomez, während er sich in den Vorraum verdrückte. Hirsh behielt Carver und den Rest des Büros im Blick.

»Ich muß darüber nicht nachdenken«, sagte Carver. »Das habe ich bereits getan. Ich habe gekündigt. Wie Nixon.«

»Denken Sie trotzdem noch mal drüber nach«, wiederholte Gomez. »Zwanzigtausend Dollar für Sie, egal ob Sie Beth finden oder nicht.« Er ging an Hirsh vorbei und durchquerte den kleinen Flur. Hirsh lächelte Carver traurig zu und folgte ihm.

Als die beiden weg waren, saß Carver eine Weile hinter seinem Schreibtisch und dachte über Gomez' Angebot nach. Und darüber, was seine Angebote wert waren.

Er entschied sich, endgültig gekündigt zu haben und es dabei zu belassen. Dieser Fall reizte ihn nicht sonderlich.

»Fred Carver?« hörte er eine ihm unbekannte Stimme aus dem Vorraum.

9

Carver erhob sich und hinkte zur Bürotür. Ein kleiner, untersetzter Mann stand militärisch korrekt im Vorzimmer; einen Strohhut mit weißem Band in beiden Händen. Er trug einen ordentlichen braunen Anzug, braune Schuhe, weißes Hemd, dunkelbraune Krawatte. Sein Gesicht wirkte finster, sein Kiefer energisch, er hatte einen raspelkurzen Mecki-Haarschnitt. Der Hut hatte einen roten Streifen auf seiner Stirn hinterlassen. Als er Carver sah, fragte er noch einmal: »Fred Carver?«

»Das bin ich.«

»Ich bin Dan Strait, *Drug Enforcement Administration.*«

»Ich weiß.«

»Woher?«

»Sie sehen so aus.«

Strait lächelte. Er sah trotzdem finster dabei aus. »Das ist mein Handicap. Ich muß nur irgendwo auftauchen, und die Toilette rauscht.«

»Ich bin clean«, versicherte Carver ihm. »Sie können gern mein Büro nach Drogen durchsuchen.«

Einen Moment lang schien Strait dieses Angebot in Erwägung zu ziehen. Dann sagte er: »Ich wollte mit Ihnen über den Mord an Belinda Jackson reden.«

Carver sagte, das habe er erwartet. Er bat Strait in sein Büro und trat zur Seite, um ihn vorbeizulassen. Strait ging, als wäre er der Frontmann einer Parade, die sich verspätet hatte.

Carver nahm wieder hinter seinem Schreibtisch Platz. Strait zeigte kurz seine DEA-Marke, nur eine Formalie, dann setzte er sich auf den Besucherstuhl aus Plastik. Er knöpfte sein braunes Sakko auf, schlug die Beine übereinander und legte den Hut in den Schoß. »In dem Bericht der Polizei steht, daß Sie in der Wohnung waren, als Miss Jackson erschossen wurde.«

Carver bestätigte das. Ein Truck rumpelte draußen auf der Magellan vorbei, der Fahrer kuppelte, und das ganze Büro schien sanft zu vibrieren. Carver glaubte sogar, die Auspuffgase riechen zu können.

Strait fragte: »Und warum?«

»Warum was?«

»Warum waren Sie in der Wohnung?«

»Der Mieter hat mich engagiert, um nach seiner Frau zu suchen. Sie ist von zu Hause verschwunden, also war das der richtige Ort, um mit der Suche zu beginnen.«

»Ach so. Und Ihr Klient ist –«

»War«, korrigierte Carver. »Er war vor zehn Minuten hier, und ich habe ihm mitgeteilt, daß ich mich von dem Fall zurückziehe.«

Strait sah überrascht aus. Er tippte mit den Fingerspitzen beider Hände auf der steifen Krempe seines Hutes herum. »Roberto Gomez war vor zehn Minuten hier?«

»Wieso? Suchen Sie ihn?«

»Wir wollen mit ihm über den Tod seiner Schwägerin sprechen. Und wir wissen normalerweise, wo er sich aufhält.«

»Nun wissen Sie, wo er sich aufgehalten hat. Zusammen mit einem Typen namens Hirsh.«

»Und Sie haben ihm sein Geld zurückgegeben und sich aus dem Fall der vermißten Ehefrau zurückgezogen, wie?«

»Er wollte das Geld nicht. Aber ich habe mich auch so zurückgezogen.«

Strait lächelte. »Das klingt nach Gomez. Geld ist für ihn völlig unbedeutend – und doch das Allerwichtigste auf der Welt.«

Carver sagte: »Das ist ja nicht so besonders ungewöhnlich. Ist dieser Gomez wirklich so gefährlich, wie man sagt?«

»Ich weiß nicht, was man Ihnen erzählt hat, aber der Kerl ist ein echtes Arschloch. Drogengeld verändert den Charakter.«

»Und Hirsh?«

Strait behielt die Beine übereinandergeschlagen. Er hörte auf, auf der Hutkrempe herumzuklopfen und verschränkte die Arme vor der Brust. »Hirsh wird in New Jersery gesucht. Berufskiller. Dort hat er Gomez getroffen, der aus Brooklyn stammt und irgendein Kleinkrimineller im Nordosten war, bevor er hier im Süden mit dieser Drogengeschichte anfing. Hirsh ist sechzig, aber gut in Form. Mit dem würd' ich mich lieber nicht anlegen. Er macht die Dreckarbeit für Gomez. Und genauso sieht Hirsh das auch: als seine Arbeit. Gomez ist ein Sadistenschwein und kriegt 'n Harten vom Zuschauen, aber Hirsh ist es völlig egal, ob er auf eine Pappfigur oder einen lebenden Menschen schießt. Merkwürdiger Mensch. Er ist ein Killer mit Stil, das muß man ihm lassen; aber er ist trotzdem nichts anderes als ein bezahlter Killer.«

»Wie gut ist Gomez im Geschäft?«

»Ziemlich gut. Vielleicht der wichtigste Dealer in Florida. Er hat seine Kontakte zur Ostküste nie einschlafen lassen und kann dadurch ziemlich viel Stoff direkt aus Südamerika nach New York schaffen lassen. Und er ist klug genug, Übergabeort und Transportmittel und -wege oft genug zu wechseln. Wir sind dem Kerl seit drei Jahren auf den Fersen und haben noch nicht mal genug Beweise für einen Haftbefehl. Unter anderem, weil er absolut skrupellos ist. Bei einem Typ wie Gomez muß man sich durch die gesamte Hierarchie seiner Leute zu ihm hocharbeiten. Und er sägt schlicht und einfach die Leiter hinter sich ab. Kaum haben wir irgendeinen Informanten aufgetan, wittert Gomez das irgendwie, und unser Mann verschwindet spurlos.«

Carver war nicht sonderlich interessiert an Gomez' Arbeitsweise. In Florida gab es mehr Drogenhändler als Verkaufsstellen für Bustickets. Er fragte: »Was glauben Sie, wer seine Frau jagt? Und warum?«

Strait kaute auf seiner Oberlippe herum; zweifellos überlegte er, wie offen er mit Carver sprechen konnte. Immerhin war er in Carvers Büro gekommen, und zwar in erster Linie, um sich Carvers Unterstützung zu versichern.

Also entschied er sich am Ende so, wie Carver es erwartet hatte. Er sagte: »Könnte eine andere Drogenbande sein, die sich für irgend etwas an Gomez rächen will. Dafür gibt er 'ner Menge Leute 'ne Menge Gründe, und es ist kein Geheimnis, daß er sehr an seiner Frau hängt.«

»Vielleicht bringt sie ihm nicht dieselben Gefühle entgegen? Vielleicht hat sie Gomez satt und ist abgehauen?«

»Möglich. Aber es ist wahrscheinlicher, daß sie herausgefunden hat, daß jemand sie umlegen will.«

»Kann Gomez sie nicht beschützen?«

»Vielleicht nicht. Vielleicht flieht sie ja auch vor Gomez selbst. Vielleicht will er sie umbringen und hat Sie engagiert, um rauszufinden, wo sie steckt.«

»Sie haben doch gerade gesagt, daß er sie liebt.«

»Ich habe gesagt, daß er an ihr hängt. Davon abgesehen liegen Liebe und Haß ziemlich dicht beieinander.«

»Sie sieht nicht so aus, als könne man sie hassen«, sagte Carver. »Aber ich kenne auch nur ein Foto.«

»Sie hat Klasse, und er watet im Dreck«, sagte Strait. »Deswegen haut's ja auch hin zwischen den beiden. Ich kenne das. Sie ist Gomez' Hauptgewinn. Die Belohnung für seine Arbeit. Er ist ein Verbrecher, der sich bis ganz nach unten durchgewühlt hat, und eine Frau wie sie gibt ihm das Gefühl, er wäre ganz oben.«

»Wie lange sind die beiden zusammen?«

»Erst ein paar Jahre. Elizabeth ist in den Slums von Chicago aufgewachsen. Hat es geschafft, mit den Reichen und Berühmten durch die Welt zu reisen – bis nach Miami. Da hat sie Gomez getroffen. Und als der Betrüger, mit dem sie zusammen war, in den Knast mußte, hat sie sich mit Gomez angefreundet.«

»Ist der Typ immer noch im Bau?«

»Er ist vor 'nem Jahr bei 'ner Messerstecherei umgekommen.«

»Vielleicht hält Elizabeth Gomez für verantwortlich.«

»Vielleicht tut sie das, und vielleicht ist er auch verantwortlich dafür. Gomez hat seine Männer auf beiden Seiten der Mauern. Aber für eine Frau wie sie macht das keinen großen Unterschied. Es wäre jedenfalls kein Grund, Gomez zu verlassen. Wahrscheinlich fände sie es sogar schmeichelhaft, daß er ihretwegen jemanden hat umbringen lassen.«

»So denkt die?«

»Ja. Sonst wäre sie nicht mit Gomez verheiratet.«

Carver fand, daß das Sinn machte. Trotzdem wünschte er sich, er hätte Elizabeth Ghostly gefunden, um sie zu fragen, weshalb sie untergetaucht war. Wenn sie überhaupt noch am Leben war. Vielleicht hatte der Mörder seinen Fehler ja auch schon bemerkt und Elizabeth bereits erledigt.

»Was wissen Sie noch über Gomez?« fragte Strait.

»Nur, was in dem Polizeiprotokoll steht. Er kam zu meinem Strandhaus. Sagte, er hieße Bob Ghostly und wolle, daß ich nach seiner verschwundenen Frau suche. Gab sich als Arzneimittelvertreter aus.«

»Er war mal einer. Sechs Monate lang, in New York. Aber das ist schon mehr als zehn Jahre her, als er gerade zwischen zwei großen Deals steckte. Er wurde gefeuert, weil er eine Sekretärin hat zusammenschlagen lassen.«

»Wurde er angeklagt?«

»Nein. Man konnte nicht beweisen, wer den Auftrag gegeben hatte, sie so zuzurichten. Aber alle wußten Bescheid. Ein paar Monate nach seiner Kündigung wurde sie aus einem vorbeifahrenden Auto erschossen.«

»Hirsh?«

»Das war, bevor sich Gomez und Hirsh kannten. Wäre auch nicht sein Stil. Hirsh sieht den Leuten ins Gesicht, während er sie umbringt. Angeblich gibt er Gläubigen sogar noch die Gelegenheit zu einem letzten Gebet.«

»Netter Kerl«, sagte Carver.

»Verglichen mit Gomez ist er ein Heiliger.« Strait stand auf und sah Carver finster an. »Sie sind sicher, daß das nicht mehr Ihr Fall ist, Carver?«

»Ja. Ich arbeite nicht für Leute wie Gomez.«

»Das hat Lieutenant Desoto auch gesagt. Sie stehen in dem Ruf, ein harter Kerl zu sein, der trotzdem so ehrlich bleibt, wie dieser Beruf es eben zuläßt. Sonst hätte dieses Gespräch auch woanders stattgefunden. In einem anderen Ton. Und mit anderen Fragen.«

Carver antwortete: »Die Antworten wären dann auch anders ausgefallen.« Er überlegte, warum dieser blöde Beamte ihm Drohungen vorsetzte. Aber diese DEA-Typen waren ja manchmal so drauf. Der letzte, den er getroffen hatte, war ein Fanatiker auf einem privaten Rachefeldzug für einen lange verjährten Fall von Lynchjustiz gewesen.

Strait starrte ihn an, als wolle er ihn noch einmal neu einschätzen. Zog eine große schwarze Brieftasche hervor und nahm eine Karte heraus. Legte sie auf Carvers Schreibtisch. »Wenn Sie Gomez noch mal begegnen, rufen Sie an und sagen mir sofort Bescheid.«

Carver sagte weder ja noch nein.

Er sagte noch nicht mal »Auf Wiedersehen«, als Strait das Büro verließ.

10

Nachdem Strait gegangen war, rief eine Frau aus Del Moray bei Carver an, die wollte, daß er ihren Mann verfolgte, weil der es mit ihrer jüngeren Schwester trieb. Sie sagte, sie käme nachher vorbei und würde ihm alles genau erzählen, aber er bezweifelte, daß sie das tun würde. Niemand wußte, was bei so einer Ermittlung rauskommen und wer sich am Ende verletzt fühlen würde. Solche Sachen blieben normalerweise in der Familie. Manchmal beruhigten sich die Gemüter, manchmal wurde eine Eiterbeule aus dem Verdacht.

Carver schrieb den Nachmittag über Mahnungen an säumige Klienten; die einzige Papierarbeit, die ihm Freude bereitete.

Die Stunden vergingen, und die Frau, deren Mann angeblich ihre Schwester vögelte, kam natürlich nicht. Carver ließ das Mittagessen aus, stopfte in irgendeinem Schuppen in Del Moray Abendbrot in sich hinein und überlegte, ob er zu Edwina fahren sollte – vielleicht war sie zu Hause. Er entschied sich dagegen. Klappte das Leinenverdeck des Olds herunter und fuhr an der Küste entlang nach Norden, zu seinem Strandhäuschen, während die Sonne wie ein Meteor in Zeitlupe unterging und das Meer zuerst tiefblau und dann dunkelgrün wurde.

Sie wartete in dem Häuschen auf ihn; saß mit überkreuzten Beinen auf dem schmalen Sofa. Sie trug eine weiße Bluse mit Blumenmuster und weiße Shorts, die ihre gebräunten Beine betonten. Sie so sitzen zu sehen, verursachte Carver Bauchschmerzen, wenn er daran dachte, daß er sie verlieren könnte. Die Abhängigkeit, vor der er sich so sehr fürchtete, war bereits vorhanden.

Als er sich auf seinen Stock lehnte und die Eingangstür hinter sich zuzog, sagte sie: »Ich dachte, wir sollten mal miteinander reden.«

Carver hinkte am Küchentisch vorbei und öffnete den Kühlschrank. Er nahm ein Budweiser heraus und riß es auf. Etwas Bier sprudelte hervor und tropfte auf den Holzfußboden. Er stützte sich auf den Stock und verschmierte den kleinen Biersee mit der Sohle. Kam wieder hinter dem Tisch hervor und sagte: »Na ja, letzte Nacht haben wir wirklich nicht viel geredet.«

Sie erinnerte sich und lächelte. Die Sonne war beinahe untergegangen; sie beleuchtete das Häuschen sanft und ließ sie zehn Jahre jünger wirken. Dann zeigten sich die harten Züge in ihrem Gesicht. »Ich habe vorhin mit Lester gesprochen.«

Jack Lester war ein Architekt, der auf Hawaii eine riesige

Wohnanlage bauen wollte – und Edwina sollte Marketingdirektorin werden. Carver konnte sich also denken, worum es in dem Gespräch gegangen war. Er hatte recht.

»Ich muß ihm in einer Woche Bescheid sagen, ob ich den Job übernehme.«

»Er setzt dich unter Druck«, sagte Carver.

»Lester steht selbst unter Druck.«

Lester war Carver piepegal. Er nahm einen Schluck Bier und wischte sich mit dem Handrücken über den Mund. Draußen schrie eine Möwe, die durch den dunklen Himmel flog. Er sagte: »Du willst den Job.« Es war keine Frage.

»Ja«, sagte sie.

Er stand eine Weile da, lehnte sich auf seinen Stock und lauschte, wie der Ozean die Geheimnisse alter Zeiten zu wispern schien. »Nimmst du an?«

»Ich weiß nicht.«

Er dachte, sie wüßte es schon.

»Soll ich?« fragte sie.

»Ich weiß nicht.« Dabei wußte er es sehr genau. Mein Gott, wie konnte das alles passieren?

Er ging zu dem Panoramafenster und sah auf den endlosen Ozean; ein orangefarbener Schein vom Sonnenuntergang lag auf dem Wasser. Der Horizont schien höher zu sein als Carvers Standpunkt; der Ozean sah unglaublich groß aus.

»Fred?«

Er drehte sich um und sah sie an. Ihre braungebrannten Beine standen dicht nebeneinander; Knie fest zusammengepreßt, Hände im Schoß. »Glaubst du, Liebe muß immer zur Falle werden?« fragte er.

Sie lächelte ihn kurz und enttäuscht an. »Vielleicht ist das so; vielleicht sollten wir das Ungeheuer lieber selbst reiten, bevor es beginnt, gegen uns zu kämpfen.«

»Das gilt wohl eher für Wildpferde als für Gefühle«, entgegnete er. Er zerdrückte die leere Bierdose und warf sie in Richtung Mülleimer. Daneben. Die Dose klapperte auf den Holzboden. Morgen früh würde er sie wegräumen.

Er humpelte zu Edwina, beugte sich zu ihr hinunter und küßte sie auf den Mund. Sie weinte leise vor sich hin. Eigentlich war das nicht ihre Art, zu weinen.

Sie seufzte und stand auf. »Komm, Fred.« Sie stützte sich auf seinen Arm, als sie zum Bett gingen.

Er liebte sie mit dem Gefühl, ihre gemeinsame Zeit sei bald vorüber. Liebte sie mit den Händen, mit dem Mund. Verlor sich in ihrem warmen Körper, während der Ozean draußen rauschte.

Später lag er still auf dem Rücken, während sie friedlich schlief. Er starrte in die Dunkelheit, die Liebe und Leben verlöschen ließ. Immer, ohne Ausnahme. Illusionen hielten die Menschen am Leben, aber sie waren niemals lange haltbar.

Aber hatte er das nicht schon immer gewußt? Carver, der große Zyniker.

Er war umgeben von der tiefschwarzen Nacht. Vergeblich versuchte er, zu schlafen.

Als Carver am nächsten Morgen erwachte, war er allein und fühlte sich miserabel. Edwina hatte einen Zettel aufs Kopfkissen gelegt. Sie mußte sehr früh zurück nach Del Moray, wegen eines Verkaufsgespräches. Die Sonne starrte wie ein mißgünstiges orangefarbenes Auge zum Fenster hinein. Ihre hellen Strahlen brannten durchs Fenster und tauchten das Häuschen in gleißendes Weiß.

Carver zerknüllte den Notizzettel und ließ ihn auf das Kopfkissen fallen. Kniff die Augen zu, als er in das helle Morgenlicht starrte. Fuhr sich mit der Zunge über die Zähne und schnitt eine Grimasse. Der Geschmack war schrecklich. Mit Hilfe seines Krückstocks stemmte er sich hoch und hinkte schnell ins Bad, wo er sich zuerst einmal eilig die Zähne putzte.

Er duschte heiß, drehte die Temperatur langsam runter. Trocknete sich ab und fühlte sich schon beinahe wieder wie ein Mensch, als er sich anzog. Zumindest wie ein Steinzeitmensch.

Carver hinkte zum Frühstückstisch und der Braun-Kaffeemaschine, die er von Edwina zum Geburtstag bekommen hatte. Er wühlte in einer Schublade herum, aber die Filter waren alle. Bloß der Pappkarton stand noch rum. Egal – Kaffee war auch keiner mehr da. Er verdrehte seinen Oberkörper und öffnete die Kühlschranktür. Drei Dosen Bier. Verdorbener Hüttenkäse. Eine Karaffe mit eingetrockneten Orangensaftresten. Es mußte auch noch ein wenig uralter Schinken im Fleischfach sein. Er schloß die Tür. Der Kühlschrank begann zu brummen; er tat, was er konnte, um ihm seine eigenartigen Eßgewohnheiten zu ermöglichen. General Electric gab sich alle Mühe, ihn vor einer Fleischvergiftung zu schützen.

Er fuhr zu einem Restaurant auf dem Highway. Aß Pfannkuchen und ein paar Würstchen zum Frühstück. Drei Tassen Kaffee. Entschied sich dagegen, eine Zigarre zu rauchen, obwohl er es gern getan hätte. Das Gesundheitsministerium und seine allgegenwärtigen Warnungen waren nicht so leicht zu verdrängen. Er ließ ein großzügiges Trinkgeld für die unauffällige, freundliche spanische Kellnerin liegen, bezahlte an der Kasse und hinkte auf den Parkplatz.

Die Wärme strahlte durch die dünnen Ledersohlen seiner Mokassins. Es war erst zehn, aber die Temperatur lag schon bei über dreißig Grad.

Er wedelte eine große Mücke davon, die ihn in den linken Nasenflügel stechen wollte, und humpelte zu seinem Olds. Die Mücke folgte ihm, er hörte sie von hinten an sein rechtes Ohr heransummen, spürte, wie sie leicht auf seinem Nacken landete. Er schlug nach ihr und hörte sie wegfliegen. Immerhin klang sie entmutigt.

Sobald der Olds lief, schloß er das Verdeck und drehte die Klimaanlage an.

Er fuhr auf den Highway und hielt am nächsten B&B-Supermarkt, gerade als es etwas kühler im Wagen wurde. Er brauchte Kaffee und Bier.

Als er gerade eine Packung Folgers-Kaffee aus dem Regal nehmen wollte, bemerkte er, daß ihn eine Frau vom Ende des Ganges aus anstarrte. Sie stand neben einem Stapel Saure-Gurken-Gläser im Sonderangebot. Sie war schwarz und trug ein übergroßes billiges graues Kleid. Flache weiße Schuhe, wie eine Krankenschwester. Bernsteinfarbene Sonnenbrille. Einen weißen Leinenhut mit breiter Krempe, so wie die meisten Fischer ihn hier trugen. Ihr Haar verschwand beinahe vollständig darunter. Sie hatte den Hut weit ins Gesicht gezogen. Sie mußte um die Fünfzig sein.

Als sie sich von dem Sonderangebot losreißen konnte und auf ihn zukam, bewegte sich ihr schlanker Körper in dem Sackkleid mit der Grazie der Jugend. Sie war unter Fünfzig, oder sie hatte sich ziemlich gut gehalten.

Ein paar Schritte von ihm entfernt begann sie, Teesorten zu begutachten. Plötzlich wandte sie sich ihm zu, hob eine Hand und zog die Brille herunter auf ihre Nasenspitze, um ihn genauer zu betrachten. Sie hatte lange, spitze Fingernägel. Carver fiel auf, daß sie nicht lackiert waren. Sie hatte schöne braune Augen, ihre Augenwinkel waren leicht nach oben gebogen; das verlieh ihr ein etwas orientalisches Aussehen.

Er wußte, wer sie war, und legte keinen besonderen Wert darauf, sie zu treffen. Wußte nicht, was er tun sollte.

»Fred Carver?« fragte sie.

»Mein Bruder.«

Sie lächelte nicht. Sah ihn streng an. »Ich bin Elizabeth Gomez. Ich wette, Sie haben keine Ahnung, was ich von Ihnen will.«

Das stimmte.

11

Elizabeth Gomez stand vor den Teebeuteln und sagte: »Alles was ich will, sind zehn Minuten Ihrer Zeit.«

Carver schüttelte den Kopf. Nein. »Tut mir leid, Mrs. Gomez, aber ich habe weder mit Ihnen noch mit Ihrem Mann mehr zu tun. Sie müssen leider mit Ihren Schwierigkeiten ohne mich klarkommen.«

Sie hatte die dunkle Brille wieder hochgeschoben, er konnte ihre Augen nicht mehr sehen. »Wir müssen mit unseren Problemen nicht mehr klarkommen, Carver. Unsere Beziehung ist zu Ende.«

Carver konnte nichts dagegen tun, die Neugier lag ihm im Blut. »Roberto ist sie wichtig genug, um jemanden zu engagieren, der Sie sucht.«

»Wir wissen beide, warum er mich sucht«, sagte sie leise. »Er will mich töten, aber dafür muß er mich erst mal finden. Sie wußten das nicht von Anfang an, Carver, aber er wollte Sie als eine Art Zeigefinger benutzen.«

»Zeigefinger?«

»Sie sollten auf das Opfer zeigen, damit der Killer in aller

Ruhe seine Arbeit tun konnte. Und wenn Sie danach immer noch irgendwo in der Gegend herumstünden, so wie in dem Apartment, wo meine Schwester versehentlich erschossen wurde, kriegen Sie eben auch 'ne Kugel ab. Wenn Sie sich nicht schnell genug geduckt hätten, lägen Sie jetzt neben Belinda.« Sie sah ihn erneut über das Plastikgestell ihrer Sonnenbrille hinweg an. »Wissen Sie, wie der Killer am schnellsten und sichersten dazu kommt, seine Arbeit zu tun? Er folgt einfach dem ›Zeigefinger‹, was vor allem dann leicht ist, wenn der gar nichts von seiner Aufgabe weiß. Auf diese Weise verliert man keine Zeit, und das Opfer kann auch nicht abhauen. Seit mein Mann Sie engagiert hat, wurden Sie ständig beschattet.«

Carver dachte, daß sie vielleicht die Wahrheit sagte. Das verunsicherte und ärgerte ihn. »Heißt das, seit ich den Fall abgegeben habe, werde ich auch nicht mehr überwacht?«

»Glauben Sie, was Sie wollen, Carver. Kein Mensch weiß, was jemand wie mein Mann tun wird. Das ist teilweise das Geheimnis seines Erfolges. Und einer der Gründe dafür, daß ich ihn verlassen habe.«

Eine ältere Frau mit getöntem roten Haar schob ihren Einkaufswagen durch den Gang und starrte die beiden mißmutig an, als sie ihn um Elizabeth Gomez herumschieben mußte, die sich keinen Millimeter bewegte. Als die Frau sich eine Dose Kaffee gegrabscht hatte und am Ende des Ganges verschwunden war, sagte Elizabeth: »Ich kann Ihnen hier nicht sagen, was ich zu sagen habe.«

»Wir haben uns nichts zu sagen.«

»Haben wir.« Sie lächelte. »Außerdem lasse ich Ihnen gar keine Wahl. Ich bleib' an Ihnen dran wie Sekundenkleber, bis ich gesagt habe, was ich sagen will. Und wenn mein Mann Ihnen jemanden auf die Fersen gesetzt hat, dann gehen wir eben gemeinsam auf die lange, dunkle Reise.«

»Dunkle Reise«, wiederholte Carver, »das gefällt mir. Es ist beinahe poetisch.«

»Also, reden wir. Ich werd' Sie noch ein wenig unterhalten.«

Carver dachte darüber nach. Ließ sich Zeit. »Haben Sie ein Auto hier?«

»Hm-Hm. Dachten Sie, ich wär' hergelaufen?«

»Ich kauf' jetzt zu Ende ein. Dann fahre ich zu mir nach Hause, und Sie folgen mir. Es ist nicht weit.«

Sie sagte: »Ich weiß, wo Sie wohnen.«

Carver stützte sich auf seinen Stock und humpelte davon, hinüber zur Kühltruhe, aus der er ein paar eiskalte Budweiser-Six-Packs fischte. Er mußte dauernd daran denken, daß ein Anruf bei Gomez ihm jetzt zwanzigtausend Dollar einbrächte. Nicht, daß er anrufen wollte. Elizabeth hatte vollkommen recht, er würde von den zwanzigtausend nichts haben. Gomez würde alle Spuren verwischen, die ihn mit dem Mord in Verbindung bringen konnten – und eine Spur wäre Carver selbst.

Er griff sich einen halben Liter Milch und ein Dutzend Eier. Irgendwelche vitaminhaltigen Cornflakes mit Bildern aus einem TV-Cartoon vorne drauf. Sorgfältig suchte er einen Salatkopf aus, der wahrscheinlich doch nur in seinem Kühlschrank braun werden würde. Auf dem Weg zur Kasse stopfte er noch eine Dose Pfirsiche zu dem Gemüse, das bereits unter seinem Arm klemmte. Für die Cornflakes.

Er war ein impulsiver Einkäufer, schalt er sich selbst. Er hätte die Pfirsiche stehenlassen sollen. Und er hätte nicht mit Elizabeth Gomez reden sollen. Manchmal ließ einen die Moral im Stich.

Er stellte sich an der Expreßkasse an, hinter einem Typen, der nicht nur mehr als zehn Teile, sondern auch noch einen ganzen Korb voll Gemüse extra hatte. Das war eigentlich kriminell, aber die Kassiererin ließ es ihm durchgehen, was hätte Carver also tun können?

Genervt davon, daß er so lange hatte warten müssen, schleppte er seine Einkäufe in einer Papiertüte zum Auto. Er sah sich nicht um, als er die Tüte zuerst auf dem Fahrersitz abstellte, sie dann hinüber auf den Beifahrersitz schob, sich auf seinen Stock stützte und langsam hinter das Steuer sinken ließ.

Er fuhr auf den Highway, direkt auf die Ausfahrt zu seinem Strandhaus zu. Eine stete Brise wehte vom Meer herein, der Wind roch ein wenig nach Verwesung und neuentstehendem Leben. Nach Ozean. Sterben und Leben. Hatte die See vor einer Million Jahren auch schon so gerochen?

Ein weißer Mittelklassewagen, Ford Escort, erschien im Rückspiegel und blieb dort. Elizabeth Gomez saß am Steuer. Sie hatte ihre Sonnenbrille aufbehalten.

Zu Hause saß Carver auf einem leichten Aluminiumstuhl; sein steifes Bein hatte er auf die Verandatür gestützt. Elizabeth Gomez lehnte sein Angebot ab, sich auf den anderen Stuhl zu setzen, und lehnte sich statt dessen mit dem Hinterteil ans Geländer, den Rücken der glitzernden See zugewandt. Sie befanden sich im kühlenden Schatten der Veranda, tranken Budweiser aus der Dose. Sie hatte den Escort, an dem Carver den kleinen Stoßstangenaufkleber einer Mietwagenfirma entdeckt hatte, neben dem Häuschen geparkt, beinahe außer Sicht.

Sie sagte: »Sie werden nicht mehr beschattet, aber Roberto hält es für möglich, daß Sie sein Zwanzigtausend-Dollar-Angebot annehmen. Daß Sie mich auftreiben und ihm übergeben.«

Carver stützte die Bierdose auf seiner Hüfte ab. Kühles Kondenswasser drang durch seine dünne Hose. »Woher wissen Sie das?«

»Ich habe gute Freunde unter den Mitarbeitern meines Mannes. Wenn es sein muß, riskieren sie's und geben mir einen Tip. Sie haben mir gesagt, daß Roberto Sie unter falschem Namen engagiert hat. Daß Sie den Job angenommen haben, den Fall aber später ablehnten, als Sie herausfanden, was eigentlich los ist.« Sie nahm einen Schluck Bier und stellte die Dose aufs Geländer. Sie hatte die dunkle Brille abgenommen und für einen Moment legte sich ein Schleier über ihre dunklen Augen. »Nachdem Belinda ermordet worden war.«

»Wenn Sie das wissen, und ich es weiß«, unterbrach Carver sie, »worüber sollen wir dann reden?«

Sie nahm den breitkrempigen Hut ab. Ihr Haar, glatt und kohlrabenschwarz, fiel bis auf ihre Schultern. Ließ sie gänzlich anders aussehen. Wie eine Rocksängerin oder ein ausgeflipptes Model. Nicht einmal das graue, sackartige Kleid konnte ihren geschmeidigen, grazilen Körper verbergen. Er hatte gehört, daß Elizabeth eine Schönheit sei. Er hatte richtig gehört. Sie sagte: »Sie kennen noch nicht die ganze Geschichte.«

»Über Ihre Schwangerschaft?«

»Ja.«

»Und warum Sie Ihren Mann verlassen haben?«

»Abermals ja.«

»Ist mir auch egal«, sagte Carver. »Ihre Eheprobleme interessieren mich nicht. Nicht mein Bereich. Sie wollen weg, Gomez will Sie nicht gehen lassen – und er macht es Ihnen nicht gerade einfach.«

»Oh, es ist nicht schwierig, Gomez zu verlassen. Das Schwierige ist, daß man auch alles andere hinter sich lassen muß, wenn man Roberto hinter sich läßt. Das Leben zum Beispiel.«

Carver fixierte über die Spitze seines Mokassins hinweg die einrollende Brandung. Ein Pelikan flatterte vorbei, schnappte nach einem Fisch. Ließ sich ins Wasser platschen, tauchte aber mit leerem Schnabel wieder auf. »Es ist doch so«, sagte Carver, »er will Sie umbringen, und deswegen würde ich vorschlagen, Sie gehen zur Polizei. Sie kriegen Personenschutz gegen Ihre Aussage.«

Sie schüttelte den Kopf und sah ihn mit ihren dunklen Augen starr an. »Kann ich nicht.«

»Warum nicht?«

»Roberto hat mit Drogen zu tun.«

»Das ist keine Neuigkeit.«

»Ich hab' auch mit Drogen zu tun.«

»Ich hab' doch gesagt, machen Sie 'n Deal. Die Jungs wollen Roberto hinter Gittern sehen, Elizabeth.«

»Tun Sie mir einen Gefallen: Nennen Sie mich Beth.«

»Okay, Beth.«

»Wie soll ich Sie nennen?«

»Carver ist schon ganz in Ordnung.«

»Ich meine nicht, daß ich mit Drogen handle, wie Roberto.« Sie sah ihn traurig an, als bäten ihre Blicke um ein wenig Mitleid und Verständnis. »Ich bin kein Dealer.«

Er stupste mit seinem Stock gegen die Verandatür. Es machte kaum ein Geräusch. »Sie sind süchtig?«

»Ja. Genau.«

»Abhängig?«

»Ja. Total. Das ist nicht übertrieben.«

Carver fragte: »Und?«

»Roberto nimmt keine Drogen«, sagte sie. »Niemand, der für ihn arbeitet, tut das. Er sagt, das sei die einzige Art, dieses

Business zu führen. Es ist ein absolutes Gesetz. Gilt auch für mich.«

»Aber Sie haben sich nicht daran gehalten.«

»Nein. Die letzten zwei Jahre lang nicht. Erst Koks, dann Heroin.«

»Aha.« Desinteresse. Plötzlich sagte er: »O Gott!«

Sie ahnte, was er dachte. »Ja. Unser Kind – Robertos Sohn – starb als winzigkleines Drogenbaby direkt nach der Geburt. Deswegen will Roberto mich erledigen, obwohl er weiß, daß meine Sucht mich sowieso in ein oder zwei Jahren erwischen wird.«

Es fiel Carver schwer, Sympathie für sie zu empfinden. Ihr Baby war süchtig geboren worden, zu schwach zum Überleben – konnte man mit seiner Mutter Mitleid haben? Er konnte ahnen, wie Gomez sich fühlen mußte. Warum er sich rächen wollte. »Woher weiß Roberto, daß Sie so sehr an der Nadel hängen?«

»Der Arzt hat es ihm gesagt. Der Arzt, der auch das Baby zur Welt gebracht hat. Roberto wollte, daß so wenig Leute wie möglich wußten, daß ich schwanger war. Deshalb hat er mich in der Wohnung in Orlando versteckt. Er hat dafür gesorgt, daß ich das Kind in einer Privatklinik bekomme. Bei einem Arzt, den er persönlich kennt. Der Doktor hat ihm alles erzählt, und Roberto ist ausgerastet. Am Tag nach der Geburt bin ich aus der Klinik abgehauen. Hab' mich bei 'ner Freundin hingelegt, bis ich wieder kräftig genug war, weiter zu fliehen. Und seitdem bin ich unterwegs.« Sie schluckte, ihr Adamsapfel wanderte in ihrem schlanken braunen Hals auf und ab. »Roberto will Rache. Typisch für ihn. Er will's mir besorgen, bevor Mr. Heroin mich erledigt.«

Carver sah aufs Meer. Sie mußte im letzten Stadium der Sucht sein, wenn der Stoff in ihren Adern auch das Kind erwischt hatte. Sie war ziemlich optimistisch zu glauben, sie habe noch ein oder zwei Jahre zu leben. Ein Heroinsüchtiger ihrer Liga konnte Zukunft höchstens noch in Monaten erhoffen. »Ist es Ihnen wirklich so wichtig, wann und wie Sie draufgehen?«

Sie starrte ihn wütend an; einen Moment lang sah es aus, als würde sie gleich zusammenklappen und anfangen zu heulen. »Stellen Sie sich doch mal meine Lage vor, Sie gefühlskaltes Arschloch. Wie man sich dann fühlt. Wie sehr man das Leben dennoch liebt.«

»Gut, vielleicht haben Sie recht. Aber ich frage Sie, was ich auch schon Roberto gefragt habe, als er hier zum ersten Mal auftauchte: Warum ich?«

»Weil Sie genug Courage haben, um es mit Roberto aufzunehmen. Sie haben es abgelehnt, ihm dabei zu helfen, mich zu töten – sogar für zwanzigtausend Dollar. Wissen Sie, was das bedeutet?« Sie schluchzte leise vor sich hin. Ihr Körper wand sich in dem großen grauen Kleid. Der Körper, den er sich schlank und sinnlich vorgestellt hatte, war nur noch ein Wrack. Ein dünner Überrest, der verzweifelt vibrierte.

»Daß ich Mumm in den Eiern habe?«

»Scheißkerl!« Sie wandte sich ab, zur See, so daß er nicht sehen konnte, wie sie weinte.

Er saß da und schlürfte sein Bier. Mochte sich selbst nicht leiden. Sagte sich, daß er kein Mitleid mit ihr hatte. Sie hatte ein Leben auf der Überholspur gewählt und dann durch ihre eigene Schwäche ihr Kind getötet. Carver konnte es nicht ändern; Schwäche hatte ihn immer abgestoßen. Seine eigene, natürlich, aber oft genug auch die anderer Leute, die eine Wahl hatten. Wozu war freier Wille gut, wenn nicht dazu?

Sie wandte sich ihm wieder zu. Ruhig. »Jeder hat eine Schwachstelle«, sagte sie. Eine verdammte Gedankenleserin.

»Das würde ich nie bestreiten«, sagte er.

Sie stand stocksteif da. Sie war ungefähr einsfünfundsechzig groß. »Also, helfen Sie mir, Carver?«

Er sagte: »Tut mir leid, ich mache keinen Personenschutz.«

Ihr Ausdruck veränderte sich. Sie näherte sich seinem Stuhl. Sah auf ihn hinab, als bemitleide *sie ihn*.

Sie nickte. Er war es nicht einmal mehr wert, daß sie mit ihm sprach. Sie hatte ihre Bitte vorgebracht, er hatte abgelehnt, das war's.

Sie ging durch die Tür und zu ihrem Auto, sah nicht zu ihm zurück, den Kopf stolz erhoben. Etwas unmißverständlich Trotziges lag in ihrem Gang. Hochmütig. Er hatte sie im Stich gelassen, und sie sagte: Scheiß drauf; sie brauchte ihn nicht, um so zu sterben, wie sie es beschlossen hatte.

Diesen Zug mochte er an ihr. Diese verzweifelte Kraft. Die mochte er sehr. Aber er hielt sie nicht auf.

12

Carver fuhr zu seinem Büro. Als er von der Magellan abbog, sah er, daß eine große Lincoln-Limousine auf seinem gewohnten Parkplatz vor Golden World Insurances stand. Sie hatte dunkle Fenster, und aus dem Kofferraumdeckel wuchsen eine Menge kleiner und großer Antennen. Man konnte mit diesem Wagen unerkannt an der Küste entlangfahren und Funksprüche vom Mars abhören.

Er parkte neben dem Lincoln und achtete beim Aussteigen darauf, mit der schweren, rostigen Tür des Olds nicht die glänzende Lackierung des Lincoln zu beschädigen.

Als er sich gerade aus dem Wagen stemmte, bemerkte er ein

stetes, sanftes Surren – der Motor der Limousine lief. Wärme wallte unter dem Wagen hervor. Das hintere Seitenfenster auf Carvers Seite surrte herab, und Gomez lächelte ihn an.

»Lassen Sie uns dieses Mal in meinem Büro reden«, sagte er höflich. »Ist kühler als bei Ihnen.«

Carver zögerte und dachte dann: Was soll's? Er hinkte um den ruhig brummenden Lincoln herum und öffnete die hintere Tür. Beugte sich vor und sah hinein, bevor er einstieg.

Der Wagen besaß eine gut ausgestattete Minibar; im Farbfernseher lief eine Seifenoper ohne Ton. Vor einer dicken Glaswand saß der Fahrer, er sah stur geradeaus. Seine Schultern waren leicht nach vorn gebeugt. Sein sich lichtendes schwarzes Haar war gescheitelt und gründlich zur Seite gekämmt worden. Graue Haarbüschel sprossen aus seinen Ohren. Hirsh. Nur er und Gomez und der ganze teure Glitzerkram waren im Wagen.

Gomez sagte: »Sie lassen die kalte Luft raus, Carver.«

Carver benutzte seinen Stock, um die Balance zu halten, und setzte sich auf den Platz neben Gomez. Weiches Leder. Er zog die dicke Tür zu und befand sich in einer kühlen, ruhigen Welt. Abgesehen von dem leisen Geräusch der Klimaanlage war nichts zu hören. Keine Schwingungen vom Motor.

Gomez wandte sich um, so daß er Carver über die breite Rückbank hinweg direkt ansah. Er fixierte Carver mit seinen stechenden schwarzen Augen und wedelte ein bißchen mit seinen Augenbrauen, als wollte er sagen, daß er sich gut amüsierte. »Haben Sie über mein Angebot nachgedacht?«

»Das mußte ich nicht«, entgegnete Carver. »Ich habe bereits abgelehnt.«

Gomez überraschte ihn: »In Ordnung. Ich möchte niemanden dazu zwingen, für mich zu arbeiten, der nicht mit vollem Einsatz dabei ist, oder?«

»Kann ich verstehen. Hundertzehn Prozent Einsatz und so.«

»Genau. Ich bin also gekommen, um Ihnen mitzuteilen, daß Sie jetzt eine 180-Grad-Wendung machen werden. Ich möchte, daß Sie von mir und meinen Leuten soviel Abstand wie nur möglich halten. Ich möchte nie wieder etwas von Ihnen sehen oder hören. Unsere Zusammenarbeit ist zu Ende, ganz wie Sie es gewünscht haben.«

Carver fragte sich, ob Gomez wußte, daß er mit Beth gesprochen hatte. Aber woher? Das konnte nicht der Grund dafür sein, daß Gomez hier war.

Es sei denn, Beth wäre von seinem Häuschen aus verfolgt worden und war mittlerweile tot. Dann wäre dies Gomez' Warnung, niemandem von ihrem Besuch oder dem Inhalt ihres Gespräches zu erzählen.

Carvers Mund war trocken. Er fragte: »Wieso haben Sie es sich anders überlegt?«

Gomez grinste. Diese Augenbrauen! »Das kann Ihnen egal sein.«

»Vielleicht haben Sie Ihre Frau schon selbst gefunden.«

»Vielleicht. Wer weiß?«

Carver konnte sich damit nicht zufriedengeben. Er mußte weiterbohren. Er hatte nichts übrig für Elizabeth Gomez, aber er hatte etwas gegen die Vorstellung, daß dieser stinkreiche Drogen-Napoleon hin und wieder vorbeikam, um Carvers Leben zu kontrollieren. Zuviel Geld und zuviel Macht. Zu arrogant. Er sagte: »Ich weiß, was mit Ihrem Sohn passiert ist.«

Gomez' Gesicht verdüsterte sich. Sein Körper verkrampfte sich in dem teuren grauen Anzug. In diesem Moment wurde

Carver klar, daß Beths Ängste völlig gerechtfertigt waren. Gomez wollte sie umlegen. Er hatte sie vielleicht noch nicht, war ihr aber auf der Spur. »Woher wissen Sie das?« quetschte er hervor.

Carver antwortete«: »Ich bin Detektiv. Steht auf meiner Visitenkarte.«

»So. Dann ist Ihnen wohl auch klar, warum ich die Fotze finden will.«

»Ich kann's mir gut vorstellen.«

Gomez grinste. Die tiefschwarzen Augen unter den komischen Augenbrauen lachten nicht mit. »Ich glaube, das können Sie nicht.« Er lehnte sich zurück in seinen weich gepolsterten Sitz. Die Bewegung wirbelte Luft auf und verteilte den Geruch seines After-shaves in der Limousine. »Sehen Sie, ich hab' dieses Mädchen aus der Gosse geholt. Habe sie wie eine Königin behandelt. Ich hab' sie sogar manchmal Queen Elizabeth genannt, können Sie sich das vorstellen? Sie wird schwanger, weil sie zu blöd ist, die Pille richtig zu nehmen, na schön. Ich zwinge sie nicht zu einer Abtreibung. Sie will das Kind. In Ordnung. Ich gewöhne mich sogar an den Gedanken. Könnte ein Sohn werden, ein Stammhalter, verstehen Sie? Langsam freue ich mich sogar darauf, Vater zu werden. Ich sorge dafür, daß sie die bestmögliche medizinische Betreuung bekommt.« Wütend schlug er auf den Ledersitz, starrte Carver zornig an. Das Geräusch war offenbar auch im Fond zu hören, denn Hirshs Kopf schoß herum. Er sah, daß alles in Ordnung war. Starrte Carver durch die dicke Scheibe an, als betrachtete er ein Aquarium, und drehte sich wieder um. Starrte über das Steuer hinweg auf Golden World Insurances.

Gomez sagte: »Ich kümmere mich um sie, und was passiert? Sie ist süchtig. Hat mir Stoff geklaut. Sie ist eine gottverdammte Fixerin. Halbtot. Wissen Sie, wie lange jemand lebt, der so sehr an der Nadel hängt wie sie, Carver?«

»Ein paar Jahre?«

»Im günstigsten Fall. Ich meine, ich verkauf' das Zeug, ich weiß Bescheid. Aber ich muß zugeben, ich habe es nie geahnt. Sie ist sowieso ziemlich schlank, also hat sie kein Gewicht verlieren können. Und sie ist ziemlich clever. Hat ein Fernstudium gemacht und so was. Vielleicht ist sie dabei durchgedreht. Aber sie hat mich echt reingelegt, ich hätte schwören können, daß sie clean ist. Das muß ich ihr lassen. Sie hat mich reingelegt, bis der Arzt mir erzählt hat, was ihre verfluchte Sucht mit meinem kleinen Sohn gemacht hat. Wie das Heroin aus ihrem Blut in die Gebärmutter und von dort aus in das Blut des Babys gelangt ist. Ich hätte niemals gedacht, daß mich das so treffen würde. Nicht, bis es passiert ist.« Er zitterte, aus Wut oder Trauer. »So ein winziger Körper, Carver, der kann das Zeug nicht ab. Der Arzt hat mir das erklärt. Er hat es nicht so gesagt, aber wie auch immer man es betrachtet, mein Sohn ist eine Stunde nach seiner Geburt gestorben.«

»Was hat Beth dazu gesagt?«

»Ich habe sie nie wiedergesehen. Als ich in der Klinik ankam, hatte sie sich aus dem Staub gemacht. Smart ist sie schon. Seitdem suche ich sie, und ich schwöre, ich werde sie finden.«

Carver hatte keinen Zweifel daran.

Gomez saß steif in seinem Sitz, seine Kiefermuskulatur wand sich wie ein lebendes Tier, als er die Zähne fest aufeinanderbiß. Eine blau pulsierende Vene an seinem Nacken stand vor.

»Wenn Sie sowieso bald an ihrer Sucht draufgeht«, fragte Carver, »warum suchen Sie sie dann noch?«

Gomez gab ein rauhes Grunzen von sich, als wäre Carvers Frage so dumm, daß sie gar keine Antwort verdiente.

Vielleicht hatte Gomez recht. Als Carvers Sohn gestorben war, hatte er sich genauso gefühlt.

Gomez' Brust bewegte sich auf und ab. Sein Körper schien sich zu beruhigen, er wurde wieder er selbst. Ein eiskalter Businessmann im härtesten aller Geschäfte. »Sie machen nicht mit, also halten Sie sich raus, Carver. Haben Sie das kapiert? Ich möchte nicht, daß Sie weiterhin rumhängen und die Dinge komplizierter machen, als sie ohnehin schon sind. Wenn ich den Eindruck hätte, das Leben wäre einfacher, wenn Sie einen langen Ausflug in die Sümpfe machen, würde ich Sie ein paar freundlichen Alligatoren vorstellen. Klar?«

Carver fragte: »Alligatoren oder Krokodilen?«

Gomez zuckte nicht einmal mit den Augenlidern. »Ihre Tough-guy-Nummer hat Sie weit genug gebracht. Vielleicht beschert Sie Ihnen auch noch einen Gratisausflug.« Er klopfte an die Glasscheibe. Hirsh bewegte sich, er faßte irgendwohin.

Neben Carver klickte es leise. Er hatte gar nicht bemerkt, daß er eingeschlossen gewesen war.

Gomez sah starr geradeaus. »Viel Glück, Fremder«, sagte er.

Carver öffnete die Tür. Die warme Luft umfing ihn. »Warten Sie eine Minute«, sagte er und wartete, bis Gomez genickt hatte.

Er hinkte in sein Büro. Ging zu dem feuerfesten Aktenschrank und öffnete das unterste Fach. Nahm den Umschlag heraus, in dem Gomez' tausend Dollar steckten.

Als er zu der Limousine zurückkehrte, ließ Gomez wieder sein Fenster heruntersurren. Die Seifenoper lief jetzt mit Ton; eine Frau sagte gerade: »Gott, ich liebe dich, Damien! Ich werde dich immer lieben!« Carver war noch nie jemandem namens Damien begegnet. Er gab Gomez den Umschlag. Sah zu, wie der die Klappe herauszog und hineinsah. Geld war ganz offensichtlich einer seiner besten Freunde.

Trotzdem machte Gomez ein erstauntes Gesicht. Er verstand das nicht. »Warum geben Sie mir das Geld wieder?«

Carver sagte: »Ich habe nicht dafür gearbeitet.«

»Das geht mir am Arsch vorbei, Carver.«

»Hab' ich mir gedacht.«

Gomez sah ihn an. Seine Augen schienen das Sonnenlicht zu absorbieren, anstatt es widerzuspiegeln. Er sagte: »Halten Sie sich von mir fern.«

Carver sagte: »Ist mir ein Vergnügen.«

Das dunkle Fenster glitt nach oben. Die Limousine fuhr rückwärts aus der Parklücke heraus und bog sanft federnd auf die Magellan Avenue ein.

Carver stand in der sengenden Sonne und sah dem Wagen nach, bis er verschwunden war. Fragte sich, warum er das Geld zurückgegeben hatte.

13

Die Frau, die vermutete, daß ihr Mann eine Affäre mit ihrer Schwester hatte, rief wieder an und entschuldigte sich, daß sie nicht vorbeigekommen war. Sie sagte, sie habe darüber nachgedacht, und jetzt habe sie Angst davor, was er herausfinden könnte. Er sagte, dafür habe er volles Verständnis. Wenn sie sich darüber im klaren sei, was sie unternehmen wollte, stünde er ihr jederzeit zur Verfügung. Er nahm nicht an, daß sie sich noch einmal melden würde.

Nur eine Minute nachdem das Gespräch zu Ende war, kam

McGregor in sein Büro. Wenn sich alle Leute, die McGregor haßten, in eine Reihe stellten, müßte man ganz schön weit laufen, um drumherum zu kommen. Es war ziemlich ärgerlich, daß es Lieutenant McGregor vom Del Moray Police Department gab. Er betrachtete die Menschheit als einen fauligen Fleischklumpen und sich selbst als gutgelaunte Made. Es war schwierig, sich mit jemandem wie ihm auseinanderzusetzen, der nicht nur offen zugab, unmoralisch zu sein, sondern auch noch ein gewisses Vergnügen daran fand. Seine Logik war manchmal beeindruckend.

McGregor war schlaksige hundertneunzig Zentimeter schlechter Geschmack und schlechtes Benehmen. Er trug ein billiges braunes Jackett, das von seinen Schultern wie von einem Drahtbügel hing. Sein weißes Hemd war zerknittert und fleckig. Das schmale Ende seiner Krawatte baumelte weiter herunter als das breite. Seine großen, breitgetretenen Lederschuhe waren abgeschabt. Er war umgeben von einer beinahe sichtbaren Wolke des billigen Parfums, daß er so liebte. Grinste sein Zahnlückengrinsen, schob mit einer Hand ein paar blonde Haarsträhnen aus der Stirn und sah Carver mit stechenden, dicht beieinanderstehenden Augen an. Er hatte ein langes, schmales Gesicht mit einem kräftigen Kiefer; am Kinn war eine kleine verschorfte Wunde vom Rasieren zu sehen.

Carver bemühte sich, die parfumverpestete Luft nicht allzutief einzuatmen und sagte: »Anklopfen kennen Sie nicht, oder?«

McGregor grinste weiter. Stemmte seine Pranken in die Hüften. »Arschlöcher wie Sie besuche ich gern unangemeldet. Ich heb' den Stein hoch und guck' mal, wie die Asseln leben.«

»Sie haben eine echt bescheuerte Sicht der Dinge«, sagte Carver. »Sie sehen die Welt genau verkehrtherum.«

McGregor steckte seine Zungenspitze wie eine rosafarbene Viper in die große Lücke zwischen seinen gelben Schneidezähnen. Sein Grinsen bekam einen hämischen Zug, als er sagte: »Wie geht's Ihnen und Ihrer Tussi denn so?«

Carver konnte nichts dagegen tun; er spürte, wie er sich ärgerte. Er spielte den Coolen und fragte sich, ob und wie McGregor von seinen Problemen mit Edwina erfahren haben könnte.

»Können Sie nicht antworten? Zungenlähmung von der Liebe? Oder Zungenlähmung vom Lieben?«

»Sind Sie deswegen gekommen? Weil Sie was über mein Liebesleben wissen wollen?«

»So viel Zeit habe ich nun auch nicht, daß ich mich darum kümmern könnte, mit wem Sie gerade vögeln.« McGregor pulte mit seiner Zunge irgend etwas zwischen den Zähnen heraus; er starrte Carver mit einer grotesk hervorstehenden Wange an. »Ich hab' gehört, Sie seien in einen Mordfall in Orlando geraten.«

»Ist nicht Ihr Gebiet«, antwortete Carver.

»Aber *hier* ist mein Gebiet, Sie Arschkeks! Der Name Roberto Gomez tauchte in einigen Meldungen auf. Seine Schwägerin hat sich erschießen lassen, nicht wahr?«

»Trotzdem: Orlando«, sagte Carver. »Nicht Del Moray.«

»Nun ja, ich würde meine Pflicht vernachlässigen, wenn ich vermutete, daß sich der Drogenkönig Gomez in meinem Distrikt aufhält, und ich nicht weiß, warum. Er war schließlich vor kurzem in Ihrem Büro, oder?«

Carver nahm an, daß McGregor sein Büro hatte überwachen lassen, nachdem er von dem Mord in Gomez' Wohnung erfahren hatte. Er hoffte nur, daß McGregor nicht genug Einfallsreichtum oder Männer hatte, um auch Carvers Strandhütte zu bewachen. Sonst wüßte er auch von Beth

Gomez' Besuch. »Gomez war hier«, bestätigte Carver. »Er war mein Klient. Ich habe den Fall abgegeben.«

»Klar. Wenn ich Ihnen glauben kann. Aber genaugenommen glaube ich Ihnen nur so weit, wie Sie ohne Ihre Krücke humpeln können.«

Carver zuckte mit den Schultern. »Ist mir egal.«

»Sollte es aber nicht«, wandte McGregor ein.

Carver lehnte sich in seinem Stuhl zurück und betrachtete McGregors schmalen Kopf auf dem riesigen Körper. »Wieso wollen Sie das alles eigentlich wissen?«

McGregor blickte auf Carver hinunter, als sei das nun wirklich eine blöde Frage. »Ich hab' Ihnen doch schon gesagt, daß Gomez ein erfolgreicher Dealer ist. Und er läuft in meiner Stadt rum und unterhält sich mit einem beschissenen Privatdetektiv. Erfolgreich heißt reich. Und im Falle von Drogen heißt es sogar: sehr, sehr reich.«

»Und Sie würden dabei gern Ihren Schnitt machen, richtig?«

»Carver! Ich bin Polizist!« Speichel sprühte, als McGregor den Empörten spielte. Ein paar Tropfen landeten auf Carvers nacktem Unterarm. Ihm wurde übel. McGregor wischte sich den Sabber vom Kinn, und die kleine Wunde vom Rasieren fing an zu bluten.

»Sie sind ein toller Polizist«, sagte Carver. Beobachtete, wie sich ein bißchen Blut auf die Spitze von McGregors Kinn zu schlängelte.

»Sagen wir es mal so: Die Festnahme von Roberto Gomez könnte einen beachtlichen Karrieresprung für einen hart arbeitenden Cop bedeuten.«

»Wenn der Cop überlebt.«

»Klar. Und wenn er klug ist. Dann bedeutet so etwas mindestens die Beförderung zum Captain.«

»Irgendwann sogar zum Chief.«

»Ich möchte gar nicht Chief werden.«

»Ich glaube, das weiß ich besser.«

»Das glauben Sie. Es überrascht mich nicht, daß Sie so kleinkariert denken, Carver.«

»Und mich überrascht es nicht, daß Sie großkotziger denken, als Sie sind. Sie glauben, Sie könnten vom Captain aus direkt irgendwas Tolles werden, wie? Diktator? Oder was?«

»So in der Art. Wenn sich jemand überlegt, im nächsten Jahr bei der Bürgermeisterwahl seinen Hut in den Ring zu werfen, dann ist es besser, den Hut eines Captains als den eines Lieutenant zu werfen. Können Sie mir folgen?«

»O ja«, sagte Carver. »Schreckliche Vorstellung.« Er wußte, daß McGregor in der Lage war, genug Leute lange genug an der Nase herumzuführen. Daß er zu allerhand in der Lage war. Er war draufgängerisch wie Napoleon, hatte die Skrupel von Hitler und die Moral Machiavellis.

»Halten Sie mich nicht für einen guten Bürgermeister?«

»Ich halte Sie für einen guten Politiker, solange die Wähler Sie nicht kennenlernen. Niemand hat ein größeres Ego als Sie – und ein entsprechendes moralisches Vakuum.«

»Sie nennen es moralisches Vakuum, ich nenne es Pragmatismus. Ich sehe die Welt einfach so, wie sie ist. Sie sehen sie durch irgendeine Moralistenbrille, die Ihnen in der dritten Klasse hätte zu klein werden müssen. Haben Sie eigentlich schon die neuen Gläser bestellt, Sie Vollidiot?«

»Weshalb wollen Sie plötzlich in die Politik gehen?«

»Alles ist Politik«, sagte McGregor. »Politik wird nur Politik *genannt*. Das ist der Unterschied. Und ich weiß aus ziemlich sicherer Quelle, daß der Bürgermeister sich im nächsten Jahr nicht wieder zur Wahl stellen wird. Irgendein Skandal.«

»Könnte es sein, daß Sie etwas damit zu tun haben werden?«

»Ich hab' doch eben schon gesagt: Alles ist Politik.«

Carver spielte am Griff seines Stocks herum. »Na ja, ich kann Ihnen jedenfalls nicht weiterhelfen. Ich habe mit Roberto Gomez nichts mehr zu tun. Und ich nehme stark an, daß Sie ihn bereits überprüft haben und wissen, daß es keinen Haftbefehl gegen ihn gibt.«

»Die Bullen in Orlando würden gern mit ihm über den Tod seiner Schwägerin reden«, sagte McGregor.

»Aber er ist kein Tatverdächtiger.«

»Ein Typ wie der ist immer ein Tatverdächtiger. Deswegen ist die DEA hinter ihm her wie Fliegen hinter Scheiße.«

»Also, was muß ich tun, damit Sie endlich abhauen?« fragte Carver. »Wollen Sie 'ne Spende für Ihre Partei?«

»Deswegen werde ich mich noch einmal an Sie wenden, wenn es soweit ist«, sagte McGregor ganz ernsthaft. »Im Moment möchte ich nur, daß Sie wissen, daß ich im Spiel bin. Wenn Sie was Wichtiges rauskriegen, lassen Sie es mich wissen. Oder ich reiß' Ihnen den Arsch auf.«

»Wenn Sie so freundlich darum bitten . . .«

McGregor zeigte erneut sein Zahnlückengrinsen. Pulte mit der Zunge zwischen seinen Schneidezähnen herum. Drehte seinen schlaksigen Körper langsam, Stück für Stück, herum. Ging zur Tür, blieb stehen und sagte: »Grüßen Sie doch Ihre Flamme mal von mir, ja?«

»Aber sicher. Die freut sich immer, wenn sie von Ihnen hört. Sie steht auf Gänsehaut.«

McGregor grinste weiter. »Das tun viele. Wenn Sie mal keinen Bock mehr haben, schicken Sie sie zu mir.«

Carver griff wütend nach seinem Krückstock. Riß ihn hoch und stemmte sich an der Schreibtischkante in den Stand.

»Und wenn Sie keinen Bock mehr haben, dann kommen Sie wieder einen Schritt näher!«

Lächelnd verließ McGregor Carvers Büro. Er war offensichtlich zufrieden; er hatte es wieder einmal geschafft, Carver in Rage zu bringen.

Carver ließ sich schwer in seinen Stuhl zurückfallen. Das Büro wirkte plötzlich eng und klein. Die stickige Luft stank nach McGregors Parfum.

Carver stand auf und hinkte zum Fenster. Man konnte es nicht öffnen, aber allein schon hinauszusehen ließ es ihm wieder leichter erscheinen zu atmen. Er beobachtete den Wagen, in dem sich McGregor über dem Steuerrad zusammenkrümmte, um nicht mit dem Kopf ans Wagendach zu stoßen. Ein Pontiac. Er fuhr auf die Magellan und verschwand aus Carvers Blickfeld.

McGregor hatte ihn erfolgreich unter Druck gesetzt, und darüber ärgerte er sich.

Bürgermeister McGregor.

Mein Gott, welch eine Aussicht!

14

Carver fuhr zum Mittagessen an den Hafen von Del Moray. Er saß am Fenster im Sea Delite, aß fritierte Shrimps und trank ein kaltes Budweiser. Dachte über McGregors Besuch nach.

Abgesehen von Gomez' Leuten hatte nur Carver mit Beth Gomez gesprochen. Nur er wußte, daß Roberto seine Frau nicht suchte, um sie zu schützen, sondern um sie zu töten. Zweifellos hatte Gomez den Mann bezahlt, der seine Schwägerin abgeknallt hatte, und wenn man das beweisen könnte, würde Gomez wegen Mord anstelle von Drogenhandel verurteilt werden. Das Resultat wäre das gleiche: Schlösser und Riegel.

Carver stippte einen Shrimp in die Cocktailsauce. Überlegte, während er kaute, ob Hirsh auf dem Dach gegenüber von Gomez' Apartment gewartet hatte. Wahrscheinlich nicht. Gomez hatte sicher eine Menge Leute zur Verfügung; er hätte überall, wo Beth auftauchen könnte, jemanden postiert. Männer mit dem Befehl zu töten. In Gomez' Welt gab es genug Typen, die diese Aufgabe ausführen würden. Sie hatten keine andere Wahl. Das machte das Leben – und das Sterben – einfacher.

Carver bestellte noch ein Bier und beobachtete, wie sich Rudel schöner weißer Boote im Gleichtakt hoben und senkten. Del Moray war in erster Linie eine gutsituierte Rentnerkolonie; ein paar der wohlhabenden Bürger beschäftigten sich gerade mit ihren teuren Spielzeugen. Die weißen Haare, weißen Gürtel und weißen Schuhe dort draußen blendeten beinahe. Die meisten Männer hatten deutliche Wohlstandsbäuche. Die schlanken, braungebrannten Körper der Frauen verrieten, daß sie ihre übergewichtigen Ehemänner nicht nur überleben, sondern auf der Beerdigung sogar noch ziemlich frisch aussehen würden. Reiche, attraktive Witwen mit Yacht wurden immer gesucht. Fregatten mit hohen Masten. Florida war genausosehr das Land der plastischen Chirurgie wie das von Disney, Drogen und fanatischen, fundamentalistischen Sekten. Trotzdem. Wenn Carver mit Edwina nach Hawaii ginge, würde es ihm fehlen.

Er trank sein Bier aus, zahlte und fuhr zurück ins Büro. Ein Mietwagen stand auf dem einzigen schattigen Platz, also parkte Carver den Olds in der Sonne und hinkte über den kochendheißen Schotter. Stieß die Tür zu seinem Vorflur auf. Er hatte den Thermostat der Klimaanlage runtergedreht, und eine Welle kalter Luft umfing ihn. Das tat gut.

Er humpelte zu seinem Schreibtisch und überprüfte seinen Anrufbeantworter (keine Nachrichten), als das Telefon klingelte. Er erwischte den Hörer beim zweiten Klingeln, nach dem das Band sich einschalten würde, meldete sich persönlich und wartete.

»Carver, hier ist Beth Gomez.«

Er dachte daran, einfach einzuhängen, sagte aber statt dessen: »Hallo.« Tolle Idee.

»Ich möchte noch mal mit Ihnen reden.« Die Angst verlieh ihrer Stimme eine leise Schärfe, als täten ihr die Worte im Hals weh.

»Wir haben geredet.«

»Es gibt etwas, das ich Ihnen hätte sagen sollen.«

»Sagen Sie's mir.«

»Nicht am Telefon.«

»Gut, kommen Sie in mein Büro.«

»Kann ich nicht. Vielleicht läßt Roberto Sie überwachen.«

»Nicht, seit er höchstpersönlich meine Kündigung angenommen hat«, sagte Carver.

»Ha! Roberto akzeptiert niemals Kündigungen.«

Da konnte sie recht haben; immerhin nahm Gomez ihre nicht gerade gnädig an. Wenn man den Tod nicht als eine Form der Kündigung betrachtete.

»Können wir uns in dem Park am Hafen treffen?« bat sie.

»Ich komme gerade aus dem Hafen«, sagte Carver.

»Ich weiß. Ich habe Sie gesehen. Zuerst hatte ich keine Gelegenheit, Sie anzusprechen. Später hatte ich zuviel Angst. Als ich mich endlich entschlossen hatte, waren Sie schon weg.«

»Was haben Sie im Hafen gemacht?«

»Ich bin Ihnen von Ihrem Büro aus gefolgt, nachdem dieser große Mann gegangen war. Wenn es im Restaurant nicht so voll gewesen wäre, wäre ich zu Ihnen rübergekommen. Aber das Risiko war mir zu groß. Menschenansammlungen machen mir im Moment angst. Ist dieser große Mann mit dem gemeinen Gesichtsausdruck ein Bulle?«

»Eine Art Bulle. Wieso?«

»Er sieht so aus.«

»Sie wollen wirklich mit mir reden«, sagte Carver.

»Es geht um mehr als nur Leben und Tod.«

Was, zum Teufel, sollte das jetzt heißen?

»Ich muß aufhören«, sagte sie. »Sonst könnte der Anruf zurückverfolgt werden.«

»Sind Sie in einer Telefonzelle?«

»Ja.«

»Dann machen Sie sich keine Sorgen.«

»Carver, Sie haben einfach keine Vorstellung, wen oder was man mit genug Geld alles kaufen kann. Ich bin mir nicht mal sicher, ob Ihr Telefon nicht abgehört wird. Aber ich mußte es riskieren. Ich warte im Park auf Sie. Auf einer der Bänke mit Blick aufs Meer.«

»Ich habe nicht gesagt, daß ich komme.«

»Ich weiß. Aber ich bete, daß Sie kommen. Und Sie sind der Typ Mensch, der Gebete erhört.«

»Nicht immer.«

»Ich hab' nicht gesagt, daß Sie 'n Heiliger sind.« Sie hängte ein.

Carver legte den Hörer vorsichtig zurück auf die Gabel. Das Büro, das eben noch so erfrischend kühl gewesen war, erschien ihm jetzt viel zu warm.

Niemand konnte ihn zwingen, sich mit Beth Gomez im

Park am Hafen zu treffen. Aber er wußte, daß er es tun würde. Er war nicht sicher, warum. Vielleicht weil, wer auch immer die Kugel in Belinda Jacksons Kopf gejagt hatte, dafür bezahlen sollte. Vielleicht, weil Roberto Gomez eine Gefahr für die Öffentlichkeit war und in den Knast gehörte. Vielleicht, weil er, Carver, tief drinnen wußte, daß Beth Gomez die Wahrheit gesagt hatte: Roberto war wirklich kein Typ, der Kündigungen akzeptierte. Oder vielleicht auch, weil Carver wirklich genau das war, als das Desoto ihn bezeichnet hatte: ein Hund mit einem Knochen.

Er wußte, er würde Beth Gomez nicht treffen, weil er ihr Gebet erhörte. So gut kannte er sich immerhin. Er war kein Heiliger, er war ein Überlebenskünstler.

Sie war da. Saß auf einer der hellen Betonbänke mit Blick auf den Ozean und den Horizont.

Carver hatte sich vergewissert, daß er nicht beschattet wurde. Er parkte den Olds neben dem weißen Ford Escort, in dem sie ihm heute morgen zu seinem Häuschen gefolgt war. Dann humpelte er über den harten, unebenen Boden auf sie zu. Er achtete sorgfältig darauf, wohin er die Spitze seines Stocks setzte.

Sie saß einfach nur da und sah ihn an. Bewegte sich nicht. Als er näher kam, sah er, daß sie irgend etwas auf ihrem Schoß liegen hatte. Sie hatte das graue Sackkleid gegen Khakishorts mit großen Taschen und eine weiße Bluse getauscht. Sie schien ihre gute Figur jetzt nicht mehr verbergen zu wollen. Ein breiter Gürtel betonte ihre schmalen Hüften. Carver konnte eine goldene Halskette auf ihrer dunklen Haut erkennen. Ihre vollen Brüste waren unter der Bluse zu ahnen. Ließen Carver darüber nachdenken, wie sie wohl nackt aussehen würde. Sie hatte ihr dichtes Haar zur Seite gekämmt.

Trug einen Hauch lila Lidschatten. Ihr Gesicht sah fein und zerbrechlich aus, abgesehen von ihren kräftigen Wangenknochen. In einem anderen Leben hätte sie ein reiches, berühmtes Model werden können. Auf der anderen Seite hatte sie in ihrem Leben mit ihren Vorzügen auch viel erreicht.

Als Carver sich neben ihr auf die harte Bank setzte, sah er, daß das Bündel in ihrem Schoß eine gefaltete blaue Decke war.

Das Bündel quietschte.

Beth nahm eine Ecke der Decke hoch. Ein winziges Gesicht wurde sichtbar; es schien irritiert vom hellen Licht. Sie fischte eine Flasche aus den Falten der Decke, hielt dem Säugling den Sauger hin und sagte: »Das ist Adam.« Sie klang, als sollte Carver dem Kind die Hand geben und sagen, er sei ein hübscher Junge.

Carver versuchte, das alles zu verstehen, aber nichts paßte zusammen. »Adam Gomez?«

Beth nickte. Sie sah auf das Kind herunter, wie viele Mütter es tun. Als posiere sie für ein Bleiglasfenster in 'ner Kirche. »Mein Sohn. Und der von Roberto.«

Carver beobachtete, wie das Baby den Gumminippel bearbeitete. Betrachtete dann die Masten der festgezurrten Segelboote, die sich im sanften Rhythmus der Wellen wiegten, die leise gegen die Hafenmauer platschten. Was war jetzt wieder los? Worum ging es eigentlich? Er sagte: »Sie haben mir erzählt, Gomez wäre hinter Ihnen her, weil das Kind an Ihrer Heroinsucht gestorben sei.«

»Nun ja, das ist nicht ganz die Wahrheit.«

»Und was ist die Wahrheit?«

Während sie sprach, wiegte sie das Baby vorsichtig hin und her. »Carver, ich bin in einem Slum in Chicago aufgewachsen. Wie fast alle Kinder aus dem Ghetto sehnte ich mich nach einem schnellen, reichen Leben. Das sind die Ideale, mit denen man an solchen Orten aufwächst.«

»Sicher. Ich verstehe.«

»Das bezweifle ich. Aber egal. Ich bin da auf die einzige Art rausgekommen, die ich mir vorstellen konnte. Ich bediente mich der Gaben von Mutter Natur, bevor Gevatter Zeit sie mir wieder wegnahm.«

Carver dachte darüber nach und sagte: »Gevatter Zeit sind Sie immer noch ein paar Schritte voraus.«

Beth sah ihn kurz an. Irgendwie gelang es ihr, das Kompliment mit einem Blick ihrer großen dunklen Augen dankend anzunehmen. Sie war daran gewöhnt und hatte sicher genug Übung. »Ich traf Roberto und lebte das aufreibendste der schnellen Leben. Geld, Sex, Autos, Macht. Vor ein paar Jahren wurde mir überraschend klar, daß ich so nicht weitermachen wollte. Klingt blöd, aber ich wollte etwas geben, anstatt immer nur zu nehmen. Roberto konnte das nicht verstehen. Hätte es nie verstehen können. Aber ich durfte mehr oder weniger tun und lassen, was ich wollte. Also hab' ich Verbindungen zu Leuten außerhalb seines Kreises geknüpft. Hab' ein paar Fernkurse an der Florida State University belegt.«

»Sie klingen nicht so, als kämen sie aus einem Ghetto«, bemerkte Carver. »Kein Slang, keine schmutzigen Worte.«

»Das hab' ich mir schon vor langer Zeit abgewöhnt. Damit ich überall akzeptabel war, wohin ein reicher Mann mich mitnehmen wollte. Obwohl ich zugeben muß, daß auch der Sprachunterricht an der Uni ganz gut war. Jedenfalls war ich begeistert, als ich im letzten Jahr schwanger wurde. Roberto keineswegs. Anfangs nicht. Ich hab' ihm ausgeredet, mich zu einer Abtreibung zu zwingen, und als er sich an die Idee gewöhnt hatte, Vater zu werden, war er plötzlich noch viel begeisterter als ich darüber, einen Sohn zu bekommen. Er kam niemals auf die Idee, es könnte ein Mädchen werden, und er hatte recht. Während meiner Schwangerschaft dachte ich viel darüber nach, wie dieses Kind aufwachsen würde. Ich erkannte, was für ein Leben ich lebte. Was Roberto für ein Mensch ist. Was ich meinem Kind antun würde. Das wollte ich nicht. Ich entschied mich, das nicht zuzulassen.«

»Und was ist mit Ihrer Drogenkarriere?«

»Vergessen Sie's. Ich war nie süchtig. Ich habe heimlich etwas Geld zur Seite gelegt, was bei unserem Lebensstil nicht weiter schwierig war. Geld umgibt Roberto wie Wasser eine Insel. Ich habe den Arzt bestochen, der Adam zur Welt gebracht hat. Er erzählte Roberto, das Baby sei gestorben, weil ich soviel Heroin nehmen würde.« Sie sah Carver direkt in die Augen. »Ich dachte, wir hätten eine Chance. Roberto würde glauben, sein Sohn sei tot. Er würde glauben, ich sei auch bald tot, wie alle Heroinsüchtigen. Ich hätte eine Weile von dem Geld leben und mir dann irgendwo unter anderem Namen eine Arbeit suchen können. Ich hätte Adam in einer Welt ohne Drogen und Tod und völlig verdrehte Moralvorstellungen aufziehen können. Der amerikanische Traum.«

Carver hielt seinen Stock in beiden Händen. Tippte ein paarmal auf den Boden. Sie saß mit ihrem Sohn neben ihm; soweit mußte er ihr wohl glauben. Es machte Sinn. Eine Frau fing plötzlich an, nicht nur an sich selbst, sondern auch an ihr Baby zu denken. Sie wollte raus aus dem Leben, das Beth Gomez lebte. Wollte, daß der Vater des Kindes aus ihrer beider Leben verschwand. Bei einem Vater wie Gomez – wer konnte ihr da einen Vorwurf machen? Attila, der Hunne, wäre ein besseres Vorbild.

Beth sagte: »Bis zu einem gewissen Punkt hat es funktioniert. Roberto glaubt, daß Adam tot ist und ich es auch nicht mehr lange mache. Bloß will er mich trotzdem unbedingt finden. Er glaubt, ich hätte seinen Sohn umgebracht, und dafür will er sich rächen. Das ist das erste Mal seit ich ihn kenne, daß er etwas nicht nur unter eiskalten wirtschaftlichen Gesichtspunkten sieht. Er wird weitersuchen, bis er mich gefunden und getötet hat, Carver. Aber ich will nicht sterben. Was auch immer Sie von mir denken mögen, ich weiß, daß ich eine gute Mutter sein kann. Adam braucht mich. *Und wir beide brauchen Sie,* wenn wir hier rauskommen wollen. Vielleicht paßt Ihnen das nicht, aber so ist es nun mal.«

Carver sagte: »Ich bin keine Garantie.«

»Niemand ist das.«

»Wer weiß von dieser Geschichte?«

»Der Arzt, der nun wirklich allen Grund hat, dichtzuhalten. Meine Freundin Melanie, die auch niemandem etwas sagen wird. Ein paar Leute, mit denen ich mich gut verstehe, wissen, daß ich auf der Flucht bin. Daß Roberto mich töten will. Ich ruf' sie ab und zu an, und sie erzählen mir, was sie gehört haben. So habe ich erfahren, daß Sie Robertos Angebot abgelehnt haben. Aber manchmal wissen diese Freunde auch nicht besonders viel. Ich kann jedenfalls nicht ewig so weitermachen.«

»Warum hauen Sie nicht einfach ab? In ein anderes Land?«

»Robertos Kontakte reichen überall hin. Drogenhandel besteht in erster Linie aus guten Kontakten in die ganze Welt. Und aus Angst. Von meiner Familie ist niemand mehr da. Melanie ist mir näher als jeder andere Mensch auf der Welt; deshalb versteckt sie uns für eine Weile bei sich in Fort Lauderdale.«

»Wenn Sie sich so gut mit dieser Melanie verstehen, warum läßt Gomez sie nicht überwachen?«

»Er weiß nichts von ihr. Melanie war mal auf Koks. Sie hat einen Entzug gemacht und ist seit zwei Jahren clean. Hat mal als Nutte gearbeitet, aber das macht sie auch nicht mehr. Daher kennen wir uns. Ich hab' sie nicht mehr gesehen, seit ich Roberto kenne. Ich wußte, sie würde dann wieder auf Drogen kommen und ich wäre schuld. Dann haben wir uns bei einer Abschlußprüfung an der Universität wiedergetroffen. Sie ist Sekretärin in einem Maklerbüro in Lauderdale. Ich hab' sie ab und zu besucht, habe aber sie und unsere Freundschaft vor Gomez verheimlicht. Sie hat das verstanden. Wir haben über alles geredet, aber wir haben den Beruf meines Mannes immer ausgelassen. Ich fühle mich ziemlich sicher bei ihr, aber ich weiß, daß ich nirgends absolut sicher bin. Und ich möchte auf keinen Fall, daß Melanie meinetwegen etwas zustößt. Aber vor allem anderen, Carver, möchte ich, daß es meinem Baby gutgeht. Und ich bitte Sie darum, mir dabei zu helfen.«

Carver sagte: »Ich weiß nicht, ob ich das kann.«

»Ich bitte Sie, es zu versuchen. Ich werde Sie bezahlen. Mit Geld und mit Informationen. Sie müssen bei beidem nicht wissen, woher sie kommen.«

»Was für Informationen?«

»Demnächst wird es eine Drogenübergabe in Del Moray geben.«

»Wann?«

»Bald. In ein paar Tagen oder Wochen.«

»Warum gehen Sie nicht zu den Bullen?« schlug Carver vor. »Machen Sie einen Deal. Geben Sie ihnen, was sie brauchen, um Roberto in den Knast zu stecken, und dafür kriegen Sie eine neue Identität. Eine echte Chance für Sie und Adam.«

Sie schüttelte verzweifelt den Kopf. Adam wurde unruhig und quietschte wieder. Sie steckte ihm erneut den Sauger in den Mund und sagte: »Sie reden Scheiße, Carver. Ich rede mit Ihnen, weil Sie eben gerade kein Bulle sind. Und weil ich verzweifelt bin. Das ist zwischen Ihnen und mir. Die wichtigen Drogenbarone haben überall ihre Spitzel sitzen. Bei den Bullen, in der Regierung – manche von ihnen haben ganze *Regierungen* auf der Liste stehen. Da kann man nicht einfach losgehen und die verpfeifen. Die suchen sie und lassen sie bezahlen. Das ist in deren Augen gut angelegtes Geld. Ein Exempel. Hält andere davon ab zu plaudern. Ich werde eine von diesen anderen bleiben. Das Zeugenschutzprogramm der Regierung ist einen Dreck wert. Wenn ich mit den Bullen oder mit der DEA rede, bin ich in einem oder zwei oder vielleicht auch fünf Jahren tot, und Adam auch.«

»Aber Roberto geht doch sowieso davon aus, daß Sie in ein paar Jahren tot sind. Der Arzt hat ihm gesagt, Sie seien sehr schwer abhängig.«

»Deshalb wird er ja vielleicht in einem Jahr aufhören, nach mir zu suchen. Aber wenn ich auch nur ein Wort ausplaudere, werden er und eine Menge anderer Leute *niemals* aufhören, nach mir zu suchen. Dann wollen sie ganz sicher sein, daß ich tot bin. Nicht nur, damit ich nichts mehr sagen kann, sondern um allen anderen zu zeigen, was passiert, wenn man ein loses Mundwerk hat.«

»Sie sitzen zwischen den Stühlen«, gab Carver zu.

»Und Sie sind der einzige, dem ich trauen kann. Der einzige, den ich kenne, der es jemals gewagt hat, einen Auftrag von Roberto abzulehnen. Der einzige, der ihm jemals Widerstand geleistet hat.«

Carver sagte: »Mein Gott, wir sind doch nicht im Fernsehen.«

»Nein, verdammt noch mal. Sonst würde ich mich nämlich jetzt ganz entspannt zurücklehnen und auf das Happy-End warten.«

In dem winzigen Gesicht zwischen den Falten der Decke

öffneten sich kleine dunkle Augen und versuchten, Carver zu fixieren. Sie konnten es noch nicht. Das Baby konzentrierte sich wieder auf seine Flasche, die mittlerweile beinahe leer war.

Carver sagte: »Er trinkt ganz schön schnell, was?«

Beth sah ihn an. Stolz, ungebrochen, aber verzweifelt. Nicht ihretwegen. »Helfen Sie uns, Carver?«

Er sagte: »Geben Sie mir eine Telefonnummer, unter der ich Sie erreichen kann. Ich melde mich. Ich muß darüber nachdenken.«

»Aber es könnte sein?«

»Könnte.« Er gab ihr seinen Stift, und sie schrieb die Nummer ihrer Freundin Melanie auf die Rückseite einer seiner Visitenkarten. Er sagte, er würde sie heute nachmittag oder abend anrufen. Spätestens morgen.

Er packte seinen Stock fester und stand auf. Sah hinab auf Elizabeth und Adam Gomez. Eine Familie. Es roch nach Meer, nach primitivem Leben.

Er hinkte davon, drehte sich noch einmal um und sagte: »Hübsches Kind.«

»Ich weiß«, antwortete sie.

15

Carver kannte jemanden an der Florida State University, einen Ethymologen namens Fisk, der ihm bei einem früheren Fall geholfen hatte, eine bestimmmte Käferart zu identifizieren. Er rief Fisk an und bat ihn, die Studentenregister durchzusehen. Dann saß er an seinem Schreibtisch und kritzelte unlesbare Zeichen auf seine Schreibtischunterlage. Manche sahen aus wie kleine Kinder.

Eine Stunde später klingelte das Telefon. Fisk. Er sagte Carver, daß Elizabeth Gomez aus Fort Lauderdale tatsächlich an der Uni eingeschrieben sei. Sie absolvierte ein Fernstudium. Sechs Wochenstunden, zweites Studienjahr. Durchschnitt 3,9 Punkte.

Carver bedankte sich bei Fisk und legte auf. So weit hatte Beth Gomez also die Wahrheit gesagt. Aber so weit war nicht besonders weit.

Er nahm sein spezielles Telefonbuch aus der untersten Schreibtischschublade und suchte die Adresse zu der Telefonnummer, die Beth ihm im Park gegeben hate, heraus. Die Nummer gehörte einer Melanie Beame, Wayfare Lane 242, Fort Lauderdale. Beths Freundin Melanie. Das stimmte also auch.

Carver sah auf die Uhr. Kurz nach drei, nach Fort Lauderdale fuhr man an der Küste entlang gut eine Stunde. Selbst wenn er sofort aufbrach, wäre nicht mehr allzuviel vom Tag übrig, wenn er dort ankam. Andererseits war Dunkelheit für das, was er vorhatte, von Vorteil, insofern hatte er keine große Eile.

Er verließ das Büro, stieg in den sonnenheißen Olds und fuhr zu seinem Strandhaus, wo er ein paar Sachen zum Wechseln und sein Rasierzeug in einen abgestoßenen Lederkoffer stopfte. Danach rief er bei Edwina an, aber sie war nicht zu Hause. Sie war auch nicht in ihrem Büro bei *Quill Realty*, und niemand wußte, wo man sie erreichen konnte.

Sie scheint sich von ihrem Arbeitgeber ebenso zurückzuziehen wie von ihrem Liebhaber, dachte Carver. Lockerte die Verbindungen, bereitete sich darauf vor, sie zu beenden. Er bemühte sich, das schmerzhafte Vakuum, das um sein Herz herum zu entstehen schien, zu ignorieren; wählte noch einmal ihre Privatnummer und hinterließ eine Nachricht auf ihrem Anrufbeantworter. Sagte, er wäre beruflich einige Zeit unterwegs und würde sich melden, sobald er zurück wäre. Er sagte, er vermisse sie, und fügte, kurz bevor er auflegte, hinzu: »Übrigens, das war Fred.« Ein Witz. Er wünschte, er hätte ihn nicht gemacht.

Er schloß das Strandhaus hinter sich ab und hievte den Koffer auf den Rücksitz des Olds. Auf dem Highway hielt er an einer Texaco-Station, tankte, kaufte Öl und ein Päckchen süße *Swisher*-Zigarren.

Es klingelte zweimal, als er auf dem Weg zum Highway über eine Leitung fuhr. Ein Mann in einem verschmierten Overall starrte ihn an; er hielt eine Ölkanne in der Hand, als wollte er Carver zuprosten. Dann steckte er seinen Kopf wieder unter die aufgeklappte Motorhaube irgendeines Wagens.

Carver bog links auf den Highway und fuhr nach Süden in Richtung Lauderdale.

Er aß unterwegs zu Abend, und als er im Pelican Motel an der A1A eincheckte, wurde es bereits dunkel. Das Motel stand in einer kleinen Seitenstraße landeinwärts. Weil es nicht am Meer lag, war es verhältnismäßig billig und ersparte ihm zudem die Suche nach einem freien Bett in einem der Strandhotels.

Das Pelican war ein umgebautes, U-förmiges Motel, dessen stuckverzierte Einzelzimmer man halbiert hatte. Davon ausgenommen war nur der erste und größte Raum, in dem sich das Büro und die Wohnung des Besitzers befanden. Auf dem Schild an der Straße war ein fliegender Storch abgebildet, und im Rasen vor dem Büro steckten pinkfarbene Plastikflamingos auf dürren Metallbeinen. An der Wand hinter der Rezeption hing ein großes Ölgemälde. Es zeigte einen Reiher, der auf einem spindeldürren Bein in der Brandung stand. Nirgends war ein Pelikan zu sehen. Wahrscheinlich wurde das Motel nicht von Ornithologen geleitet. Carver fand das in Ordnung, solange die Bettwäsche sauber war.

Er checkte ein und bezahlte im voraus. Der faltige Mann hinter dem Tresen beschrieb ihm den Weg zu seinem Zimmer und gab ihm einen Schlüssel mit einem kleinen Plastikanhänger, der aussah wie eine Möwe.

Carver fuhr seinen Olds bis ans Ende des Parkplatzes und stellte ihn vor dem letzten Zimmer ab. Es standen nur wenige Autos herum, und man hatte ihm versichert, in der anderen Hälfte des Raumes würde niemand wohnen, so daß weder das Fernsehprogramm noch ein schreiendes Kind ihn wach halten würden. Es würde auch niemand nebenan Sex haben und ihn zum Nachdenken darüber bringen, warum er hier war statt in Del Moray bei Edwina.

Er stellte seinen Koffer vor die Zimmertür, schloß auf und stieß die Tür mit seinem Stock auf. Die Luft war heiß und abgestanden. Sie roch, als habe jemand gerade eine Zigarette ausgedrückt. Er machte Licht und humpelte zur Klimaanlage, die hinter einem Vorhang an einem der Fenster angebracht war. Schaltete sie ein. Sie machte ein paar Geräusche, als wolle sie mechanischen Harakiri begehen, pustete aber brav kalte Luft in den Raum.

Das Zimmer war noch kleiner, als er von außen vermutet hatte. Ein Doppelbett, eine zerschrammte Eichenholzkommode mit einem Spiegel, ein wackeliger Holzstuhl und ein Fernseher auf einem Metallarm, der an der Wand festgeschraubt war. Mehr Platz war auch nicht vorhanden. Das winzige Bad war überraschend modern: weiße Armaturen, weiße Kacheln und eine weiße Duschkabine. Eine schwarze Kakerlake brachte sich hinter dem Toilettentischchen in Sicherheit. Carver klappte die Badezimmertür zu und wandte sich wieder dem eigentlichen Apartment zu. Er entdeckte einen schmalen Schrank und eine verplombte Verbindungstür zu der anderen Hälfte des ehemals doppelt so großen Zimmers.

Er hielt sich nicht damit auf auszupacken. Legte seinen Koffer flach auf den Gepäckständer ans Fußende des Bettes. Er wußte nicht, wie lange er in Fort Lauderdale bleiben würde; ein paar Stunden oder ein paar Tage. Kam darauf an, wie die Sache in der Wayfare Lane 242 laufen würde.

Er hinkte zurück zur Rezeption und entlockte einer dümmlich klappernden Maschine eine Zeitung. Fragte den alten Mann hinter dem Tresen nach einer Straßenkarte von Fort Lauderdale. Er hatte keine, sagte Carver jedoch, daß eine Meile weiter ein Drugstore sei, der nicht nur Straßenkarten der Umgebung, sondern auch alle anderen Dinge führe, die Carver vielleicht benötigen könnte. Der Alte begeisterte sich so sehr für diesen Drugstore, daß Carver sich überlegte, ob er vielleicht Mitinhaber war.

Carver ging zurück auf sein Zimmer. Jetzt war es zu kalt; der Thermostat der Klimaanlage schien kaputt zu sein. Er stellte den Apparat aus und legte sich auf das quietschende alte Bett, schlug die Zeitung auf und las über die aktuellen Differenzen von Kongreß und Weißem Haus, erfuhr, daß die *Irish Republican Army* einen britischen Soldaten in Belfast getötet hatte und daß ein Mann in Miami sich selbst in Brand gesteckt hatte, um gegen die Beschneidung der Bürgerrechte zu protestieren. Es gab 'ne Menge Leute in der Welt, die für irgend etwas kämpften. Aber kaum jemand hatte ein so einfaches Ziel wie Roberto Gomez, der schlicht und einfach seine Frau ermorden wollte. Carver suchte die Comic strips und amüsierte sich über Gary Larsons »Die andere Seite«, die einzig normale Weltsicht in der Zeitung.

Als es vollkommen dunkel geworden war, verließ er sein Zimmer und fuhr zu dem Drugstore, von dem der alte Mann ihm vorgeschwärmt hatte. Es war eines dieser neumodischen Ziegelgebäude, groß wie ein Flugzeughangar, mit breiten Gängen und niedrigen Regalen voller Sonderangebote. T-Shirts, Reisetaschen, Bücher und Zeitschriften, Computer, Autozubehör, Gemüse, Haushaltswaren, Elektrogeräte. In einer Ecke gab es sogar rezeptpflichtige Arzneimittel. Carver kaufte sich eine detaillierte Karte von Fort Lauderdale und fuhr in die Stadt.

Auch im Dunkeln brauchte er nicht lange, um zur Wayfare Lane zu finden. Sie war im Westen der Stadt, eine schmale Straße mit Palmen und ein paar Eichen.

Nummer 242 war ein Flachdachhaus mit Schindelverkleidung. Es stand auf einem kleinen Grundstück und war von etlichen Sträuchern umgeben. Es war in irgendeiner blassen Farbe gestrichen, die Carver bei Nacht nicht identifizieren konnte, und hatte dunkle Fensterläden. Durch die Gardine des vorderen Fensters schimmerte Licht. Einer der Fensterläden war nicht zu und bewegte sich wie ein steinzeitlicher Flügel im Abendwind. Die Sträucher auf der Nordseite des Hauses leuchteten gelb, offenbar fiel dort Licht aus einem Fenster ohne Vorhänge.

Carver nahm den Fuß von der Bremse und ließ den Olds langsam die Straße entlangrollen, bis er etwa einen Block weiter einen guten Blick auf das offene Fenster hatte. Er parkte, machte den Motor aus und nahm sein 10×15-Nikon-Fernglas aus dem Handschuhfach.

In den Sitz geduckt, so daß er in der Dunkelheit kaum mehr zu erkennen war, stellte er das Fernglas auf das Fenster ein.

Ein Regal mit ein paar Büchern, einer Stereoanlage und

einer Menge Schallplatten. Mit dem starken Fernglas konnte er beinahe die Titel der Platten erkennen. Eine Lampe an der Musikanlage leuchtete, wahrscheinlich hörte jemand Radio. Er konnte die Lehne eines braunen Stuhls erkennen. Einen Tisch mit einer orangefarbenen Lampe. Carver vermutete, daß er ungefähr ein Drittel des Wohnzimmers sehen konnte.

Ein Schatten bewegte sich über die Wand; eine schlanke, rothaarige Frau kam in sein Blickfeld. Sie stand einen Moment vor der Stereoanlage und stellte etwas ein. Vielleicht suchte sie einen neuen Sender. Sie verschwand wieder außer Sicht. Er hatte das unangenehme Gefühl, diese Frau existiere nur dann, wenn er sie in dem Fenster sehen konnte – wie in einem Theaterstück.

Mit der unendlichen Geduld professioneller Schnüffler saß Carver über eine Stunde reglos da. Ein paarmal huschte die Rothaarige durchs Bild. Sie trug einen grünen Hausmantel mit dreiviertellangen Ärmeln und einige Goldreifen an ihrem linken Handgelenk. Sie hatte ihr Haar hochgesteckt, es bildete einen eigenartigen Schopf auf ihrem Kopf. Sie hatte einen hellen Teint, der ihre dunklen Augen und den Lippenstiftmund betonte; abgesehen davon, daß sie zu dünn war, wirkte sie sehr attraktiv.

Sie kam nicht oft in Carvers begrenztes Blickfeld, aber ihr Schatten bewegte sich auf der Wand. Sie schien sich hin und wieder in den Stuhl zu setzen, dessen Lehne Carver sehen konnte, dann stand sie wieder auf und ging umher.

Er preßte das Fernglas fest auf die Augen und stellte die Schärfe nach, als sie erneut sichtbar wurde. Sie hatte die Hände in die Hüften gestemmt, plötzlich wandte sie sich um und sah in Richtung Haustür. Es mußte geklingelt haben. Sie verschwand in dieser Richtung.

Als er das Fernglas sinken ließ, konnte er den Mann vor der

Haustür erkennen. Er stellte das Glas gerade auf den düsteren Schatten scharf, als die Haustür sich öffnete. Die Rothaarige – Melanie Beame, vermutete Carver – stand in einem Bündel Lichtstrahlen, das einen kleinen, stämmigen Schwarzen in einem grauen Anzug beleuchtete. Melanie trat zurück, und er kam ins Haus. Die Tür ging zu.

Carver richtete das Fernglas wieder auf das Nordfenster und sah keine Bewegung. Nicht einmal Schatten an der Wand.

Er ließ das Fernglas sinken und studierte die Häuser und Grundstücke in der Nachbarschaft. An einer Stelle könnte er sich hinter ein paar Büschen von Melanies Nachbarn verstekken. Von dort hätte er einen weitaus besseren Blick in ihr Wohnzimmer. Es war riskant, aber er hatte kaum eine andere Wahl.

Er stieg aus dem Olds. Mußte sich eine Minute recken und strecken und seine verkrampften Muskeln lockern, bevor er leise die Autotür schloß und davonhinkte.

Ein paar Einfahrten waren beleuchtet, aber niemand war auf der dunklen Straße zu sehen. Er war sicher, daß niemand ihn beobachtete, als er durch die gepflegten Gärten auf das Gebüsch zuschlich.

An dem Gewächs waren kleine Blüten, aber keine Dornen. Er drängte sich zwischen die Zweige. Wischte ein Insekt weg, das über seinen Unterarm krabbelte. Ließ beinahe das Fernglas fallen, erwischte es gerade noch an dem Halsriemen. Irgendwo bellte ein Hund, aber Carver war ziemlich sicher, daß das nichts mit ihm zu tun hatte. Der süße Duft der Blüten kitzelte ihn in der Nase, und einen Moment lang mußte er einen Niesreiz unterdrücken.

Er schaute sich in der Dunkelheit um, nahm dann das Fernglas hoch und stellte es auf Melanie Beames Wohnzimmer scharf. Er mochte diesen Teil seiner Arbeit nicht; er fühlte sich wie ein Voyeur. Und er hatte wenig Lust, seine Tätigkeit zu begründen, wenn ihn jemand sah und als Spanner bei der Polizei anzeigte.

Ah! Er vergaß seine Unsicherheit, als Melanie und der Schwarze ins Blickfeld kamen. Eine Wiege mit einer Decke stand im Raum, Melanie beugte sich darüber und nahm ein Baby heraus, das wie Adam Gomez aussah. Carver war sich allerdings nicht ganz sicher. Kleinkinder sahen alle gleich aus für ihn, winzige alte Männer mit dicken Backen. Aber dieses mußte einfach Adam Gomez sein. Der Schwarze stand neben Melanie und betrachtete das Baby, dann grinste er und ging weg.

Melanie legte das Baby wieder hin. Spielte ein wenig mit ihm herum, richtete sich dann auf und sah einen Moment in die Wiege. Der Schwarze stellte sich hinter sie und umfaßte ihre Hüfte mit beiden Händen. Es sah aus, als würden sich gleich seine Fingerspitzen berühren. Sie drehte sich um, lächelte, und er küßte sie auf den Mund. Ein langer Kuß. Dann umarmten sich Melanie und der Schwarze eine Weile, bis er sich losmachte, etwas sagte und verschwand. Sie zog den Gürtel ihres Hausmantels fest und ließ sich in den Stuhl fallen, den Carver jetzt ganz erkennen konnte. Begann, in irgendeinem dieser Glitzermagazine zu lesen. Sah aus wie eine *Cosmopolitan*.

Nach ungefähr zehn Minuten schoß ihr Kopf herum. Sie legte die Zeitung aufgeschlagen auf den Tisch mit der Lampe. Carver wußte, was los war; noch jemand hatte geklingelt. Er konnte die Haustür von hier aus nicht mehr sehen, also beobachtete er weiterhin das Fenster.

Diesmal war es Beth Gomez. Sie trug dieselben Khakishorts und dieselbe weiße Bluse wie bei ihrem Gespräch mit

Carver. Sie sagte etwas zu Melanie, dann ging sie sofort zu der Wiege und sah hinab auf Adam. Sie beugte sich hinunter, es sah aus, als gebe sie ihm einen Kuß. Dann richtete sie sich auf und stopfte ihre Bluse zurück in die Shorts. Ihre schweren Brüste zeichneten sich unter dem dünnen Stoff deutlich ab. Als die beiden Frauen miteinander sprachen, konnte Carver erkennen, daß Melanie wesentlich kleiner als Beth war, nicht mehr als einsfünfzig.

Sie drehten sich beide um; der Schwarze mußte zurück ins Wohnzimmer gekommen sein, allerdings konnte Carver ihn nicht sehen. Melanie verschwand außer Sicht. Beth setzte sich auf einen Stuhl neben der Wiege und schlug die Beine übereinander. Sie nahm die Zeitung in die Hand, legte sie aber sofort wieder hin, als sei sie ziemlich gelangweilt. Sie saß da und betrachtete Adam.

Carver beobachtete sie, bis sie aufstand und aus dem Raum ging. Weiter hinten im Haus wurden ein paar Lampen angemacht.

Er ließ das Fernglas an dem Lederband um seinen Hals baumeln, packte seinen Stock mit beiden Händen und drückte sich in den Stand. Horchte auf seine beschleunigte Atmung, sah sich um und humpelte zurück zum Wagen.

Er saß eine Weile hinter dem Steuer, hörte den Heuschrekken zu und bewegte sich nicht. Die Sträucher hatten ihn gepiekt, und ein Schweißtropfen rann ihm seitlich den Hals herunter.

Also wußte noch jemand, der Schwarze nämlich, darüber Bescheid, daß Beth und Adam bei Melanie wohnten. Beth hatte Carver nicht alles erzählt. Aber was sie erzählt hatte, schien der Wahrheit zu entsprechen. Sie hatte tatsächlich Fernkurse an der Uni belegt. Und sie hatte es riskiert, ihm Melanie Beames Telefonnummer zu geben.

Er ließ den Olds an, wendete in einer Einfahrt und fuhr zurück zum Pelican Motel.

Nachdem er ein Handtuch über den unermüdlichen Kaltluftspender gehängt hatte, schlief er nackt unter einem dünnen Laken.

Früh am nächsten Morgen klappte er das Leinenverdeck des Olds herunter und fuhr unter einem drohend grauen Himmel schnell nach Orlando.

16

Desoto trug heute Weiß: weißer Leinenanzug, weißes Hemd mit weißem Muster. Nur sein Schlips war hellblau. Er saß gelassen hinter seinem Schreibtisch und lächelte mit sehr weißen Zähnen.

Carver humpelte zu dem Stuhl vor dem Schreibtisch und setzte sich. Desoto drehte sich um und milderte die Lautstärke seines Sony-Recorders; ein trauriger Ruben-Blades-Song und sein sanfter, synkopischer lateinamerikanischer Rhythmus waren jedoch weiterhin zu hören. Es war angenehm kühl und roch stechend nach Büro, als hätte jemand gerade ein Dutzend Bleistifte angespitzt und die Späne liegengelassen.

Carver legte sein gesundes Bein über das steife und sagte: »Diese Roberto-Gomez-Geschichte wird ziemlich kompliziert.«

Desoto zog die Augenbrauen hoch. Er lächelte immer noch wie ein Leinwandidol aus Hollywoods besten Zeiten. »Wie kommt das, *amigo*?«

»Seine Frau hat mich gebeten, sie vor ihm zu beschützen.«

»Kein Problem«, sagte Desoto. »Laß es.«

»Das habe ich ihr beim ersten Mal auch gesagt. Roberto ist überzeugt, daß das Baby kurz nach der Geburt gestorben ist, weil Robertos Frau so schwer heroinsüchtig ist. Deswegen läßt er alle seine Leute nach ihr suchen. Deswegen hat jemand ihre Schwester erschossen, in der Annahme, sie wäre Beth.«

»Beth, ja?«

»Elizabeth Gomez.«

»Und wo ist das Problem? Sie hängt an der Nadel, also wird sie eh bald tot sein. Warum vergißt er sie nicht einfach und wartet, bis sie sich selbst erledigt hat?«

»Er würde es ihr lieber selbst besorgen. Roberto ist so ein Typ.«

»Ja, kann sein. Aber ich sage dir, *amigo*, ich habe kein Mitleid mit ihr. Nur mit dem toten Baby. Wenn du dich zu den Hunden legst, brauchst du für die Flöhe nicht zu sorgen. Altes Sprichwort. Sie hat sich mit ein paar Ratten eingelassen, deren Geschäft der Tod ist, aber das Kind hat dafür bezahlen müssen. Jetzt sollte sie auch bezahlen. Mit dieser Art Gerechtigkeit hat die Polizei nicht unbedingt etwas zu tun, aber es ist trotzdem eine Art Gerechtigkeit.«

»Das Kind lebt. Ich habe es gesehen.«

Desoto beugte sich vor, stützte einen Ellenbogen auf den Tisch und legte sein Kinn in die Hand. »Moment mal, was ist hier eigentlich los?«

»Beth Gomez hat Roberto angelogen und den Doktor mit seinem Drogengeld bestochen, damit er Roberto sagt, daß Baby sei tot.«

»Warum?«

»Sie will raus aus dem schnellen, reichen Leben der Drogenkönige, des Babys wegen und um ihrer selbst willen. Sie dachte, wenn Roberto glaubt, das Baby sei tot und sie würde auch bald draufgehen, würde er sich nicht die Mühe machen, nach ihnen beiden zu suchen. Sie hatte nicht damit gerechnet, daß er so rachsüchtig ist. Jetzt hofft sie, daß er aufgeben würde, wenn sie für ein oder zwei Jahre untertauchen kann. Er würde dann glauben, sie sei mittlerweile gestorben.«

»Sie wird dann gestorben sein.«

»Nein. Sie ist überhaupt nicht süchtig, obwohl Roberto glaubt, sie sei es. Sie nimmt keine Drogen.«

Desoto lehnte sich zurück und dachte nach. Nahm die Hand vom Kinn. »Ich glaube, diese Frau erzählt dir echte Scheiße, *amigo*.«

»Wie kommst du darauf?«

»Wenn sie nicht drogensüchtig ist, dann ist sie zumindest süchtig nach dem zugehörigen Geld, und das macht beinahe genauso stark abhängig. Geht ins Blut. Gibt dir den Kick. Diese Frau ist mit jedem reichen Mann in ganz Florida ins Bett gegangen, mein Freund; tu dir einen Gefallen und sieh sie, wie sie wirklich ist. Vertrau ihr lieber nicht.«

Carver sagte: »Sie ist nicht so, wie du denkst.«

Desoto starrte ihn an, als müßte er einige Dinge bedenken, die Carver nicht verstand. »Jesus!«

»Ich denke vor allem an das Baby«, sagte Carver.

»Gomez wird ihm nichts tun.«

»Nein, aber er wird ihn als seinen Sohn aufwachsen lassen.«

»Das stimmt, *amigo*, und das ist fast genauso schlimm.«

»Und außerdem mischt McGregor mit. Er hat von meiner Rolle im Fall der Schwägerin von Gomez gelesen und will auch was zu sagen haben. Er will nämlich als Bürgermeister von Del Moray kandidieren.«

»Um Gottes willen«, sagte Desoto. »McGregor als Kopf eines stinkenden Fisches!«

Carver fuhr fort: »Er sagte, ich sollte ihn auf dem laufenden halten, oder er müsse mir leider das Leben sehr schwermachen.«

»Das kann er tun«, sagte Desoto.

»Ich weiß. Strait war auch bei mir. Er will, daß ich alles, was ich weiß, sofort der DEA erzähle.«

»Strait ist lästig. Aber er ist nicht so wie McGregor.«

»Gibt es jemanden, der das ist?«

»Roberto Gomez vielleicht, aber der ist nicht so verlogen.«

»McGregor fände den Vergleich vermutlich schmeichelhaft. Er betrachtet das Polizistendasein als die angenehme Variante der Gaunerei.«

»Manchmal ist das wahr. Er ist der lebende Beweis.« Desoto legte seinen Kopf in den Nacken und schien sich ganz auf die leise Musik zu konzentrieren. Ein paar Zimmer weiter stritten sich zwei Polizisten lautstark über irgendeine Überwachung. »Du bist hergekommen, damit ich dir einen Rat gebe«, sagte Desoto. »Ich habe ihn dir gegeben. Laß diese Drogenfrau und ihr verdammtes Kind die Suppe auslöffeln, die sie sich eingebrockt haben.«

»Würdest du das tun?«

»Das ist irrelevant.«

»Wieso?«

»Weil du sowieso tust, was du willst, unabhängig davon, was ich täte.«

Jemand rief den beiden Streithähnen draußen zu, sie sollten die Klappe halten, und sie taten es. Es wurde still, nur noch das wimmernde Quietschen eines Nadeldruckers war zu hören. Der Klang des Orient.

Carver sagte: »Ich wollte, daß du weißt, was los ist.«

»Damit ich dich notfalls raushauen kann?«

»Wenn's geht, ja. Und ich wäre dir sehr verbunden, wenn

du für dich behalten würdest, daß das Kind am Leben ist. Gib ihm eine Chance.«

»Was ist mit der Frau?«

»Gib ihr auch eine Chance.«

»Ich werde nichts sagen, bis ich muß. Aber der Fall Belinda Jackson ist noch in Arbeit, das weißt du.«

»Du wirst es Gomez nie nachweisen können.«

»Bislang nicht«, gab Desoto zu. »Aber du hast recht, das Kind verdient eine Chance.«

»Jeder von uns verdient eine«, sagte Carver. »Das gibt uns die Möglichkeit, es selbst zu versieben.«

»Was du tust, wenn du dich weiterhin mit Leuten wie Gomez und seinem Freund Hirsh triffst. Die sind nun wirklich die Übelsten der Üblen. Ein Sadist und ein Typ, der über Sadismus so weit hinaus ist, daß er dich genauso desinteressiert tranchiert wie ein Filet Mignon.«

Carver stand auf; sein gesundes Bein war eingeschlafen. Er stützte sich schwer auf seinen Krückstock. »Ich hatte gehofft, daß du mir wegen des Kindes zustimmst.«

»Aber das mit der Frau sehe ich anders«, hob Desoto hervor. »Sie hat ihr irrwitziges Drogenleben gehabt, die Sucht nach Millionen liegt ihr im Blut, selbst wenn sie nicht drogensüchtig ist. Sie muß schon jemand ganz Besonderes sein, wenn sie sich davon losmachen kann.«

Carver sagte: »Sie ist jemand Besonderes.«

Desoto schloß halb die Augen und sagte: »Willst du das wirklich, *amigo*? Den Beschützer für die Frau des Drogenkönigs und ihren Sohn mimen?«

»Ich weiß nicht.«

Desoto schüttelte langsam und traurig den Kopf. Faßte hinter sich und drehte die Lautstärke wieder hoch. Eine Mariachiband schrummelte und sang enthusiastisch.

Carver verließ das Büro. Er humpelte in dem unverkennbaren, aufdringlichen Rhythmus der Latinomusik.

17

Als Carver den schmalen Weg zu seinem Strandhäuschen entlangfuhr, lief der Olds heiß. Er roch den süßen Gestank verdampfenden Kühlmittels. Der Behälter für die Kühlflüssigkeit mußte durchgerostet sein. In Gedanken machte Carver eine Notiz, das reparieren zu lassen, bevor der alte Wagen ihn ganz im Stich ließ.

Er parkte neben dem Haus und stellte den Motor ab. Ein paar Sekunden vergingen, dann quetschten sich Dampfwolken unter der Motorhaube hervor, und die Windschutzscheibe beschlug. Na toll. Er hoffte nur, er hatte den Wagen nicht überstrapaziert und den Motor beschädigt.

Er stieg aus und humpelte um den Olds herum. Klemmte sich fast die Finger an dem komplizierten Mechanismus ein und stemmte schließlich die Motorhaube hoch.

Eine Hitzewelle dampfte ihm ins Gesicht. Er trat einen Schritt zurück und beobachtete, wie immer mehr Dampf in die heiße Luft aufstieg. Der Motor tickte laut vor sich hin, und irgend etwas zischte wie eine wütende Schlange. Oh-oh!

Er kam wieder näher und warf einen Blick unter die Motorhaube. Wasser sickerte aus einem Riß in dem Schlauch vom oberen Behälter für Kühlflüssigkeit, tropfte auf die Innenseite des Kotflügels und verdampfte zischend. Carver war erleichtert. Er hatte Glück gehabt; den kaputten Schlauch zu ersetzen war einfacher und billiger, als den ganzen Kühler reparieren zu lassen. Das konnte er selbst erledigen.

Er ließ die Motorhaube offen stehen, damit der Motorblock schneller abkühlen konnte, und wandte sich von dem heißen Blechhaufen ab. Jetzt brauchte er eine Klimaanlage und ein eiskaltes Budweiser. Er wollte sich hinsetzen.

Er war so beschäftigt mit seinem Wagen gewesen, daß er nichts Besonderes wahrgenommen hatte, während er die Stufen zu der niedrigen Veranda hochstieg.

Bis eine Stimme sagte: »Nett, Ihnen wieder mal zu begegnen, Mr. Carver.«

Carver blieb stehen, drehte sich langsam um und entdeckte Hirsh am Ende der Holzveranda. Er mußte um das Häuschen herumgegangen und von hinten auf die Veranda geklettert sein. Er trug immer noch denselben dunkelblauen Anzug samt Weste. Sein Haar war etwas in Unordnung geraten, und er schwitzte stark, aber seine traurigen blauen Augen blickten Carver ruhig, beinahe freundlich an. Er trug eine halbautomatische Uzi, hielt sie nicht im Anschlag, sondern ließ sie sorglos an ihrem Schulterriemen baumeln, als wäre er gerade dabei unterbrochen worden, sie zu reinigen.

Hirsh sagte: »Bitte warten Sie dort.« Er warf einen Blick zur Seite.

Gomez, bekleidet mit knallengen Jeans, blauen Avia-Joggingschuhen, einem blauen T-Shirt und einem halben Dutzend goldener Halsketten, schlenderte um die Ecke. Lächelte Carver an. Hob seine rechte Hand und wackelte mit den Fingern. Ein Signal für jemanden, der außer Sicht hinter dem Häuschen wartete. Eine Mischung aus Winken und Befehl.

Carver hörte, wie ein Motor gestartet wurde. Ein alter schwarzer Ford Pickup schoß über den unebenen Boden in sein Blickfeld. Gomez gab erneut ein Signal mit der Hand, der Truck stoppte und hielt im Leerlauf. Der Fahrer war ein Latino mit schlaffem schwarzen Schnurrbart. Er legte ein

Handgelenk gelangweilt über das Steuer und starrte geradeaus durch die Windschutzscheibe. Als wartete er an irgendeiner Kreuzung auf Grün. Ein großes metallenes Faß stand aufrecht auf der Ladefläche des Trucks.

Gomez widmete Carver dieselbe subtile Bewegung, die er eben dem Fahrer des Pickup hatte zukommen lassen. »Los, Carver, ich zeig' Ihnen was.«

Hirsh veränderte seinen Gesichtsausdruck nicht, aber er hob die kompakte, mörderische Uzi ein paar Zentimeter. Sein wurstförmiger Zeigefinger klemmte am Abzug.

Carver humpelte das Treppchen wieder hinunter. Hörte, wie Hirsh ihm folgte. Gomez schlenderte bereits auf die Rückseite des Pickup zu. Er winkte ihnen, ihm zu folgen.

Die drei standen hinter dem Truck. Hirsh öffnete die Ladeklappe, wobei er die Uzi absolut ruhig hielt und Carver die ganze Zeit über mit der traurigen Resignation anblickte, die von hart erarbeiteter Weisheit zeugt.

Das Faß auf der Ladefläche war übersät mit Löchern. Hunderte. Carver identifizierte sie als Einschußlöcher, ein paar Einschüsse, ein paar Austritte. Das Faß war aus allen Richtungen mit großkalibrigen Waffen beschossen worden.

Gomez fragte: »Können Sie mit Ihrem steifen Bein auf die Ladefläche steigen?« Er klang besorgt.

Carver antwortete nicht. Er benutzte die Kraft seines durchtrainierten Oberkörpers, um sich hinaufzustemmen, stellte sich umständlich auf die Füße und plazierte seinen Stock sorgfältig auf das verbeulte Metall. Hirsh hielt die Uzi an der Seite und machte einen großen Schritt zu ihm hinauf. Grunzte leise über die Anstrengung.

»Öffnen Sie bitte das Faß, und sehen Sie hinein«, sagte Gomez. »Los.« Er klang freundlich, aber es war mehr als ein Vorschlag.

Carver starrte das große, durchlöcherte Faß an. Es war schwarz, von den Stellen abgesehen, wo die Kugeln die Farbe von dem silbern schimmernden Stahl abgelöst hatten. Es war sauber. Vielleicht eine ausgespülte Fünfzig-Gallonen-Öltonne. Eine Fliege kroch aus einem der runden Löcher, brummte einmal im Kreis um das Faß herum und verschwand in einem anderen Loch.

»Mr. Gomez hat Ihnen eine Anweisung gegeben.« Hirsh, das freundliche Gewissen.

Carver hielt sich an der Seitenwand des Trucks fest, als er langsam auf das Faß zuging. Der Metalldeckel lag lose auf, etwas schief. Gomez ging an die Seite des Trucks, als wolle er Carvers Reaktion auf was auch immer in diesem Faß war aus nächster Nähe erleben.

»Haben Sie eine Idee, was drin sein könnte?« fragte Gomez. Ganz offensichtlich amüsierte er sich gut.

Carver hatte hämmernde Kopfschmerzen. Der Geruch, der aus dem Faß drang, umfing ihn. »Ich nehme nicht an, daß das Luftlöcher sind.«

Gomez lachte sein *Huh!-Huh!*-Lachen. »Los, mach schon, Mann.«

Carver hob den Deckel und zwang sich hineinzusehen.

Zwang sich, dem toten Ding ins Gesicht zu blicken.

Nicht Beth Gomez. Nicht Edwina. Niemand, den er kannte.

Ein kahler Mann mit einem Bart. Er war in das Faß gesetzt und dann von automatischen Waffen zerfetzt worden. Ein paar Kugeln, die ihn ursprünglich verfehlt hatten oder die nicht durch die Metallwand wieder ausgetreten waren, nachdem sie seinen Körper durchschlagen hatten, waren im Kreis herumgesaust und hatten eine ziemliche Schweinerei angerichtet. Kopf und Gesicht waren kaum mehr erkennbar. Die

Knochen waren total zersplittert, sein Körper wirkte wie eine Puppe und war auf den Boden des Fasses gesackt. Ein menschlicher Pudding mit beweglichen Rosinen als Verzierung. Fliegen. Das tote, schlaffe Fleisch war grau geworden. Hier und da hatte das Blut ein merkwürdiges Muster hinterlassen und betonte das Weiß der zerfetzten Knochen.

Carver trat zurück, sein Körper zuckte wild, und er kotzte über die Seitenwand des Pickups. Staub stieg auf, wo die Überreste seines Mittagsmahles auf den harten Boden platschten.

Er richtete sich wieder auf, spürte, wie sein Zittern sogar den Stock erfaßte. Spuckte ein paarmal aus, um den bitteren Geschmack aus dem Mund zu kriegen. Wischte sich mit dem Handrücken über den Mund. Gomez grinste ihn an. Kicherte. Hirsh sah erst Gomez an, dann Carver. Lächelte und zuckte beinahe unmerklich mit den Schultern, als wollte er sagen: Was willst du machen? So ist Roberto eben.

»Okay«, sagte Gomez, »machen Sie, daß Sie runterkommen.«

Carver taumelte dankbar von der sonnenheißen Ladefläche des Trucks herunter. Der Stahl verbrannte ihm beinahe die Finger beim Absteigen. Als er hinauf geklettert war, war ihm das Metall gar nicht so heiß vorgekommen.

Gomez kam näher. »Wir müssen miteinander reden, Mann.«

Carver sagte nichts. Er konnte das Bild des ehemals menschlichen Fleischhaufens nicht verdrängen.

Gomez starrte ihn an. »*Huh! Huh! Huh!* Soll ich Ihnen was über den Typ in dem Faß erzählen?«

Als Carver immer noch nichts sagte, antwortete Hirsh: »Ich wette, er wüßte gern ein paar Details.«

Gomez sagte: »Also, das Ding in dem Faß hat für mich

gearbeitet. Ich habe diesem Drecksack vertraut. Allerdings war er Beth gegenüber loyaler eingestellt als mir gegenüber. Einer meiner Leute hörte, wie er mit ihr telefonierte. Gab mir Bescheid. Er wollte uns anscheißen, als wir ihn fragten, wo Beth steckt. Also haben wir ihn in dem Faß in die Sonne gestellt. Ihn in seinem eigenen Saft schmoren lassen.« Gomez grinste und schüttelte den Kopf. »Aber wissen Sie was? Dieser Sack hat uns reingelegt. Er hat 'ne Herzattacke oder so gehabt und uns kein Wort mehr sagen können.«

»Wie ärgerlich«, sagte Carver.

»Na ja, das passiert schon mal«, fuhr Gomez gelassen fort. »Wir haben ihm dann noch ein paar Kugeln verpaßt, nur so zum Spaß, und das ganze Zeug auf den Truck gestellt. Ich wollte, daß Sie aus erster Hand erfahren, was mit Leuten passiert, die mich verarschen wollen.«

Carver sagte: »Manche verfüttern Sie an Krokodile, andere erschießen Sie in einem Faß.«

Hirsh sagte: »Alligatoren.«

»Egal«, sagte Gomez. Ohne sich umzusehen, machte er eine kurze Bewegung, und der Pickup-Fahrer setzte den Truck in Bewegung. Staub wirbelte auf. Carver hörte, wie er schaltete, als er auf den schmalen Weg in Richtung Highway fuhr. Gomez sagte: »Er bringt das Faß auf eins meiner Boote. Dann kommt 'ne schwere Ankerkette auf die Überreste dieses Schwachkopfes. Das Faß wird zugenietet und irgendwo über Bord geworfen. Und niemand wird es jemals finden.«

»Effektiv«, bestätigte Carver.

»So bin ich eben«, sagte Gomez stolz. Als wolle sie diese Aussage unterstreichen, schlich die lange schwarze Lincoln-Limousine um die Hausecke und hielt genau da, wo eben noch der Truck gestanden hatte. Die heiße Nachmittagsluft geriet durch die Auspuffgase in Bewegung.

»Warum geben Sie mir so ein beeindruckendes Beispiel Ihrer Geschäftsmethoden?« fragte Carver.

Gomez sagte: »Ich wollte, daß Sie wissen – daß Sie, verdammt noch mal, selber *erleben* –, was mit Ihnen passiert, wenn Sie mich an der Nase herumführen. Der Typ in dem Faß hat am Telefon Ihren Namen erwähnt. Leider wurde er nicht alt genug, um uns zu verraten, in welchem Zusammenhang. Aber wenn Sie irgend etwas mit Beth zu tun haben oder wenn ich herausfinden sollte, daß Sie wissen, wo sie ist, und es mir nicht sagen... nun ja, dann könnte es Ihnen deutlich übler ergehen als unserem Freund, der gerade seine letzte Seereise angetreten hat.« Er stemmte die Hände in die Hüften und streckte seine Brust vor, als wolle er gleich krähen. Die goldenen Ketten glitzerten in der Sonne. »Hat Sie das beeindruckt, Carver?«

Carver sagte: »Wie könnte es nicht?«

Gomez legte den Kopf schräg. Ließ seine komischen Augenbrauen auf und ab fahren, als sei er erstaunt. »Sie sind ein harter Kerl, wissen Sie das? Sie haben gekotzt, nachdem Sie in das Faß geguckt haben, aber Sie sind nicht umgekippt. Eine Menge Typen wäre zusammengeklappt. Und Sie stehen da und klopfen Sprüche.«

Carver hob seine Schultern ein wenig und ließ sie wieder fallen. Er würde diesem selbsternannten Drogendiktator nicht zeigen, wie unsicher er sich fühlte. Er sagte: »Das war sein Bier, in dem Faß.«

»*Huh! Huh! Huh!* Nicht schlecht, Carver. Der Kerl ist aus gutem Holz, was, Hirsh?«

»Wohl wahr, Mr. Gomez. Aber das war der Mann in dem Faß auch.«

Carver fragte: »Nennt er Sie privat auch ›Mr. Gomez‹?«

»Privat nicht«, sagte Gomez, »aber das hier ist Business,

also ist er ein bißchen förmlich.« Er hob die Hände, Handflächen nach vorn. »Geschäft. Um Sie aus meinem Leben verschwinden zu lassen.«

Hirsh sagte: »Ich glaube, Sie haben sich klar ausgedrückt, Mr. Gomez.«

Gomez sagte: »Das hoffe ich. Habe ich das, Carver?«

»Ich glaube, wir kennen uns jetzt schon ganz gut. Aber seien Sie mir nicht böse, wenn ich Sie nicht zu meinem nächsten Grillabend einlade.«

»Oder ich Sie zum Fischen«, sagte Gomez. »Wir müssen ja nicht Freunde sein, wir müssen uns nur verstehen. Also, wenn Sie tatsächlich in Kontakt mit meiner Frau stehen, sollten Sie ihn schleunigst abbrechen und sich von ihr fernhalten. Sie hat eine tödliche Krankheit namens Roberto Gomez, und wenn Sie sich mit ihr einlassen, dann steckt sie Sie an.«

Carver sagte: »Das habe ich verstanden, Roberto.«

»Gut. Sehr gut. Das bedeutet, daß ich das Ziel unseres Besuches bei Ihnen erreicht habe. Ich kenne Sie, Carver. Sie sind tough. Aber Sie sind nicht so blöd, wegen einer dummen Fotze wie Beth in einen rotierenden Mixer zu springen. Für Mutter Theresa vielleicht, aber nicht für Beth.«

Hirsh sagte: »Vielleicht für Madonna.«

»Huh! Huh!« Gomez wandte sich um und schlenderte zu der Limousine. Öffnete die hintere Tür und stieg ein, während Hirsh ihm langsam folgte. Hirsh konnte genausogut rückwärts gehen wie vorwärts, er war ein Vollprofi. Er wirkte immer noch desinteressiert und hielt die Uzi ungefähr in Carvers Richtung.

Er faltete seinen großen Körper auf den Rücksitz der Limousine. Machte denselben leisen Grunzlaut, mit dem er auf den Truck geklettert war. Zog die Tür hinter sich zu. Die

Hinterreifen des langen, glänzenden Wagens schleuderten Sand und Steine in die Luft. Sie fuhren davon.

Carver sah hinüber zu seinem Olds. Er hatte aufgehört, zu dampfen. Er hinkte zu dem Wagen und ließ die Motorhaube runterdonnern. Das hohle Poltern erinnerte ihn an die Tonne, ließ seinen Magen Achterbahn fahren und seine bislang unterdrückt glimmende Wut zu einer hellen, weißen Flamme werden.

Er ging um den Matsch herum, den er ausgekotzt hatte, trottete ins Haus und spülte sich erst einmal den Mund. Trank ein kaltes Budweiser, während er in dem quietschenden Regisseurstuhl saß und zitterte. Das Faß mit dem toten Körper darin sank vielleicht gerade jetzt auf den Meeresgrund, immer schneller, während das Meerwasser durch die Löcher hineinfloß.

Carver verscheuchte dieses unangenehme Bild. Es fiel ihm nicht leicht. Er trank noch ein Bier. Dann rief er Beth Gomez an und sagte, er würde für sie arbeiten.

18

Carver hatte gerade sein Gespräch mit Beth beendet, als McGregor anrief. Seine irritierende Stimme eierte durch die Leitung und erinnerte Carver aus irgendeinem Grund an den Toten in der Tonne. Korruption am Telefon:

»Haben Sie kürzlich Roberto Gomez gesehen, Arschgesicht?«

»Seit unserem freundlichen Gespräch nicht mehr«, sagte Carver. McGregor anzulügen war gar kein richtiges Lügen. Eher trickste man den Teufel aus, der nach einer Seele griff.

»Außerdem ist ein DEA-Agent namens Strait hier aufgetaucht.«

Carver beobachtete eine große, fies aussehende Wespe dabei, wie sie ausdauernd gegen das Panoramafenster brummte. Aufgehalten von einer Barriere, die sie nie verstehen würde.

»Was wollte Strait denn von Ihnen?«

»Über Sie reden, Carver. Ihr Büro ist in Del Moray, und das bedeutet, daß Gomez vielleicht hin und wieder in meinem Gebiet auftaucht. Die DEA behält Dreckschweine wie Gomez im Auge, für den Fall, daß sie mal einen Fehler machen und man sie verhaften könnte. Für diesen Fall wollte sich Strait der vollen Unterstützung der Polizei von Del Moray versichern.«

»Und Sie haben ihn beruhigt und gesagt, Sie seien auf seiner Seite?«

»Warum nicht? Die DEA anzulügen ist keine besonders große Sünde. Danach haben wir uns über Sie unterhalten. Er glaubt, genau wie ich übrigens, daß Sie ein neunmalkluges Arschloch sind.«

»Nun ja, das ist die DEA für Sie auch.«

»Ach, ich weiß nicht, manchmal sind die Jungs ganz prima.«

Carver sagte: »Stimmt, meistens haben sie schicke Anzüge an.«

»Ich glaube, in diesem Falle haben die recht, Carver. Es gibt eine Verbindung zwischen Ihnen und Gomez, also wird er wieder mal bei Ihnen auftauchen. Fliegen fliegen immer wieder zur Scheiße zurück.«

»Bloß arbeite ich nicht mehr für Gomez. Wir haben nichts mehr miteinander zu tun.«

»Sie entschuldigen doch, wenn ich die Möglichkeit, daß Sie mich anlügen, nicht gänzlich ausschließen möchte?«

Carver sagte: »Bei Ihnen entschuldige ich überhaupt nichts.«

»Wie gemein und grausam. Ach ja, ich wollte Ihnen auch noch sagen, daß Gomez in Orlando seine Aussage gemacht hat. Er hat den Bullen ein glattgebügeltes Alibi geliefert. Spielte den Dummen und versteckte sich hinter seinem superteuren Anwalt. Gab sich entsetzt über den brutalen Mord an seiner Schwägerin. War besorgt um seine verschwundene Frau. Vermutete, wer immer seine Schwägerin erledigt habe, jage jetzt auch seine Frau. Nicht dumm, oder?«

»Kann man nicht behaupten«, bestätigte Carver. »Ich glaube das übrigens auch. Aber ich spiele nicht mehr mit, nicht einmal als neugieriger Zuschauer.«

»Achten Sie nur darauf, daß Sie sehr schnell wieder neugierig werden, wenn Gomez Ihren Weg kreuzt oder Sie etwas über seine verschwundene Frau hören. Haben Sie eigentlich mal ein Foto von Mrs. Gomez gesehen?«

Eine Fangfrage. »Klar. Gomez hat mir einen Schnappschuß gezeigt, als er mich engagieren wollte.«

»Eine Negernutte. Komisch, was? Ich meine, ein Typ mit soviel Kohle wie Gomez kann doch jede Frau haben, die er will. Und er läßt sich mit 'ner schwarzen Fotze ein.«

»Ich vermute, er liebt sie.«

»Wie kommen Sie denn darauf?« McGregor hörte sich an, als wäre ihm diese Möglichkeit niemals in den Sinn gekommen. War sie vermutlich auch nicht.

»Er sucht sie doch, oder nicht?«

»Er würde auch nach 'nem verschwundenen Sack Koks suchen. Sie hat ihm gehört und ist abgehauen, das ist alles.«

Wahrscheinlich hatte McGregor recht, dachte Carver, von dem angeblich toten Sohn einmal abgesehen. Männer wie Roberto Gomez benehmen sich nicht Knigge gemäß.

McGregor sagte: »Sie hat wahrscheinlich 'ne Menge Tricks drauf. Bestimmt 'n guter Fick. Na ja, es färbt nicht ab, und sie sieht echt gut aus, schwarz oder nicht. Wie diese Vanessa Williams, eine Miss America, bis sie auf die Fresse gefallen ist. Na, ich hätte nichts gegen so eine.«

»Sie haben den falschen Job«, sagte Carver. »Sie sollten sich mit Rassenproblemen beschäftigen.«

»Ich bin kein Chorknabe, Sie Blödmann. Sie mögen mich vielleicht nicht, weil ich groß und blond bin. Mich interessiert Beth Gomez' Hautfarbe, weil sie dadurch einfacher zu finden sein müßte. Sie ist ans große Geld gewöhnt, und eine Frau wie sie würde wie eine Rosine auf 'nem Weißbrot auffallen, wo auch immer das große Geld fließt. Sie wird sich nicht in irgendeinem Slum bei ihren Brüdern und Schwestern verstekken. Nicht lange jedenfalls.«

Carver sagte: »Vielleicht singt sie Gospels.«

»Tut sie nicht. Ich habe das überprüft. Sie ist einfach nur eine gierige schwarze Ghettofotze, deren einzige Wünsche viel Geld und ein guter Fick sind, und zwar in genau dieser Reihenfolge.«

»Sind Sie sicher? Sie hat sich immerhin ein wenig Bildung beigebracht. Ist eingeschriebene Studentin.«

»Hat sich wahrscheinlich ihre Abschlüsse zusammengefickt. Die sind alle gleich.«

»Schwarze Frauen?«

»Frauen. Sogar Ihre Maklerfreundin Edwina Talbot. Irgendwann werden Sie das auch noch begreifen.«

»Zu schade, daß Sie niemals Sigmund Freud begegnet sind.«

»Wenn dieses Schwein noch am Leben wäre, würde ich ihn wegen Verbreitung pornographischer Schriften einlochen. So, jetzt hab' ich lange genug mit Ihnen geredet, Sie Blödmann. Merken Sie sich meine Worte. Und passen Sie auf sich auf.«

Carver war erstaunt. »Sie sorgen sich um mein Wohlergehen?«

»Allerdings. Ich möchte, daß Sie lange genug leben, um mir Roberto Gomez zu servieren, wenn er gerade die Hosen unten hat.«

Sobald McGregor aufgelegt hatte, drückte Carver auf die Gabel, wartete auf das Freizeichen und tippte Edwinas Nummer ein.

Sie war immer noch nicht zu Hause. Er versuchte es noch mal bei Quill Realty, aber die Telefonistin sagte ihm, Edwina sei nicht da, unterbrach sich dann und sagte, in diesem Augenblick käme sie ins Büro. Er möge bitte in der Leitung bleiben, Mrs. Talbot würde das Gespräch in ihrem Büro annehmen.

Carver wartete. Die Wespe hatte es aufgegeben, gegen das Fenster zu donnern, und kreiste statt dessen in der Raummitte. Ab und zu sauste sie senkrecht nach oben, berührte beinahe die Decke und brummte spiralförmig wieder nach unten. Es sah aus, als sei sie wütend. Carver konnte sie surren hören. Er wünschte, sie würde wieder gegen das Fenster fliegen.

Eine Minute später klickte es ein paarmal in der Leitung, und Edwinas Stimme sagte: »Fred?«

»Woher wußtest du das?«

»Die Telefonistin hat deine Stimme erkannt.« Edwina klang genervt, sie wurde nicht gern bei der Arbeit gestört. »Ich schaff' es nicht bis zum Abendessen«, sagte sie.

»Ich wollte dich nicht fragen.«

»Oh?«

»Ich habe angerufen, um dir zu sagen, daß ich noch mal für ein paar Tage weg muß. Ich hoffe, nicht allzu lange.«

»Wo mußt du hin?«

»Es ist besser, wenn ich es dir nicht sage. Ich möchte dich nicht in Gefahr bringen.«

»Mehr Melodrama.«

Carver dachte an die Leiche in der Tonne und sagte: »Wie im Film.« *Abgesehen von Geruch und Schrecken und Endgültigkeit des wirklichen Todes.*

Sie schwieg. Dann: »Ich muß Jack Lester etwas zu dem Job in Hawaii sagen.«

»Das mußt du wohl.«

»Fred?«

Sein Hals wurde eng. Er konnte ihr nicht sagen, daß er nicht wollte, daß sie ginge. Nicht, wenn *sie* wollte. »Ich ruf' an, wenn ich wieder da bin.«

»Ich warte.« Sie knallte den Hörer auf.

Er nahm die dreckige Wäsche von seinem Kurztrip nach Fort Lauderdale aus dem Koffer. Warf sie aufs Bett. Stopfte saubere Klamotten in den Koffer.

Holte eine Plastikmilchflasche aus dem Müll, spülte die sauren Milchreste heraus und füllte die Flasche mit Wasser. Goß es in den Kühler des Olds. Der Motor war mittlerweile abgekühlt, aber es tropfte weiter aus dem Riß in dem Schlauch. Er knotete irgendeinen Stoffetzen drumherum. Das mußte erst mal reichen.

Er wusch sich die Hände, packte den Koffer in den Kofferraum und fuhr zu einer Tankstelle auf dem Highway. Ließ den kaputten Schlauch ersetzen. Der Mechaniker war gut; er brauchte weit weniger als die fünfzehn Minuten, die Carver sich selbst zugestanden hätte.

Carver fuhr zu Edwinas Strandhaus. Ließ sich mit seinem

Schlüssel durch die Hintertür hinein. Ging ins Schlafzimmer, wo sie sich so oft geliebt hatten. Das Fenster stand einen Spalt offen, er konnte das Meer rauschen hören. Er humpelte zu Edwinas Kommode und zog die oberste Schublade heraus.

Ein großer, in der Mitte gefalteter gelber Umschlag war auf der Rückseite der Schublade mit doppelseitigem Klebeband befestigt. Darin war Carvers .38er Colt Automatik aus blauem Stahl.

Er nahm den Colt heraus und ließ den leeren Umschlag an der Schublade kleben. Schob sie wieder in die Kommode. Untersuchte die Mechanik des Colt. Es roch ein wenig nach Öl und Metall. Er sah nach, ob die Kammer leer und der Sicherheitshebel arretiert war. Ließ das Magazin einschnappen und steckte den Colt unter dem Hemd in seinen Hosenbund. Griffbereiter Tod.

Bevor er ging, rief er schnell in Melanie Beames Haus an und sprach kurz mit Beth Gomez. Sagte, er mache sich jetzt auf den Weg.

19

Carver fuhr nach Fort Lauderdale. Ignorierte ein paar rote Ampeln. Bog plötzlich in eine Einbahnstraße, ein Auge auf die Straße, das andere auf den Rückspiegel gerichtet. So verbrachte er eine gute Viertelstunde, fuhr umher, als sei er in der Sommerhitze plötzlich wahnsinnig geworden. Danach war er sicher, daß der Olds nicht verfolgt wurde.

Melanie Beame öffnete ihm die Tür des kleinen Häuschens in der Wayfare Lane. Sah sich um, als wartete sie auf ein Signal, bevor sie Carver hereinbat.

Beth Gomez stand mitten im Wohnzimmer. Sie trug eine Jeans und eine gelbe Bluse, sah schön und frisch gewaschen aus, das Haar hatte sie mit einem gelben Band zurückgebunden. Wenn McGregor sie jemals zu Gesicht bekäme, würde selbst er begreifen, warum Roberto Gomez sie anderen Frauen vorgezogen hatte.

Sie hatte sich an Carvers Anweisungen gehalten und ebenso schnell wie leicht gepackt. Zu ihren Füßen, als betete er sie an, lag ein mit grauem Tweed bezogener Gucci-Koffer.

Sie sagte: »Das ist Melanie, Mr. Carver.«

Carver wäre beinahe herausgerutscht, daß er Melanie schon kannte, aber dann fiel ihm wieder ein, daß er Melanie bislang nur von seiner Hausbeobachtung mit dem Fernglas kannte. Das Regal mit der Stereoanlage, der schlichte braune Stuhl, der kleine Tisch mit der orangefarbenen Lampe – das alles wirkte bekannt und doch irgendwie anders. Als wären die Gegenstände eines Bildes plötzlich dreidimensional geworden, nur weil Carver Bestandteil des Bildes geworden war.

Melanie sah jedenfalls genauso aus. Eine viel zu dünne Rothaarige mit einem blassen, aber dennoch hübschen Gesicht. Carver fand, sie sah aus, als nähme sie immer noch Drogen. Er sagte, er freue sich, sie zu treffen, wandte sich Beth zu und fragte, ob sie losfahren könnten.

»Noch nicht«, antwortete sie. Ging zu einer Wiege aus Ahornholz in der Zimmerecke und beugte sich vorsichtig darüber. Der Ausdruck auf ihrem Gesicht war erstaunlich.

Der Sohn von Beth und Roberto Gomez schien zu schlafen. Sie flüsterte ihm etwas zu, benutzte diese eigenartige mütterliche Lautsprache, von der Carver sicherlich auch nichts verstanden hätte, wenn er nahe genug neben ihr gestanden hätte. Er sah Melanie Beame an, die Beth aus rotumränderten Augen anstarrte. Es sah aus, als würde sie gleich anfangen zu weinen. Carver hoffte, daß sie das nicht tat. Es könnte Beth verunsichern. Ganz zu schweigen von Klein-Adam.

Beth richtete sich auf und sah Carver an. Wischte sich mit ihrem schlanken, spitzen Zeigefinger über die Augenwinkel. »Sind Sie sicher, daß wir ihn nicht mitnehmen können?«

Carver sagte: »Hier ist er sicher. Sie wissen, wie schwierig es ist, für ihn zu sorgen und zugleich Roberto auszuweichen.«

»Er hat recht, Beth«, sagte Melanie. Sie ging auf Beth zu und sprach leise, als wollte sie Adam auf keinen Fall wecken.

Sie trug ein ganz eigenartiges Parfum, fand Carver. Dann fiel ihm ein, daß er Talkumpuder roch. Er hatte zuletzt vor vielen Jahren mit Kleinkindern zu tun gehabt. Seinen eigenen. Er erinnerte sich nicht gern daran. Sein Sohn war tot; seine Tochter hatte er seit letztem Herbst nicht mehr gesehen.

Melanie sagte: »Mach dir keine Sorgen. Ich pass' auf ihn auf, als wäre er mein eigener Sohn.«

Beth ballte die Hände zu Fäusten, vielleicht bohrte sie sich ihre langen roten Nägel in die Handflächen. »Ich weiß, Melanie. Trotzdem, es ist ziemlich hart.«

»Aber es ist das einzig richtige, Beth. Adam geht's gut; kümmere du dich um dich selbst. Laß Carver sich um dich kümmern. Verstehst du?«

Beth nagte an ihrer Unterlippe. Nickte.

Carver humpelte zu der Wiege und sah auf das dunkle, kleine Baby, das sich zwischen weggestrampelten Laken in eine Ecke gekuschelt hatte. Abgesehen von einem schwarzen Haarbüschel über dem linken Ohr war Adam Gomez kahl. Carver fragte sich, ob er auch ein entsprechendes Büschel über dem rechten Ohr hatte. Er sagte noch einmal, daß Adam ein hübsches Kind sei. Er meinte es auch so. Jedenfalls schien das Baby alle Teile zu haben und nicht besonders häßlich zu sein.

Beth hatte sich neben Melanie gestellt, ihre Hände waren immer noch zu kleinen braunen Fäusten geballt. Sie machte einige Schritte auf die Wiege zu; dann hielt sie inne, als könne sie nicht mehr weiter. Sie zog ihre Schultern hoch und atmete tief ein.

Nach ein paar Sekunden atmete sie langsam aus, drehte sich um, packte unter Aufbietung all ihres Willens den Koffer und ging zur Tür, ohne sich noch einmal umzusehen.

Melanie erwischte sie an der Tür, die beiden Frauen waren außer sich. Melanie weinte, Beth schien sich jetzt unter Kontrolle zu haben. Sie wußte besser als alle anderen, daß es für sie um Leben und Tod ging, und um ein Leben diesseits oder jenseits der Grenze für Adam.

Melanie sagte: »Passen Sie gut auf diese Lady auf, Carver.«

Carver sagte: »Das wird schon.« Dabei war er sich dessen gar nicht so sicher.

»Du hast meine Nummer«, sagte Melanie zu Beth. »Wenn du wissen willst, wie es Adam geht, ruf an. Jederzeit.«

Beth schluckte. Versuchte zu sprechen, brachte aber nur ein Krächzen zustande. Sie neigte ihren Kopf nach vorn und ging zur Tür hinaus.

Sie überquerte langsam die Straße, so daß Carver ihr problemlos folgen konnte. Er nahm ihren Koffer, öffnete den geräumigen Kofferraum des Olds. Wuchtete den Koffer hinein. Holte seinen eigenen, schäbigen Koffer vom Rücksitz und packte ihn neben den noblen Gucci. Es sah aus, als hätte sich ein Landstreicher zu einer Prinzessin ins Bett geschmuggelt. Am Griff von Beths Koffer hing der Anhänger einer

Fluggesellschaft, mit ihrem Namen und ihrer Adresse auf der Rückseite.

Carver zog daran, bis das dünne Plastikband, mit dem der Anhänger am Griff befestigt war, riß. Es schnappte zurück und piekste ihn auf den Handrücken. Er zerknüllte den Pappanhänger und warf ihn ins Dunkel der Unordnung in den Kofferraum. Ließ den Deckel zufallen.

Er öffnete die Beifahrertür für Beth. Sie schien das zu erwarten. Ließ ihr wohlgeformtes Hinterteil auf den Sitz sinken, preßte die Knie fest zusammen und schwang ihre langen Beine erst hoch und dann seitlich in den Wagen.

Carver schloß die Tür und überlegte, ob Frauen wohl irgendwo üben konnten, so in einen Wagen einzusteigen. Er humpelte um den Olds herum und ließ sich hinter das Steuer fallen. Beugte sich vor und drehte den Zündschlüssel. Der kraftvolle Motor grunzte ein paarmal und sprang an. Sofort schob er den Schaltknüppel auf *Drive*. Die Reifen quietschten auf dem heißen Asphalt. Er dachte, je schneller sie aus der Wayfare Lane rauskämen, desto früher begänne eine sorgenfreie Zukunft.

Beth konnte nichts dagegen tun; als der Wagen beschleunigte, sah sie sich nach dem Haus um.

Carver blickte ebenfalls zurück; er sah in den Rückspiegel.

Melanie stand in der Tür und winkte, ganz so, als sähe sie ihre Freundin niemals wieder.

Was durchaus der Wahrheit entsprechen konnte.

20

Er nahm den Interstate 95 Richtung Norden, bog dann nach Westen ab. Das Verdeck des Olds war geschlossen, aber weil die Klimaanlage nicht funktionierte, hatten sie alle Fenster runtergedreht. Die Luft wirbelte durch den Wagen und beulte das Leinenverdeck aus, als sei der Wagen aufgeblasen. Carver fuhr schnell, konzentrierte sich auf den Highway, der sich zum Horizont hin in eine dünne Linie zu verwandeln schien, die in der Hitze flimmerte.

Beth mußte beinahe schreien, um den Wind zu übertönen. »Wo haben wir beide denn unser erstes Rendezvous?«

Sie hatte selbst in dieser Lage noch ein wenig Humor; Carver mochte das. Er starrte weiter geradeaus, beide Hände am Steuer. »In Dark Glades.«

Sie nahm diese Auskunft zur Kenntnis. »Eine Stadt?«

»Das bildet es sich zumindest ein.« Vor ein paar Jahren hatte Carver während einer Ermittlung im Sumpfland in einem Kaff namens Solarville übernachten müssen. Er hatte es für zurückgeblieben und langweilig gehalten. Auf dem Rückweg in die Zivilisation war er durch Dark Glades gekommen, und plötzlich hatte Solarville richtig fortschrittlich gewirkt.

Beth wußte, daß sie in Richtung der Everglade-Sümpfe fuhren. »Ist Dark Glades eins von diesen Sumpfdörfern?«

Carver sagte: »Es ist jedenfalls nicht gerade Miami.«

»Also kein Ort, in den ich normalerweise einen Fuß setzen würde.«

»Genau deshalb fahren wir hin.«

»Glauben Sie, daß Roberto nicht auf die Idee kommt, daß ich ihn austrickse, indem ich mich irgendwo verstecke, wohin ich freiwillig nie gehen würde?«

»Glaube ich nicht«, antwortete Carver. »Roberto wird

davon ausgehen, daß Sie so ähnlich denken wie er. Mit dem Bauch statt mit dem Kopf. *Er* würde sich jedenfalls nicht in irgendeinem Dorf verstecken und Fischköpfe essen. Dazu ist er zu arrogant. Und es ist undenkbar für ihn, daß Sie nicht genauso fühlen.«

»Fischköpfe?«

»Nur eine Redewendung. Aber es wird funktionieren. Hat Roberto Sie unterschätzt, bloß weil Sie eine Frau sind?«

»Klar. So sind Kerle wie er.«

»Haben Sie deswegen geglaubt, Sie könnten mit dieser ganzen Geschichte durchkommen?«

»Teilweise«, sagte sie schnell, als habe sie darüber schon eine Menge nachgedacht. »Der andere Teil war die totale Verzweiflung.« Sie bewegte ihre langen Finger, als wären sie eingeschlafen und brauchten jetzt Auslauf. Aus dem Augenwinkel sah er, wie sie ihn anblickte. »Unterschätzen Sie mich, weil ich eine Frau bin, Carver?«

»Möglich.«

Beth schwieg. Nach langer Zeit sagte sie: »Wahrscheinlich haben Sie recht mit der Auswahl unseres Verstecks, Carver. Aber ich werde es nicht mögen.«

»Wir werden sehen. Es ist rustikal.«

»Zu Hause in Chicago bedeutet ›rustikal‹ einfach nur ›alt‹.«

Er kalauerte: »›Alt‹ ist das, was wir werden wollen.«

Sie kamen in Dark Glades kurz vor der Dämmerung an. Nicht einmal in dem sanften Abendlicht sahen die flachen Holzhäuser an der Cypress Avenue, der Hauptstraße, rustikal aus. Sie wirkten antik und schienen jeden Moment unter der Last ihrer Jahre zusammenbrechen zu können. Die Feuchtigkeit aus den Sümpfen hatte alle Farben, in denen die Gebäude vielleicht einst geleuchtet hatten, in ein dumpfes

Grau verwandelt. Die einzigen Ziegelbauwerke, die Carver entdecken konnte, waren eine kombinierte Feuer- und Polizeiwache, ein kleines Restaurant und das Büro einer Autowerkstatt, vor der ein paar Zapfsäulen wie langweilige Wachposten herumstanden. Der Olds war das einzige Fahrzeug auf der rauh gepflasterten Straße. Ein paar steinalte Autos und Pickups standen auf dem Kies neben der Straße oder waren vor den kleinen Läden geparkt. Ein halbes Dutzend Fußgänger. Ein Mann in abgeschnittenem T-Shirt und einem Jeansoverall stand schlapp an einer Straßenecke und starrte den Olds finster an. Ein unbekannter Wagen bedeutete meistens Fischer von außerhalb oder irgendeinen schusseligen Touristen. Oder Ärger.

Beth sagte: »Dieses verfickte Kaff hat nicht mal 'n McDonald's.« Obwohl sie normalerweise besseres Englisch sprach als Carver, hatte sie sich auf der langen Fahrt durch die Hitze hin und wieder ein paar Slangausbrüche erlaubt. Sie schien sich ganz wohl mit ihm zu fühlen. Weniger an der Leine. Vielleicht mochte sie ihn. Er fragte sich, warum er darüber nachdachte. Was machte es für einen Unterschied?

»Da können wir essen«, sagte er und machte eine Handbewegung in Richtung des Restaurants.

»Ich weiß nicht, ob ich in einem Schuppen essen will, der Wiff's heißt«, nörgelte Beth.

»Es heißt *Whiffy's*«, korrigierte Carver sie freundlich. »Sehen Sie, einige Buchstaben des Neonschildes sind kaputt, aber es steht auch am Fenster.«

»Stimmt. Direkt neben dem staubigen Farn.« Sie zeigte auf ein klappriges Gebäude mit einem Schild an der Tür. »Oh, sehen Sie mal, auf der Stadthalle wächst Moos.«

Carver sah hin. Es stimmte, die waghalsige Konstruktion war die Stadthalle, und an der Nordseite war sie mit einer grünen Moosschicht bewachsen. Eine Statue, die aussah wie ein junger Landser aus dem Ersten Weltkrieg, der gerade auf etwas zielte, war ebenfalls mit Moos überzogen. Vielleicht überwucherte es auch schon den alten Mann, der auf der Bank neben der Statue saß.

Als sie sich dem Ende der Stadt näherten, wurden die Gebäude noch abgewrackter. Viele von ihnen standen auf Pfählen, überschattet von riesigen Zypressen.

Beth sagte: »Muß ganz schöne Flutwellen hier geben, wenn die Leute in 'nem verdammten Pfahldorf leben.«

»Das hält die Alligatoren draußen«, erklärte Carver ihr.

Hinter dem Dorf wurde die Schotterstraße noch schmaler. Sie lag ein wenig höher als der matschige Sumpf. Am Straßenrand wuchsen Büschel von Schilfgras und Bäume mit nackten, knorrigen Wurzeln, die wie dicke Venen aussahen. Insekten dröhnten lautstark umher, plötzlich wurde die Luft kühler.

Carver entdeckte ein Holzschild; das *Casa Grande Motel* war dort, wo er es in Erinnerung hatte. Ein weiteres Schild folgte. Es war wie ein spanisches Schloß geformt und mit Neonröhren umrandet.

Als er nach rechts abbog und neben der Rezeption anhielt, sagte Beth: »Ich kann Alligatoren nicht leiden.«

»Das können nur andere Alligatoren«, sagte Carver.

Als er den Motor ausschaltete, wirkte sie überrascht. Offenbar hatte sie angenommen, er sei nur auf den Parkplatz gefahren, um zu wenden. Sie betrachtete das Motel durch die Windschutzscheibe. »Oh. Das ist es?«

»Ja. Es.« Er ahnte, wie sie sich fühlen mußte. Das *Casa Grande* war ein U-förmiger Bau mit eigenartigem spanischen Dekor. Verknotete eiserne Fenstergitter, rotes Ziegeldach, schwere Holztüren. Es war einst weiß gewesen, mittlerweile aber ergraut. Wo die Stuckverzierungen abgefallen waren, leuchteten gelbe Flecken. Ohne das Motorengeräusch wirkte der Insektenlärm noch drohender. Der Sumpf umgab das *Casa Grande* von allen Seiten. Es sah aus, als wartete er nur darauf, daß das Motel zusammenbrach und er sein Territorium zurückfordern konnte. Ein verbeulter grüner Chevy Truck stand vor dem letzten Zimmer, direkt daneben parkte eine große dunkle Harley Davidson. In der Mitte des niedrigen Gebäudes war eine Kletterpflanze mit vielen dunkelroten Blüten dabei, das Motel langsam, aber sicher zu überwuchern. Früher hatte sie ein Gitter zum Ranken gehabt, doch davon waren nur noch vereinzelte Bruchstücke übrig, die wie ausgebleichte Knochen hier und da aus dem üppigen, wächsernen Blätterwerk herausragten.

Carver spürte Beths Ablehnung. »Innen ist es netter.«

»Waren Sie schon mal hier?«

»Nein«, mußte Carver zugeben.

»Woher wissen Sie dann, daß es innen netter ist?«

»Geht nicht anders.«

Er öffnete die Autotür und setzte die Spitze seines Krückstocks in den Schotter. Stemmte sich hinter dem Steuerrad hervor und in den Stand. Die feuchtwarme Luft wirkte geradezu griffig. Es roch stechend nach Schwefel. Der Duft der Sümpfe. Carver sah sich um. Er beugte sich ein wenig herunter, so daß er Beth sehen konnte, die immer noch im Wagen saß, und sagte: »Ich frag' mal, ob sie was frei haben.«

»Nehmen Sie noch Wetten an?«

Er ignorierte sie und hinkte zur Rezeption. Er schwitzte stark, seine Klamotten klebten an seinem Körper. Ein Schweißfilm überzog sein Gesicht wie eine Maske. Eine Wolke winziger Mücken folgte ihm; er wedelte sie von Nase und Augen weg.

Ein großer schwarz-gelber Schmetterling zappelte schlapp auf den Holzstufen zur Rezeption, während er von großen roten Ameisen bereits zernagt wurde. Carver zertrat das unglückselige Insekt, um seinem Leiden ein Ende zu setzen. Dann wischte er den ganzen Matsch, inklusive einiger Ameisen, mit der Fußspitze zur Seite. Ein verwittertes Schild an der Bürotür verhieß ZUM FRÜHSTÜCK: KAFFEE UND DONUTS KOSTENLOS. Er drückte die Tür mit dem Stock auf, hielt sich an dem hölzernen Türgriff fest und ging hinein.

Das Büro war winzigklein und blendendweiß gestrichen, vielleicht, damit es größer aussah. Ein einzelner blauer Plastikstuhl, ein Tisch mit einer Kaffeemaschine darauf und ein hölzernes Wandregal von der Sorte, in der normalerweise die Broschüren für Touristen steckten. Dieses war leer.

Der Tresen an der Rezeption sah aus, als hätte ihn irgendein Hobbyschreiner aus billigem Sperrholz zusammengenagelt. Er war nur grob geschmirgelt und dann wie die Wände weiß gestrichen worden. Obenauf war gemustertes Linoleum geklebt worden. Eine alte General-Electrics-Klimaanlage, die hoch oben an der Rückwand des kleinen Büros angebracht war, hielt den Raum kalt genug, um Bier aufzubewahren. Der bärtige alte Mann hinter dem Tresen saß still, als hätte man ihn eingefroren. Nur seine Augen bewegten sich. Er beobachtete Carver.

Carver fragte: »Ist was frei?«

Der Bärtige lächelte und erhob sich. Oder erniedrigte sich. Als er von dem Stuhl aufgestanden war, reichte sein Kinn kaum bis zur Tischkante. »Einzelzimmer?«

»Nein, wir sind zu zweit. Zwei Zimmer direkt nebeneinander, mit einer Verbindungstür.«

Der Mann sah Carver unverbindlich an. »Kein Problem. Das kriegen wir hin. Dreißig Dollar pro Nacht und Person.«

»In Ordnung.«

»Zahlen Sie mit Kreditkarte?«

»Nein. Bar und im voraus. Wir werden wohl ’ne Woche hierbleiben. Vielleicht auch länger.« Carver langte in seine Tasche und zog seine Brieftasche hervor. Nahm drei Hunderter heraus und legte sie auf den Tresen. Das Angebot zu einem Geschäft ohne weitere Nachfragen.

Der Bärtige sagte: »Wir freuen uns, daß Sie hier sind. Warum auch immer Sie nach Dark Glades gekommen sein mögen.« Er wartete darauf, daß Carver das Gespräch aufnahm. Als er keine Antwort erhielt, nahm er die Geldscheine und legte eine Registrierkarte auf den Tresen. Er sagte: »Ich heiße Eddie Watts. Alle nennen mich Watts. Wenn ich Ihnen behilflich sein kann, sagen Sie Bescheid.«

Carver füllte die Karte aus. Benutzte seinen wirklichen Namen. Warum auch nicht? Wenn Roberto Gomez ihm bis hierher gefolgt sein sollte, würde er sich auch nicht von einem Smith oder Jones im Hotelregister täuschen lassen. Beth trug Carver als »und Begleitung« ein. Der unterbewußte Kavalier in ihm? Wollte er ihren Ruf bewahren? *Unterschätzen Sie mich, weil ich eine Frau bin?*

Watts drehte die Karte um, so daß er sie lesen konnte. Er hatte schütteres blondes Haar, obwohl sein Bart tiefschwarz war. Ein breites, freundliches Gesicht. Blaue Augen, deren Pupillen irgendwie dunstig und verhangen wirkten. Er warf durch das dreckige Bürofenster einen Blick auf den Wagen und sagte: »Ihre Freundin ist eine Schwarze.« Als hätte Carver das noch nicht bemerkt.

»Ist das ein Problem für Sie?« fragte Carver.

Watts schüttelte seinen Kopf. »Für mich nicht. Aber es gibt hier ein paar Holzköpfe. Abgesehen von diesen religiösen Fanatikern, die auch nicht unbedingt tolerant sind.«

»Wir werden sowieso die meiste Zeit auf unseren Zimmern sein«, sagte Carver.

Watts bemühte sich, Carver nicht komplizenhaft anzulächeln. Er konnte sich nicht beherrschen, noch einen Blick aus dem Fenster zu werfen. »Sicher. Wie gesagt, lassen Sie es mich wissen, wenn ich Ihnen behilflich sein kann.« Er gab Carver zwei Schlüssel mit grünen Plastikanhängern. Einen dritten Schlüssel mit einem roten Anhänger. »Der rote ist für die Zwischentür. Die beiden anderen sind für sechs und sieben. Direkt in der Mitte. Die besten Zimmer, die wir haben. Eis- und Sodaautomat ganz in der Nähe.«

Carver entschied sich, Watts in dem Glauben zu lassen, er wäre aus romantischen Gründen im *Casa Grande*. Das war wesentlich glaubwürdiger und viel angenehmer als die Wahrheit. Er legte einen Fünfziger auf den Tresen und sagte: »Meine Begleitung und ich machen Kurzurlaub und wollten gern mal eine Weile allein sein. Sie verstehen das sicher. Sollte jemand nach uns fragen, sagen Sie mir doch bitte Bescheid.«

Watts legte seine Hand auf den Geldschein und ließ ihn spurlos verschwinden, als führe er einen Zaubertrick vor. »Aber gern, Mr. Carver.«

Carver nahm die Schlüssel mit der freien Hand und hinkte zur Tür. Watts sagte hinter ihm: »Ich persönlich kümmere mich einen Dreck um Hautfarben. Wenn Sie glauben, schwarz zu sein wäre hart, versuchen Sie's mal mit einer Größe von einsvierzig.«

Carver dachte, Watts müßte sich selbst auf Plateauschuhen ganz schön strecken, um einsvierzig groß zu sein, sagte aber nichts. Wenn Selbstbetrug das Leben leichter machte, warum sollte man sich damit herumplagen, solange es niemanden störte?

Als er hinausging, umfing ihn wieder die warme feuchte

Luft. Er stieg in den Wagen, fuhr zu Zimmer sechs und setzte rückwärts auf den markierten Parkplatz. »Der Typ am Empfang glaubt, wir wären ein Liebespaar.«

Beth schwitzte. Ihre Frisur hatte sich teilweise aufgelöst, ihre dunklen Haare ringelten sich jetzt hinter den Ohren. Sogar ihre goldenen Ohrringe schimmerten feucht. Als er den Motor abstellte, sagte sie: »Carver, ich will nicht undankbar erscheinen, aber –«

Er unterbrach sie, indem er ihr den Schlüssel zu Nummer sechs gab. »Wir lassen die Zwischentür unverschlossen. Und wir lassen sie zu.«

Sie nickte. »Entschuldigen Sie. Aber Sie wissen ja, wie es läuft.«

»Ja.« Er kletterte aus dem Wagen und öffnete den Kofferraum. Schnell griff sie hinein und zog ihren Gucci heraus. Er blickte auf den drohenden grünen Sumpf und den feinen Schotter. Ein graubrauner Vogel mit spindeldürren Beinen stand an der Straße. Beobachtete ihn mit schiefgelegtem Kopf. Machte ein heiseres, klickendes Geräusch, das Carver noch nie gehört hatte. Carver nahm seinen Koffer und warf den Kofferraumdeckel zu. »Machen wir's uns gemütlich, und dann essen wir was.«

»Klingt gut. Ich geh' schnell duschen.«

Er wartete, bis sie ihr Zimmer betreten hatte, schloß dann die sieben auf und hinkte hinein. Warme abgestandene Luft wich dem giftigen Sumpfgeruch, den er mitschleppte.

Das Zimmer war tatsächlich netter, als das Motel es ahnen ließ. Klein und sauber, mit einem Doppelbett, einer alten Frisierkommode statt einer einfachen Kommode, einen nagelneuen K-Mart-Farbfernseher; Eichenholz-Nachttische und orangefarbene Keramiklampen auf beiden Seiten des Bettes. Ein billiger Druck an der Wand über dem verschnörkelten Kopfende. Im Bad sechseckige schwarzweiße Kacheln, eine Badewanne mit Dusche und Plastikvorhang, eine Toilettenschüssel mit einem Sprung, die aber offenbar nicht leckte, ein Stapel Handtücher und Seife. Eine ganze Rolle Toilettenpapier, eine zweite steckte zwischen den Rohren unterhalb des Waschbeckens. Die Sonne schien durch das winzige Fenster. Es roch nach Desinfektionsmittel mit Pinienduft.

An der Wand neben dem Bett war eine Klimaanlage wie die in Carvers Büro montiert. Carver humpelte über den abgenutzten, aber sauberen grauen Teppich, schaltete die Klimaanlage ein und stellte den Thermostat auf volle Leistung. Das Ding war laut, schien aber zu funktionieren.

Er ging zu der Verbindungstür und schloß sie auf. Ließ den Schlüssel stecken. Außer dem Schloß im Türknauf gab es einen kleinen Riegel. Er war vor Jahren übermalt worden, als die Tür weiß lackiert worden war. Carver brauchte einige Zeit, um den Riegel vom Lack zu befreien und aufzuschieben. Wahrscheinlich war auf der anderen Seite noch so ein Ding. Carver versuchte nicht, die Tür zu öffnen.

Er hörte merkwürdige Geräusche, dann das Gurgeln und Spritzen von Wasser. Beth duschte.

Carver wuchtete seinen Koffer aufs Bett, öffnete ihn und nahm frische Socken und Unterwäsche heraus. Legte den Colt in eine Schublade der Frisierkommode.

Er zog sich aus und ging ins Bad, um seinerseits zu duschen.

Beth quietschte auf der anderen Seite der dünnen Wand, als er das Wasser aufdrehte. Er hörte sie hektisch an die Wand klopfen. »Carver, als Sie Ihre Dusche aufgedreht haben, ist mein Wasser ausgegangen!«

Er nahm das kleine, nach Flieder duftende Stück Motel-

Seife und schäumte Achselhöhlen und Brust ein. Tat einfach so, als könne er sie nicht hören.

21

Beth duschte immer noch, als Carver sich abgetrocknet hatte und aus dem Badezimmer hinkte. Der kurzgeschorene graue Teppich fühlte sich rauh unter seinen nackten Füßen an. Es war angenehm kühl im Raum. Er setzte sich auf eine Ecke des Bettes und zog sich an. Angelte sich das altmodische schwarze Telefon. Wählte die 9 für eine Amtsleitung.

Er rief die Polizeiwache in Del Moray an. McGregor hatte keinen Dienst. Carver legte auf. Wählte noch eine 9, danach McGregors Privatnummer. Anrufbeantworter.

Nach dem hohen Pfeifton sagte er nur: »Hier ist Carver.«

Klick. McGregor war zu Hause und checkte die Anrufe, bevor er abnahm. »Haben Sie was?« fragte er.

»Könnte sein.«

»Komische Leitung. Von wo rufen Sie an?«

»Ist nicht so wichtig.«

»Wenn es nicht so wichtig wäre, hätte ich nicht gefragt, Arschgesicht. Kommen Sie mir bloß nicht dumm, sonst –«

»Hatten Sie gesagt, daß *Sie* etwas für *mich* hätten?« unterbrach Carver ihn. Er hatte McGregors Drohungen satt; er wußte bereits, daß er es mit einem gemeingefährlichen Schwachkopf mit Polizeimarke zu tun hatte.

McGregor seufzte laut; ein einsames Geräusch in der ohnehin verrauschten Leitung. »In Ordnung, ich spiele mit. Soll ich ›bitte‹ mit Zucker drauf sagen? Werden Sie doch endlich mal erwachsen, Carver!«

Ein paar knappe Schläge waren von der anderen Seite der Verbindungstür zu hören. Beth bearbeitete den Riegel auf ihrer Seite, vielleicht benutzte sie einen Schuh als Hammer.

»Sind Sie auf 'ner Zimmermannsversammlung?« fragte McGregor.

»Moment mal.«

McGregor beschwerte sich darüber, daß Carver ihn warten lassen wollte, aber Carver hörte gar nicht zu. Ein Schwall Obszönitäten fiepte aus dem Hörer, als er ihn auf den Nachttisch legte.

Carver erhob sich mit Hilfe seines Krückstocks. Humpelte zur Tür und donnerte ein paarmal mit dem Handballen dagegen. Das tat weh, lockerte aber die Tür, wo der Lack sie am Rahmen festgeklebt hatte. Er hörte Beth fluchen. Noch einige Klopfer auf Höhe des Riegels. Ein metallisches Quietschen. Carver drehte den Türknauf. Spürte, wie er auf der anderen Seite ebenfalls bewegt wurde. Er trat zurück, die Tür knackte noch ein paarmal und öffnete sich schließlich.

Beth stand da, einen hochhackigen Schuh in der rechten Hand. Er hatte das Klopfen korrekt zugeordnet; sie hatte mit einem Schuh auf dem Riegel herumgehämmert. Sie sah so aus, als wollte sie gleich auf Carver weiterklopfen. Sie trug verwaschene Designerjeans und eine blaue, kurzärmelige Bluse. Weiße Reebok-Turnschuhe. Immer noch die goldenen Ohrringe. Sie sagte: »Das ist jedenfalls nicht das *Dark Glades Hilton,* Carver.«

Er sagte: »O doch, das ist es.«

Sie kam in sein Zimmer wie eine Königin, die ihr Reich besichtigte. Bemerkte den Telefonhörer auf dem Nachttisch. »Störe ich?«

»Nein, hören Sie ruhig zu.«

Beth kreuzte ihre langen Arme vor der Brust, als Carver

zum Telefon zurückkehrte und den Hörer nahm; er fragte sich, ob sie wußte, daß diese Haltung ihre Brüste betonte. »Sind Sie noch dran?«

»Bin ich«, sagte McGregor. »Klemmt bei Ihnen irgendwas?«

»Jetzt nicht mehr.« Wenn McGregor dachte, Beths Stimme gehöre zu Edwina, um so besser.

»Also, was wollen Sie, Arschloch?«

Carver sah Beth an. »Es geht um Gomez. Ich weiß aus einer sicheren Quelle, daß er versucht, seine Frau umzubringen, und daß er aus Versehen ihre Schwester erledigt hat.«

»Er selbst?«

»Nein, aber auf dem Dach saß einer seiner Leute. Roberto hat den Befehl gegeben.«

»Warum sollte er seine Frau ermorden wollen? Normalerweise tun nicht einmal Leute wie Gomez so etwas, selbst wenn sie sitzengelassen werden. Sie vergessen die Tussi einfach, und fertig. Suchen sich 'ne neue Fotze.«

»Es ist egal, warum. Aber er könnte dafür hinter Gitter gehen.«

McGregor schwieg einen Moment. Dann sagte er: »Wer hat geschossen? Dieser Hirsh?«

»Nein. Einer von den Leuten, die Gomez auf seine Frau angesetzt hat.«

»Gomez hat schon früher Leute umlegen lassen, Carver. Er ist sicher klug genug, sich ein gutes Alibi zu verschaffen. In diesem Falle hat er sogar eines. Hat er der Polizei in Orlando gesagt.«

»Das ist Unfug.«

»Mag sein. Aber wenn man ihm das nicht beweisen kann, ist es egal.«

»Der Punkt ist«, sagte Carver, »daß er weiterhin nach ihr

sucht. Er wird immer wütender, und wütend bedeutet unvorsichtig. Bleiben Sie ihm auf den Fersen, und Sie können ihn für Mord oder für was anderes drankriegen. Er steht im Moment neben sich. Er ist durcheinander.«

»Stimmt. Er hat Sie engagiert.«

Carver sah Beth an. Jetzt würde er McGregor den Hauptgang servieren. »Angeblich soll demnächst eine Drogenlieferung in Del Moray übergeben werden.«

»Wirklich?« McGregors Stimme veränderte sich. »Wann?«

»Ich weiß nicht. Bald.« Carver warf einen Blick auf Beth. Sie rollte mit den Augen, als habe sie Angst. Er bemerkte, daß sie keine Show abzog.

»Das war's?« fragte McGregor.

»Im Moment ist das alles.«

»Was wollen Sie dafür, Carver?«

»Lochen Sie den Kerl ein!« sagte Carver und legte auf.

Beth sah ihn eine Weile an. »So.«

Carver sagte: »Ich habe mit einem Typ namens McGregor gesprochen. Er wird nicht verraten, woher die Informationen über die Drogenübergabe kommen. Er kann nicht.«

»Ein Bulle?«

»Ja, aber kein normaler Bulle. Er ist derjenige, den Sie vor meinem Büro gesehen haben. Bevor wir uns im Hafen getroffen haben.«

»Niemand kann Roberto verhaften und verurteilen lassen, Carver. Sie lügen sich selbst in die Tasche, wenn Sie das glauben.«

»McGregor könnte es schaffen. Er arbeitet nicht immer mit den üblichen Methoden. Er wird die nötigen Beweise notfalls selber herstellen.«

»Hat man alles schon versucht. Das jüngste Kind des verantwortlichen Polizisten wurde ermordet. Die Beweise kamen abhanden. Der Bulle wollte nicht gegen Roberto aussagen, die Akte wurde geschlossen. Roberto ist übler als jeder, den Sie auf ihn ansetzen können.«

»Niemand ist übler als McGregor. Er schwimmt ganz unten im Meer und frißt die Abfälle.«

»Genau dort wird er bald sein, als Teil der Nahrungskette und mit Gewichten an den Füßen, wenn er nicht verdammt aufpaßt.« Sie setzte sich aufs Bett. Ihre Jeans raschelten leise, als sie die Beine übereinanderschlug. Sie roch frisch, nach der Fliederseife der *Casa Grande*-Dusche. »Ist das der Plan? Wir verstecken uns hier, bis Ihr Freund McGregor Roberto einlocht?«

»Mehr oder weniger.«

»Scheißplan.«

»Wir können improvisieren.«

Beth zwang sich, zu lächeln. »Immerhin stehen unsere Chancen besser als gestern«, sagte sie.

»Genau«, bestätigte Carver. »Wir arbeiten uns Tag für Tag vor, bis sich die Situation verändert.« Er stützte sich auf seinen Stock und sah auf sie hinunter. Blickte genau in ihre dunklen Augen. »Wie fänden Sie es, wenn Roberto lebenslänglich sitzt? Oder zum Tode verurteilt wird?«

Ihr Gesicht war eine starre Maske, ihre Augen schienen das Licht zu absorbieren. »Je länger ich mit Roberto zusammen war, desto schwerer fiel es mir zu verdrängen, was er war. Was ich war. Ich wußte, womit wir unser Leben finanzierten. Aber ich wußte nicht, wie ich daraus fliehen konnte. Ich konnte ja nicht einfach abhauen und den Scheidungsanwalt vorbeischicken. Nicht bei jemandem wie Roberto. Er betrachtete mich als *Eigentum*. Das tut er immer noch. Dann wurde ich schwanger, und ich wußte, daß ich es zumindest versuchen mußte. Nicht meinetwegen, aber um der Zukunft meines Kindes willen.«

»Es ist auch Robertos Kind.«

»Das macht mir ja soviel angst, Carver.«

Er bohrte mit der Stockspitze im Teppich. Er war so fest, daß der Stock keinen Eindruck hinterließ. »Nichts mehr zwischen Ihnen und Roberto?«

»Nichts Gutes. Seit Monaten nicht. Verdammt, Carver, er hat meine Schwester ermordet. Er wollte mich erwischen!« Sie schluckte hart, er konnte beinahe den Speichel ihren langen Hals herunterfließen hören. Sie sah wieder so aus wie in dem Moment, als sie Melanie Beames Haus verlassen hatten. Als würde sie jeden Moment zusammenklappen und zu schluchzen anfangen.

Aber sie wußte, daß sie sich den Luxus der Tränen nicht erlauben konnte; sie brauchte all ihre Energie zum Überleben – nicht nur für ihr eigenes Leben.

Sie atmete aus, pustete alle Luft aus ihrer Lunge und erhob sich vom Bett. Er bewunderte, wie leicht sie auf die Füße kam, ihre fließenden Bewegungen. »Ich möchte gern Melanie anrufen. Wissen, wie es Adam geht.

Carver sagte: »Nur zu.«

Sie ging zurück in ihr Zimmer, mit wiegenden Hüften; ließ die Verbindungstür offen. Einen Moment später hörte er sie telefonieren. Er konnte sie nicht verstehen und wollte auch nicht lauschen.

Als sie zurückkam, waren ihre Augen feucht, das einzige Zeichen des Gefühlssturmes, der in ihr toben mußte. Sie hatte sich unter Kontrolle. Hatte sich auf sich selbst verlassen müssen und nicht gewußt, ob das ging. Es hatte funktioniert. Keine Chance zu haben brachte die Menschen dazu. Das wußte Carver.

Sie sagte: »Gehen wir. Genießen wir die regionale Küche.«

Er hielt das für eine gute Idee. Und er hoffte, wo auch immer sie essen würden, gäbe es Alkohol. Er hatte ein Monster losgelassen, um ein anderes Monster zu fangen. Er brauchte einen Drink.

22

Als sie zum Olds gingen, bemerkte Carver, daß die große Harley Davidson verschwunden war. Zu dem rostigen alten Pickup hatte sich ein klassischer Chevy gesellt. Er hatte eine Schramme über die ganze linke Seite. Kaum Cadillacs und BMWs in Dark Glades, hier gab's vor allem antikes, verbeultes Blech. Die von den Politikern lautstark verkündete ökonomische Revolution hatte den Sumpf noch nicht erreicht.

Carver entdeckte die Harley vor *Whiffy's Restaurant* und parkte direkt daneben. In der Abenddämmerung konnte man die Hitze vom kürzlich heißgefahrenen Motorblock der Maschine hochsteigen sehen. Das teilweise defekte Neonschild summte schillernd vor sich hin, obwohl es noch gar nicht ganz dunkel war. Ein paar Motten flatterten umher, sie waren von dem leisen Summen und dem sanften Schimmer angelockt worden.

Whiffy's war überraschend geräumig. Vorn standen ein paar viereckige *Formica*-Tische und diese ausgebeulten Plastikstühle – rot und blau –, die man aus Wartezimmern kennt. Links dahinter war eine lange Theke mit hohen Barhockern. Gegenüber befanden sich einige Nischen mit hohen Holzwänden. An der Rückwand war gemusterter blauer

Marmor über einer Reihe Videospielmaschinen angebracht, die in einer Art leiser elektronischer Kakophonie ständig *Zing* und *Boing* machten.

Ganz vorn an der Theke saßen zwei Männer, aßen Maisbrot mit Bohnen und tranken Bier. Am anderen Ende krümmte sich ein alter Mann über seine Kaffeetasse. Ein großer dünner Mann hing vor einem Videospiel, die dürren Arme angespannt, die Hände bereit, auf die Tasten zu hämmern, die das Geschehen auf dem Bildschirm – ein Hockeyspiel aus flackernden bunten Punkten und Blitzen – zu seinen Gunsten beeinflussen könnten.

Carver und Beth setzten sich an einen der vorderen Tische. Auf dem grauen *Formica* lagen ein paar Krümel. Ein paar Fliegen. Ein Serviettenhalter aus schwarzem Plastik mit Chromverzierungen, gläserne Salz- und Pfefferstreuer, eine halbvolle Flasche Heinz-Tomatenketchup. Vier große Ventilatoren drehten sich an der Decke. Carver spürte die leichte Brise. Irgendwo summte eine Klimaanlage, sie hielt den Raum angenehm kühl, konnte aber nichts gegen die Feuchtigkeit ausrichten. Das war vermutlich unmöglich so nahe bei den Sümpfen.

Die Gummispitze von Carvers Krückstock rutschte auf dem glatten Linoleum, also hängte er den Griff über die Lehne des Stuhls neben ihm. Auf dem Linoleum schien ein Muster aus hellgrauen Wolken zu sein, manchmal warf es Blasen. Es knackte und machte klebrige Geräusche unter den Füßen des kräftig gebauten, blonden Mädchens, das hinter dem Tresen gestanden hatte und jetzt mit zwei Gläsern Wasser zu ihnen watschelte. Sie hatte zwei Speisekarten zwischen ihren fleischigen Arm und die üppige Brust geklemmt. Sie trug abgeschnittene Jeans und ein weißes T-Shirt mit dem schwarzen Aufdruck WHIFFY'S auf der Brust. Darunter, halb verdeckt von ihrem Busen, war etwas abgebildet, das wie ein Baseball und der dazugehörige Schläger aussah.

Sie hatte ein rundes, freundliches Gesicht und ein nettes Lächeln, abgesehen von ihren schlechten Zähnen. Sie stellte Gläser und Karten auf den Tisch. »Hi, ich bin Marlene. Wollen Sie was trinken?« *Bwip-bwip-zoing!* machte das Videospiel lauthals.

Carver sagte: »Budweiser, wenn Sie haben.«

»Haben wir. *So* weit von der Zivilisation sind wir nun auch wieder nicht entfernt.«

»Für mich reicht das Wasser«, sagte Beth.

Marlene verschwand hinter der Theke, um das Bier zu holen, während Carver und Beth die handgeschriebene Speisekarte studierten. Einer der Männer am Ende der Bar hatte sich umgedreht. Er starrte ungeniert erst Carver und dann Beth an. Er war ziemlich fett und trug nur eine Latzhose, kein Hemd. Braune Lederschuhe mit dicken Sohlen. Sein sandfarbenes Haar hatte er so kurz schneiden lassen, daß er beinahe kahl wirkte. Eine Fettrolle quoll an seinem sonnenverbrannten Nacken hervor. Seine Augen lagen tief in seinem fleischigen Gesicht und blinzelten in die Welt wie kleine, dumme Schweineaugen an einem Sonnentag.

Der Mann auf dem Barhocker neben ihm trug Jeans und ein ärmelloses T-Shirt, wie der Typ vor dem Videospiel, nur daß dieses Shirt weiß war. Er war groß, schlank und muskulös. Seine Unterarmmuskeln zuckten, während er sich Bohnen in den Mund gabelte. Er sah nicht in Carvers Richtung. Aß einfach weiter, kaute mit offenem Mund.

Marlene kehrte zurück; Carver bestellte das Hühnchensteak spezial, Beth einen Hamburger und Pommes frites.

Als Marlene verschwunden war, sagte Beth: »Der Fettsack von der Bar starrt mich an.«

Carver goß Bier in sein Glas, beobachtete den Schaum, sah zur Seite. »Jetzt nicht. Er konzentriert sich auf sein Maisbrot.«

»Er sieht auch nicht so aus, als könnte er sich auf mehr als eine Sache zur gleichen Zeit konzentrieren. Warten Sie, bis er runterschluckt. Dann guckt er wieder her.«

»Vielleicht will er Sie um ein Rendezvous bitten.«

»Fuck you, Carver.«

»Welch Elan.«

Sie trank ihr Eiswasser in kleinen Schlucken, den kleinen Finger abgespreizt. Ihr Wortschatz paßte nicht zu ihren Manieren. »Carver, glauben Sie wirklich, daß diese McGregor-Type Roberto erwischen kann?«

»Er tut, was er kann. Da bin ich sicher. Er wird den Hafen von Del Moray und mögliche Landungsplätze an der Küste beobachten lassen wie die Uhr bei Büroschluß. Er wird selber dabei sein und notfalls im Wagen schlafen. Der Kerl ist bekloppt. Er will Bürgermeister werden.«

Beth lächelte: »Ist Ihnen aufgefallen, daß alle irgend etwas sein wollen, was sie nicht sind?«

Carver nippte an seinem Bier. Kühl und erfrischend. »Sie eingeschlossen.«

»Ja, ich weiß. Und Sie?«

Er stellte das Bierglas in den feuchten Ring auf der Tischplatte. Das Videospiel machte ein paar mal *Bwip* und *Zoing*. »In den letzten Jahren bin ich geschieden und angeschossen worden, habe meinen Sohn verloren und eine Beziehung mit einer Frau angefangen, die mir viel zu ähnlich ist. Mit meinem steifen Bein hat sich mein Leben verändert. Ich arbeite mich jetzt Tag für Tag vor.«

»Wie ein ehemaliger Suchtkranker.«

»So ungefähr.«

»Mit was für einer Frau sind Sie zusammen, Carver?« Sie war taktvoll genug, nicht nach seinem Sohn zu fragen.

»Das ist Privatsache«, sagte er. »Jedenfalls läuft es im Moment nicht besonders gut mit uns beiden.« *Bwip! Zoing!*

»Hab' ich mir gedacht.«

Er fragte nicht, warum. Es war besser, Edwina aus seiner Beziehung zu Beth herauszuhalten. Er mochte es überhaupt nicht, wie Edwina seine Gedanken beherrschte. Ihn hilflos und einsam machte, mit erschreckenden Momenten, in denen er geradezu spüren konnte, wie die Zeit verging. Die Strömung eines großen Flusses.

Beth sagte: »Sie haben eine Menge Vertrauen zu Ihrem Freund McGregor.«

»Er ist nicht mein Freund. Er ist niemandes Freund. So ist er, dann kann er jeden jederzeit opfern, je nachdem wie sich das Blatt wendet.«

»Klingt wie ein ziemliches Arschloch.«

»Das ist er auch. Aber er macht seinen Job ziemlich gut. Er wird die Küste von Del Moray bewachen, wie es einst die alten Seefahrer taten.«

»Trotzdem braucht er viel Glück, wenn er Roberto reinlegen will.«

Der dicke Mann an der Theke sagte: »Marlene, mach mal Musik an, damit man nicht dem elektrischen Furzen von dem Videoding zuhören muß.«

»In Ordnung, Junior.« Marlene verschwand hinter einer Schwingtür. Deckenlautsprecher erwachten knackend und knisternd zum Leben. Plötzlich sang Dolly Parton über eine Party gleich nebenan. Der Mann an dem Videospiel drehte sich nicht einmal um. Er versuchte weiterhin, die Mikrochips mit Körpersprache zu beeinflussen.

Ein rotes Licht hüpfte über den Bildschirm, und eine elektronische Stimme schrie: »Score!« Sie war bedeutend lauter als Dolly Parton. Der dicke Junior sagte: »Jesus Christus, ich hasse diese Computer.«

Marlene war hinter die Theke zurückgekehrt, auf einem Tablett trug sie zwei Teller vor sich her. »Das sind keine Computer«, sagte sie.

»Und macht das 'n Unterschied, hä?«

Marlene ignorierte die Frage und kam hinter dem Tresen hervor. Quietschte über den buckeligen Linoleumfußboden und stellte Teller mit dampfend heißem Essen vor Carver und Beth auf den Tisch. Carver war erstaunt; es sah sehr lecker aus.

»Wenn Sie noch was wollen, sagen Sie's mir«, sagte Marlene, drehte sich um und ging. Ihre Beine ragten dick und braungebrannt aus der abgeschnittenen Jeans. Eher muskulös als fett. Carver bekam eine Erektion und wandte seinen Blick ab. Die Kellnerin war noch ein Kind, nicht älter als siebzehn.

»Glotz Marlene nicht so an«, sagte Junior. »Du hast deine eigene schwarze Fotze mitgebracht.«

Carver dachte: Jetzt gibt es Ärger. Irgendwie hatte er das schon eine ganze Weile geahnt. Irgend etwas in seinem Bauch ballte sich zusammen. Er ignorierte Junior. Nahm einen Bissen Hühnchensteak. Kaute.

Beth starrte ihn an. »Haben Sie gehört, was der Kerl gesagt hat?« flüsterte sie.

»Essen Sie Ihren Hamburger.«

»Du hast mich wohl nicht gehört, was?« sagte Junior. »Der hat wohl keine Ohren oder was, B. J.?«

B. J., der Dünne, schaufelte einen Mund voll Bohnen rein. »Laß den Mann in Ruhe, Junior. Wenn er Nigger mag, ist das sein Problem. Er is'n Krüppel. Vielleicht kriegt er nur Schwarze ins Bett.«

Junior kippte seinen kleinen Kopf auf dem fetten Hals nach hinten und nahm einen Schluck Bier. »Glaub' ich nicht. Ich glaub', er hat schlechte Manieren, was?«

Marlene hatte sich an die Wand neben dem Grill zurückgezogen. Der alte Mann am Ende der Theke starrte in seinen Kaffee. Der dürre Typ vor dem Videospiel stopfte eine Handvoll Kleingeld in die Hosentasche und verschwand leise aus dem Restaurant. Er trug eine randlose Brille und hatte fettige Locken, die sich über seine Stirn ringelten. Er sah nicht sonderlich ängstlich aus. Er sah nach überhaupt nichts aus. Zeit zu gehen, das war alles.

Junior drehte seinen Stuhl und sah Carver direkt an. »Die Niggerabteilung ist auf der andern Seite der Stadt. Da gib's 'n Restaurant, wo solche wie ihr essen könnt.«

Carver sagte: »Aber die haben, im Gegensatz zu diesem Restaurant, keinen Stern im Guide Michelin.«

Junior sah B. J. an. »Was redet der über Reifen?«

B. J. zuckte mit den Achseln. »Weiß nicht, kleiner Bruder.«

Junior arbeitete mit seinen Kiefermuskeln. »Wir halten hier die Rassen lieber auseinander, was, Mister?«

»So?«

»Sie und Ihre Niggerfotze gehn jetzt einfach raus«, sagte Junior, »oder Sie werden's gleich selbst erleben.«

»Ich denke, wir bleiben erst mal hier. Besten Dank.«

B. J. hörte auf zu essen. Er schluckte und räusperte sich. »Hören Sie, Mister. Sie und Ihre Begleitung gehn jetzt besser, weil mein kleiner Bruder sonst ziemlich sauer wird.«

Carver sagte: »Wir wollen keinen Streit. Aber wir wollen aufessen, bevor wir gehen. Das finde ich angemessen.«

Junior sagte: »Sie vielleicht, wir nicht.«

»Das ist doch kein Grund für Ärger, Junior«, sagte Marlene mit quietschiger Stimme. »Wenn's hier ein Problem gibt, dann hol' ich Whiffy.«

Die Harley wurde angelassen und entfernte sich dröhnend. Der Videospieler auf dem Nachhauseweg. Das leiser werdende Motorengeräusch schien einen beruhigenden Effekt zu haben.

»Sehen wir's doch einfach locker«, sagte Marlene.

Einen Moment lang dachte Carver, ihre Bitte könnte Wirkung zeigen. Junior und B. J. schwiegen. Junior fixierte Carver mit seinen kleinen Schweineaugen. B. J. starrte Beth neugierig an. Er hatte ein schmales Gesicht, seine Augen standen eng beieinander und verschwanden beinahe unter buschigen braunen Augenbrauen. Die linke Seite seines Gesichts paßte nicht zur rechten, als hätte es eine tektonische Knochenverschiebung unter seiner Haut gegeben.

Carver nahm einen Schluck Bier und spürte erleichtert, wie die Spannung etwas abflaute. Er konnte wieder leichter atmen. Vielleicht würden sie tatsächlich ungeschoren hier rauskommen. Die Radaubrüder schienen sich beruhigt zu haben. Er nahm noch einen Schluck Bier. Bewegte sich sehr ruhig, um die Wogen noch weiter zu glätten.

Beth sagte: »Wie tief im Sumpf seid ihr zwei schwachsinnigen Stiernacken eigentlich zur Welt gekommen?«

Der Mund des dicken Junior blieb offen stehen. B. J. hatte seine Gabel fast bis zum Mund geführt, ließ sie aber wieder auf den Teller sinken. Marlene bewegte sich auf die Schwingtüren zur Küche zu. Carver ließ vorsichtig das kalte Bierglas los und legte seine Hand auf den Griff seines Stocks.

Junior sagte: »Was hast du gesagt, Nigger?« Er erhob sich von seinem Barhocker. Er war größer, als Carver vermutet hatte, über einsachtzig, und um die dreihundert Pfund schwer. Die Trizepsmuskeln auf der Rückseite seiner dicken

Arme zuckten, als er sich bewegte. Er hatte irgendwann mal Gewichte gestemmt; unter seinem Fett versteckten sich knallharte Kräfte. B. J. tat nichts, um seinen übergroßen »kleinen Bruder« zurückzuhalten. Er wandte sich Carver und Beth zu und glitt von seinem Hocker herunter. Er war genauso groß wie Junior.

Juniors sonnenverbranntes, fleischiges Gesicht verzog sich zu einem Grinsen. Seine winzigen Augen glitzerten in böser Vorfreude, als er auf Beth zuging. B. J. schlenderte zu Carver. Die Brüder hatten stillschweigend die Arbeit aufgeteilt. Oder war das hier eher ein Freizeitvergnügen für sie?

B. J. sagte: »Ihre Freundin hätt' nicht so mit meinem kleinen Bruder reden solln.«

»Laß den Krüppel in Ruh«, sagte Junior. »Wie du gesagt hast, er hat nicht mehr Mumm, als sich 'ne schwarze Fotze aufzureißen. Halt ihn einfach nur fest, bis ich der Tussi was beigebracht hab'.«

»Unterschätz den Kerl nicht«, warnte B. J. »Solche ham manchmal 'n kräftigen Oberkörper, weil die sich immer rumschleppen müssen. Erinner dich an den humpelnden Fischer, der dir letzten August die Lippe zerhauen hat.«

»Das war 'n Mann, der hier is 'n Haufen Scheiße«, sagte Junior. Die Erinnerung an den Ärger im letzten Jahr stachelte ihn nur noch mehr an. Klasse, dachte Carver, genau das brauchten wir. Mehr Adrenalin für Junior.

Beth hatte sich nicht gerührt, aber jetzt sah Carver, daß sich ihre Hände unter der Tischplatte bewegten. Sie wühlte in ihrer Handtasche. Er hoffte, sie suchte nach einer Kanone; seine hatte er im Motel gelassen.

Aber sie fischte nur ihren Schlüsselbund heraus. An dem Ring hing etwas, das er zuerst für einen dicken Kugelschreiber hielt, es war aber nur ein kegelförmiges Stück Aluminium nur einem spitzen Ende. Groß genug, daß sie ihre Schlüssel in der Tasche finden konnte.

Junior grinste breit. Er schwitzte. Er roch säuerlich und ein wenig nach Fisch. Er hatte Schweißflecken auf seiner Latzhose. Duckte sich ein wenig, als er sich Beth näherte. Griff nach ihr.

Carver ließ den Stock runtersausen. Spürte den Aufschlag auf Juniors Handgelenk. Junior rieb sich die Hand und sah sich erstaunt um. Er sagte: »Das hättest du nicht tun sollen.« Carver war sicher, daß der Schlag einem normalen Mann das Handgelenk gebrochen hätte. Junior war offenbar eine Unterart.

Er nahm aus dem Augenwinkel eine Bewegung wahr. B. J. schlug nach ihm, weit vorgebeugt. Er sah aus wie eine Schlange.

Carver wandte sich um und schlug noch einmal mit dem Stock zu. Traf B. J. an der Stirn und ließ ihn einige Schritte zurücktaumeln. Er schaute überrascht und wütend drein. Von einer Platzwunde am Haaransatz lief Blut in sein rechtes Auge.

Er sagte: »Was soll das, du mieser kleiner Schwanzlutscher?« und ging erneut auf Carver los.

Diesmal stieß Carver mit dem Stock zu. Die Spitze traf B. J. auf dem Brustkorb, knapp unter seinem Herz. Er atmete keuchend aus, während er zurücktaumelte. Er fiel rückwärts auf den Boden, blieb sitzen und schnappte nach Luft.

Carver drehte sich, um Junior von Beth fernzuhalten.

Aber Beth war bereits aufgesprungen und ging auf Junior zu. Sie hielt den Aluminiumkegel wie einen Pflock, den sie in harten Boden rammen wollte. Als Junior nach ihr fassen wollte, ratschte sie ihm mit den Schlüsseln über das Gesicht. Drehte sich schnell, so daß sie ihm einen Moment den Rücken zuwandte, und knallte ihm das spitze Ende des Kegels in die Eier. Es ging so schnell, daß es wie ein lange einstudierter Tanz aussah.

Junior lockerte seinen Griff um ihren Arm. Er grunzte, gab ein langes, pfeifendes Geräusch von sich und klappte zusammen. Seine Stirn war blaß und vor Schmerzen zusammengezogen. Er hob den Kopf und fixierte mit blutunterlaufenen Augen Beth, als sie ein gequetschtes Stöhnen ausstieß, das ihn zum Erstarren gebracht hätte, wäre er überhaupt noch in der Lage gewesen, sich schnell zu bewegen. Sie donnerte ihre Handkante auf seinen Nacken. Carver sah fasziniert zu. Karatekunststücke.

Beth riß ihr Knie hoch und knallte es Junior ins Gesicht. Denim auf bloßer Haut. Carver blieb stehen, hielt sich mit einer Hand am Tisch fest. Er warf B. J., der gerade versuchte aufzustehen und sich immer noch mit einer Hand den Bauch hielt, einen Blick zu. Noch keine Gefahr aus dieser Richtung. Carver ließ den harten Walnußstock auf Juniors Kopf krachen. Die Vibrationen waren bis hinauf in seinen Arm zu spüren, als er den Ton hörte, mit dem Holz und Knochen aufeinander prallten.

Junior ging nicht zu Boden, aber er wich zurück, mit erstauntem Blick und einer Hand auf seinem schmerzenden Kopf. Er schien den Ärger mit unkooperativen Opfern nicht gewöhnt zu sein.

B. J. war aufgestanden, sein dünner Körper schwankte hin und her. Offenbar dachte er darüber nach, wie er mit Carver und dessen Stock fertigwerden könnte.

Eine tiefe Stimme sagte: »Schluß jetzt, *klar*?«

Ein breitschultriger Schwarzer stand neben dem Tresen. Er hielt einen Baseballschläger in der rechten Hand. Marlene verbarg sich hinter seinem Rücken, sie wirkte verunsichert, als hätte jemand angedroht, sie wegen einer Fliege in der Suppe zu verklagen, und als wüßte sie nicht, was sie nun machen sollte.

Junior und B. J. stellten sich nebeneinander und schienen die Lust an einem Streit mit Carver und Beth zu verlieren. Junior sagte: »Der Niggerficker hat angefangen, Whiff.«

Whiffy starrte ihn mit dunklen braunen Augen an, in denen nur ein winziger Ring bläuliches Weiß die Pupille zu umgeben schien. Er sagte: »Ich würde vorschlagen, daß du hier drin nicht so sprichst, Junior.«

Junior sagte nichts, aber er wich dem stechenden Blick des Schwarzen aus.

B. J. sagte: »Die ganze Sache ist aus 'm Ruder gelaufen, das war alles, Whiff.«

»Paß du auf deinen Bruder auf«, sagte Whiffy.

»Kein Problem«, antwortete B. J. »Los, komm, Brüderchen, wir waren sowieso gerade im Aufbruch.«

Ohne Carver oder Beth noch einmal anzusehen, verließen die beiden Männer das Lokal. B. J. preßte eine weiße Papierserviette auf seinen Kopf. Junior hielt sich mit einer Hand die Eier. Mit der anderen rieb er sich den Nacken, wo Beth ihn geschlagen hatte.

Carver sah Beth an: »Alles in Ordnung?«

»Klar.«

Whiffy sagte: »Glauben Sie ja nicht, daß die beiden das vergessen. Von einer Schwarzen und einem Mann mit Krückstock verkloppt zu werden, ramponiert ihren *Machismo*.«

Der Alte am Ende der Theke hatte sich nicht gerührt. Er starrte immer noch in seine Kaffeetasse, aber jetzt grinste er. Ohne aufzusehen sagte er: »Die Brainard-Brüder ham angefangen, Whiffy.«

»Das hab' ich mir gedacht.« Whiffy legte den Schläger auf

die Theke und kam zu Carver und Beth. Er hatte normale Größe, war aber kompakt gebaut und hatte kräftige Muskeln. Er war barfuß und trug schwarze Shorts und ein graues T-Shirt mit der Aufschrift BRAVES. Um die Augen herum sah sein Gesicht etwas verquollen aus, als hätte er geschlafen, als Marlene ihn geholt hatte, um sich des Problems im Restaurant anzunehmen. Sein ebenholzdunkles Gesicht war pockennarbig, und er trug einen dünnen schwarzen Schnurrbart, säuberlich einen halben Zentimeter über seiner Oberlippe gestutzt. Nachdem er Carver einen respektvollen Blick zugeworfen hatte, lächelte er Beth mit gleichmäßigen weißen Zähnen an. »Setzt euch, und ich erzähl' euch den Gospel von Dark Glades.«

Carver nickte Beth zu. Sie setzten sich. Marlene brachte zwei Budweiser und noch ein Glas Eiswasser für Beth. Nachdem ein so undankbares Publikum wie Junior und B.J. Whiffy zugehört hatten, war Carver sehr gespannt darauf, was er zu sagen hatte.

23

»Also, ich bin Whiffy«, sagte Whiffy. »Mein richtiger Name ist Willard Renfrow.«

Carver stellte sich und Beth vor, dann schüttelte er Whiffys kräftige schwarze Hand. Er bemerkte, daß einige Finger krumm waren und geschwollene Knöchel hatten, als seien sie arthritisch.

»Es gibt ungefähr vierhundert Leute in Dark Glades«, sagte Whiffy, nachdem er einen großen Schluck Budweiser genommen und sich den Schaum aus dem Schnauzer gewischt hatte.

»Inklusive derjenigen, die außerhalb der Stadtgrenzen leben. Ungefähr hundert sind Schwarze. Die meisten von ihnen leben in der Cypress Avenue im Osten der Stadt. Wie überall erkennt man die armen, schwarzen Wohngegenden an den heruntergekommenen Häusern und den alten Autos. Das Pro-Kopf-Einkommen kann man vergessen. Die Schwarzen in Dark Glades sind Nachfahren der Sklaven aus Nordflorida, und so benehmen sie sich auch immer noch. Die Bürgerrechtsbewegung ist niemals bis hierher vorgedrungen, und in den letzten Jahren hat sich die Situation eher noch verschlechert.«

Draußen wurde ein Motorrad einen Gang heruntergeschaltet und jaulte auf. Der Junge auf der Harley? Carver sagte: »Eins verstehe ich nicht. Sie sind schwarz, und Ihnen gehört das beste Restaurant der Stadt, mitten im weißen Wohnbezirk. Und B. J. und sein Bruder haben auf Sie gehört.«

»Sie haben auf einen weißen Mann gehört.«

Carver saß da und fragte sich, ob vielleicht das Grundwasser in Dark Glades verseucht war und die Sinne benebelte.

Whiffy sah Beth an und grinste. »Er versteht das nicht. Ich zähle aus zwei Gründen als Weißer, Carver. Ich habe Geld, und ich war Baseballprofi. Bin vor sieben Jahren aufgestiegen und zu den Atlanta Braves gegangen. Hab' hundertfünfzigmal auf dem Feld gestanden, bis ein harter rechtshändiger Wurf der Cardinals mir den Ellenbogen gebrochen hat. Das Ende meiner Karriere. War nicht so schlimm, ich hab' nur ein Viertel aller Bälle getroffen und bin fünfunddreißigmal rausgeflogen, die Bravers wollten mich sowieso loswerden. Der Pitcher hatte schnell rausgefunden, daß ich einen blinden Fleck hab'. Hohe, schnelle Bälle konnte ich nicht erwischen, deshalb hab' ich den Namen Whiffy bekommen. Ich war zu langsam, um aus dem Weg zu gehen, und zu langsam, um den Ball zu treffen.«

»Sie meinen, Geld und die Tatsache, ein Ex-Baseballspieler zu sein, haben Ihnen Respekt verschafft?«

»Ich sagte, sie hätten mich *weiß* gemacht. Diese Blödmänner sind davon überzeugt, daß ein Schwarzer ihnen unterlegen ist. Wenn also einer von uns besser ist als die meisten Weißen, und zwar in einem Bereich, wo man nicht daran vorbeikommt, es zuzugeben, paßt das nicht in ihre Gedankenwelt. Also machen sie mich im Geiste zu einem Weißen. Dann kommt ihre Logik nicht ins Wanken. Das passiert nicht nur hier. Halten Sie nur mal die Augen offen. Es gibt einen Baseballtrainer, der keine Schwarzen in seiner Mannschaft haben wollte. Einer seiner Jungs schlägt zum ersten Mal und rennt bis zur dritten Base. Der Manager springt auf und brüllt: ›Mann, der Kubaner ist wirklich klasse!‹«

Carver wechselte einen Blick mit Beth. Sie nickte und lächelte traurig.

»Ganz nützlich«, fuhr Whiffy fort, »ist es auch, daß ich den Schläger immer noch gut genug halten kann, um ein paar Schädel zu zertrümmern, wenn's sein muß. Und die Jungs wissen, daß ich das tun würde. Was ich zu sagen versuche, ist, daß dies ein rückständiges Sumpfdorf ist, in dem gemischtrassige Pärchen echte Schwierigkeiten kriegen. Sie beide müssen noch nicht mal miteinander ins Bett gehen; Sie müssen nur zusammen rumlaufen, und ein paar dieser Neandertaler werden Sie lynchen wollen.«

»So wie B. J. und Junior Brainard?«

»Die beiden vor allem. Die hausen in einer runtergekommenen Hütte mitten im Sumpf und ernähren sich mit Drogendeals und Alligatorenwilderei. Wenn man die beiden besser kennt, könnte man durchaus darauf verfallen, daß die Evolutionstheorie auch verkehrtherum funktioniert.«

Carver fragte: »Gibt's hier keine Gesetze dagegen?«

»Chief Ellus Morgan und zwei Teilzeitbullen. Er tut, was er kann. Aber er ist öffentlich gewählter Polizeichef. Wenn Sie verstehen, was ich meine.«

»Er steht auf der falschen Seite.«

»Nicht weiter als er muß, aber mit einem Bein auf alle Fälle.«

»Wie gefährlich sind die Brainard-Brüder?«

»Die haben mehr als einen auf dem Gewissen, da bin ich mir sicher. Wenn man Dope verkauft und wildert, gehört Mord einfach zum Service. Und im Sumpf können Leichen ganz leicht verschwinden.« Er nickte in Richtung Beth. »Ich möchte die Dame nicht verängstigen, aber so ist das nun mal hier.«

Carver sagte: »Sie versteht das.«

Whiffy legte den Kopf auf die Seite und sah Beth an. »Wo haben Sie gelernt, so hart zu kämpfen, Miss?«

»Hat mir mein Mann beigebracht. Er dachte, es wäre ganz gut, wenn ich das könnte.«

»Ihr Ehemann?«

»Nicht ich«, sagte Carver.

»Ihr beide habt die Brainards ziemlich blöde dastehen lassen. Die werden nicht schlafen, bis sie das wieder ausgeglichen haben. Junior vor allem – von 'ner Frau so vermöbelt zu werden. Wenn ich an eurer Stelle wäre, würde ich, was auch immer mich nach Dark Glades getrieben hätte, schleunigst erledigen und dann ohne Nachsendeantrag verschwinden.«

»Klingt vernünftig«, sagte Carver.

»Vor manchen Leuten laufe ich weg«, sagte Beth, »vor anderen nicht.«

Whiffy schüttelte den Kopf. »Mit Selbstverteidigung kommen Sie nicht gegen 'ne Kanone an.«

»Stimmt«, sagte Carver.

Whiffy sagte: »Sie haben mich verstanden, Mann. Reden Sie mit ihr.«

Beth zog eine Augenbraue hoch. »Sie sind auch immer noch hier, und Sie müssen manchmal mit dem Baseballschläger dazwischengehen.«

»Meine ganze Familie hat hier gelebt, Süße, bis zurück zum Krieg gegen die Südstaaten. Sonst würde ich ganz bestimmt in Miami oder sonstwo wohnen. Irgendwo, wo es fließendes Wasser im Haus gibt.« Er starrte Beth an, wandte sich dann Carver zu. »Ich überzeuge sie nicht, oder?«

»Ich glaube, nicht.«

»Passen Sie auf«, sagte Whiffy und lehnte sich mit seinem Stuhl so weit zurück, daß Carver schon befürchtete, die hinteren Stuhlbeine würden auf dem Linoleum gleich wegrutschen. »Ich weiß nicht, was zwischen euch ist, und es ist mir auch ziemlich egal. Aber hier ist nicht unbedingt der fortschrittlichste Flecken auf Gottes weiter Erde. Die Leute werden das Schlimmste vermuten und entsprechend handeln – und zwar nicht unbedingt streng nach Gesetz.«

Beth sah ihn kühl an. »Wir sind Geschäftspartner.«

»Auf der Durchreise, hoffe ich.«

»Wir haben vor, eine Weile zu bleiben«, antwortete sie förmlich.

»Hmm. Ihr wohnt im *Casa Grande*?«

»Woher wissen Sie das?« fragte Beth.

»Das einzige Motel in der Nähe der Stadt.«

Beth sagte: »Es wird wohl ein paar Tage unser Zuhause sein.«

Whiffy trank sein Bier aus, ließ den Stuhl nach vorn auf alle vier Beine kippen und erhob sich. »Der Kerl an der Rezeption vom *Casa*, so ein Kleiner namens Watts, ist in Ordnung.

Denken Sie daran, wenn Sie da drüben irgendwelchen Ärger kriegen.«

Carver sagte: »Danke, das werden wir.«

»Also, dann essen Sie mal in Ruhe zu Ende. Wir können das in der Mikrowelle heiß machen, wenn Sie mögen.«

»Nein, danke«, sagte Beth. »Ich hab' Hunger. Ich ess' lieber kalt, als zu warten, bis es warm ist.«

Carver betrachtete das kalte Fett auf seinem Hühnchensteak. Er winkte Marlene zu sich und gab ihr seinen Teller. Beth biß ein großes Stück aus ihrem Hamburger und kaute erleichtert. Ein wenig Zwiebelgeruch wehte über den Tisch.

Whiffy sagte: »Marlene, hol mich, wenn's wieder Ärger gibt, ja?«

»Okay, Whiffy.« Sie verschwand mit Carvers Essen in der Küche.

Whiffy steckte die Daumen in das Gummiband seiner Shorts. Sie rutschte nach unten. Einen Moment lang dachte Carver, er könnte sich geistesabwesend am Sack kratzen; ein Baseballprofi am Spielfeldrand. Solche Angewohnheiten blieben. Aber er ließ das Band wieder los, es schnappte gegen seinen Bauch. »Am besten macht ihr keinen Stadtrundgang mehr nach dem Essen«, sagte er.

Carver sagte: »Wir fahren zurück ins Motel.«

»Gut«, sagte Whiffy. Er sah Beth an und schüttelte langsam den Kopf. Dann ging er zur Küchentür; seine unbehaarten Wadenmuskeln arbeiteten kräftig. Seine feuchten, nackten Fußsohlen machten leise Geräusche auf dem Linoleum.

Bei den Schwingtüren hinter der Theke drehte er sich um und sagte: »Wenn Sie im Motel sind, schließen Sie gut ab.«

Carver sagte, er brauche sich keine Sorgen zu machen, das hätten sie ohnehin vorgehabt.

Beth biß in ihren Hamburger.

Dolly Parton fing wieder an zu singen, als Marlene Carvers aufgewärmtes Abendessen brachte.

Nachdem sie *Whiffy's* verlassen hatten, hielten Carver und Beth noch einmal an. Sie gingen ins winzige *Everglades Drug Emporium,* einen kleinen Supermarkt, am Ende der Cypress Avenue. Der Laden hatte einen Holzfußboden und ein Regal aus Holz und Glas, in dem staubige Flaschen und vergilbte Kartons standen. Ein alter Mann mit einem gelblichweißen Hemd und dünnem Schlips lehnte neben der Kasse und wartete darauf, daß sie ihm sagten, was sie kaufen wollten. Neben ihm standen ein Sodaautomat und drei Stühle. Auf einem Bord hinter ihm stand einer dieser alten grünen *Hamilton-Beach*-Mixer, der in einem rostfreien Metallbehälter Milchshakes anrührte und kühl hielt. Carver dachte, ein Milchshake wäre genau das richtige, bevor sie die Stadt verließen.

Beth kaufte ein Paket Wegwerfrasierer und eine Tube Colgate-Zahncreme. Carver wählte eine kleine Flasche Tylenol, falls die Feuchtigkeit aus dem Sumpf sein Knie schmerzen lassen würde. Er hatte das Gefühl, irgend etwas vergessen zu haben, aber es fiel ihm nicht ein.

Dann kauften sie noch ein paar Zeitschriften. Carver nahm *Times* und *Newsweek*. Vielleicht konnte er in aller Ruhe mal herausfinden, was mit der Welt eigentlich los war. Beth wählte *Vogue* und *Money,* sah, daß Carver lächelte, und sagte, wenn er lachen würde, bekäme er einen Tritt in die Eier.

Er lachte nicht.

In der Nacht ließ sie die Verbindungstür zwischen den beiden Zimmern offen stehen.

Jetzt fiel ihm ein, was er in der Drogerie hätte kaufen sollen.

24

Als er aufwachte, lag sie immer noch in seinem Bett, das weiße Laken bis zum Kinn hochgezogen, ein langes, goldbraunes Bein seitlich darunter hervor gestreckt. Carver blinzelte in das helle Morgenlicht, das durch einen Spalt zwischen den Vorhängen schien, und beobachtete ihren Schlaf. Ihre Augen waren geschlossen, ihre Züge entspannt. Er erinnerte sich an die Explosion von warmem Fleisch und verzweifelt suchenden Händen und Zungen letzte Nacht. Wie er sich in ihr verloren hatte. Sie schien eine andere Frau zu sein heute morgen, diese schlanke, gleichmäßig atmende Verkörperung entspannter Ruhe.

Ohne die Augen zu öffnen, sagte sie: »Ich weiß, daß du mich ansiehst, Carver.«

»Woher?«

»Ich spüre so etwas. Auf der Flucht zu sein bringt einen dazu.«

Er verdrehte seinen Oberkörper und beugte sich zur Seite, küßte sie auf den Mund. Die Bettfedern quietschten.

Als er sich zurückfallen ließ, öffnete sie die Augen und sah ihn an, die dunklen Pupillen blitzten im Morgenlicht. »Danke, Lover.«

Er wußte nicht, was er zu einer so einfachen und treffenden Beschreibung von Aufregung und Dankbarkeit sagen sollte. Er war verwirrt und versuchte es mit Humor. »Nach dieser Nacht werden wir wohl heiraten müssen.« Ziemlich lahm.

»Laß den Quatsch, Carver.«

»In Ordnung.«

Ein Morgen war schon so eine Sache – ein Morgen nach bestimmten Nächten jedenfalls. Er lag auf dem Rücken und schloß die Augen, lauschte. Die Klimaanlage brummte, dennoch schien der Sumpf ganz nah zu sein, in diesem Raum. Insekten summten ihr andauerndes Summen. Irgendwo grunzte etwas. Ein Ochsenfrosch quakte in der Nähe. Carver sagte: »Ganz schön wild.«

Sie mißverstand ihn, wühlte eine Hand unter dem Laken hervor und berührte seinen Arm. »Nein, du warst sehr behutsam.«

Er sah sie an. »Das war behutsam?«

»Im Vergleich.«

Carver dachte an Roberto Gomez und konnte ihn noch weniger leiden.

Beth faltete beide Hände hinter ihrem Kopf und starrte an die Decke. »Ich hatte einen Onkel, der sehr gern fischen ging, Carver. Er sagte mir, daß das Leben manchmal wie ein Teich ist.«

»Tief«, sagte Carver.

Sie sah ihn an, um herauszufinden, ob er schon wieder witzig sein wollte. Er war sich nicht sicher. Sie sagte: »Wenn man im Mittleren Westen fischen geht, lernt man eine Sache ganz schnell. Im Frühling, wenn die Seen auftauen und von der Sonne gewärmt werden, ist das Wasser am Grund, unter der Frostlinie, relativ warm und wird sehr schnell noch wärmer. Das Feuer des Sommers ist hier den ganzen Winter über am Leben geblieben. Wenn diese Schicht warm genug wird, steigt sie auf, und das kühlere Wasser von oben sinkt nach unten. Der Fachausdruck ist: Inversion. Der See wendet sich, sagt man; das Wasser von unten steigt auf, das Wasser von oben sinkt nach unten, wo es den Sommer über verhältnismäßig kühl bleibt. Das ist der Moment, wo die Saison beginnt und man wirklich fischen gehen kann, sobald der See sich wendet. Manchmal wenden sich die Leben von Menschen genauso. Veränderungen durch den Beginn einer neuen Saison.«

»Ich weiß nicht recht«, sagte Carver. »Menschen sind keine Seen.«

»Das weißt du nicht, bis du fischen gehst.«

»Menschen haben Kontrolle.« Warum fühlte er sich dann mies, weil er Edwina betrogen hatte? Und genauso verunsichert wie ein Highschool-Schüler nach seinem ersten Sex?

Sie sagte: »Ich hatte keine Kontrolle letzte Nacht. Und du auch nicht.«

»Zugegeben.« Er reckte sich ein wenig. Sein linkes Bein berührte aus Versehen ihr rechtes. Er ließ es liegen.

»Als Adam geboren wurde«, sagte sie, »hatte ich eine Eileiterverklebung. Ich kann nicht noch einmal schwanger werden.«

Hmm. Er wandte sich ihr zu. Küßte sie auf den Mund, fest; er nahm seine Zunge zu Hilfe.

Zuerst rührte sie sich nicht. Dann wanden sich ihre langen Arme hinter ihrem Kopf hervor und umarmten ihn. Er hörte das Laken rascheln, als sie es von ihrem Körper abstreifte. Sie stöhnte und preßte ihren schlanken, großen Körper fest an ihn. Er verlor erneut die Kontrolle.

Nach dem Gefühlsausbruch liebten sie sich noch einmal, sehr langsam und rücksichtsvoll. Als sie fertig waren, lag Beth mit ihrem Kopf seitlich auf Carvers nackter Brust, als wolle sie seinen Herzschlag abhören. Ihre Augen glänzten. Er hatte ihr zu jener kurzfristigen Flucht verholfen, die sie so dringend brauchte.

Nach einiger Zeit hob sie ihren Kopf und küßte ihn, drehte ihren geschmeidigen dunklen Körper und stand auf. Ihre Schlankheit ließ sie recht groß erscheinen. Sie wurde noch größer, als sie die Arme seitlich hochnahm und ihren Rücken streckte. So blieb sie einen Moment stehen, die Arme weit gespreizt, die Hände baumelten herunter, wie bei einer Gekreuzigten.

Sie lächelte zu ihm herunter, bückte sich, nahm ihre seidene Unterwäsche und ging in ihr Zimmer. Als sie nackt durch den Strahl Morgenlicht ging, sah ihr glatter Körper aus wie eine dunkle, knisternde Flamme.

Carver sagte atemlos: »Mein Gott.«

Sie sah sich um. »Huh?«

»Nichts.« Er grinste sie an.

Sie schloß die Zwischentür, fünf Minuten später hörte er ihre Dusche.

Carver angelte sich seine Uhr vom Nachttisch und drehte sie, bis das Zifferblatt nicht mehr blendete. Halb zehn.

Er setzte sich auf die Bettkante und zog das Telefon zu sich herüber. Er konnte Edwina nicht zu Hause anrufen; Gomez oder McGregor könnten ihre Leitung angezapft haben, um ihm auf der Spur zu bleiben. Er wählte die Nummer von Quill Realty.

Die Telefonistin mit der Honigstimme sagte, Miss Talbot sei im Büro, wie sei doch gleich sein Name, einen Moment bitte, und legte ihn in die Warteschleife. Muzak spielte eine alte Rolling-Stones-Nummer. Das Moos wuchs überall.

Die Musik wurde unterbrochen, Edwinas Stimme sagte: »Fred?«

Sie klang wie eine Fremde. »Fred«, bestätigte Carver.

»Wo bist du?«

»Kann ich dir nicht sagen.«

»Klar, hatte ich vergessen.« Sie klang desinteressiert.

»Ich wollte nur wissen, ob es dir gutgeht.«

»Du bist doch derjenige, der angeblich in so großer Gefahr schwebt«, sagte sie.

»Stimmt.«

»Fred?«

»Warum sagst du das immer wieder? Als wärst du nicht sicher, daß ich es bin?«

»Ich habe Jack Lester gesagt, daß ich den Job in Hawaii annehme, Fred.«

Einfach so. Am Telefon. Er fühlte sich nicht mehr schuldig. Er fühlt sich verletzt, tief drinnen, obwohl er damit gerechnet hatte. Er hatte sogar, das wußte er, irgendwie darauf gehofft.

»Fred?«

»Verdammt, hör auf damit!«

»Womit!«

»Dauernd meinen Namen zu sagen.«

»Entschuldige. Du verstehst meine Entscheidung, nicht wahr?«

»Ich verstehe.« Und das tat er wirklich, wenn auch nicht alles. Vielleicht konnte niemand jemals alle Einzelheiten einer solchen Entscheidung verstehen.

»Kommst du mit mir?« fragte sie.

Er zögerte nicht. Sie kannten beide die Antwort. »Nein, ich kann nicht.«

»Warum nicht?«

»Eine Menge Gründe. Wann fährst du?«

»In zwei Wochen«, sagte sie.

»Wir sehen uns vorher noch.«

»Wann?«

»Weiß ich noch nicht.«

»In Ordnung, Fred.«

Er wußte nicht mehr, was er sagen sollte. Er hatte nichts mehr für die Frau, mit der er gelebt und gegessen und geschlafen hatte, die er in der Nacht festgehalten hatte.

Er hatte ihr nichts mehr zu sagen.

Die Stille schien Lichtjahre anzuhalten, dann sagte sie leise: »Auf Wiedersehn.«

Er verabschiedete sich und legte auf.

Der Sumpf war jetzt mitten im Zimmer. In seinem Kopf. Stöhnend und trommelnd und matschig und krächzend.

Primitiv und tödlich.

Lebendig und erschreckend.

Er schloß seine Finger langsam um den Griff seines Krückstocks, den er an den Nachttisch gelehnt hatte. Hob ihn hoch und preßte die Spitze gegen die Wand, als wollte er sich versichern, daß es ein Hindernis zwischen ihm und der wilden, unfaßbaren Außenwelt gab.

Eine Minute verging, bis er den Kontakt mit der stabilen Wand unterbrach und den Stock auf den Boden senkte.

Er legte sich rücklings aufs Bett und starrte an die Decke, so wie Beth es vorhin getan hatte. Er zitterte.

Seen wenden sich.

25

Carver saß im Bett, als er das Geräusch von Reifen auf Kies direkt vor der Tür hörte. Er fühlte, wie sein nackter Rücken am Kopfende des Bettes, direkt über dem Kissen, festzukleben schien. Er schnappte sich seinen Stock, stand auf und humpelte zum Fenster. Er spähte durch den Spalt zwischen den Vorhängen, kniff die Augen zusammen wegen des hellen Sonnenlichtes.

Ein staubiger weißer Ford mit rot-blauen Leuchten auf dem Dach stand neben dem Olds. Eine dicke, gebogene Antenne ragte von einem der hinteren Kotflügel auf. Ein blaugoldenes Wappen auf der Tür, mit etwas, das wie der Umriß eines Alligators aussah darauf, verkündete: DARK GLADES POLICE. Über dem Alligator stand in schwarzer Schrift CHIEF. Ein Mann mit einem *Smokey*-Hut saß hinter dem Steuer. Sein Gesicht war im Schatten, aber er sah ganz offensichtlich zu Carver.

Carver zuckte nicht zurück. Er beobachtete, wie der schlanke, gutgebaute Mann in seiner blauen Uniform aus dem Wagen kletterte und lässig die Tür zuwarf. Ein Revolver in seinem Holster, ein Schlagstock und Handschellen baumelten von seinem breiten schwarzen Gürtel, außerdem ein großes, schwarzes Walkie-talkie. Das ganze Zeug ließ ihn langsam federnd gehen, die Arme schwangen seitlich abgespreizt, damit sie nicht dauernd mit den Gerätschaften zusammenstießen. Er war jung und hatte ein freundliches, ebenmäßiges Gesicht. Sein Klopfen war sanft, aber bestimmt. Das Vorspiel des Gesetzes.

Carver hinkte zur Tür und öffnete.

Der Mann lächelte. Er wirkte eher wie ein Footballheld am College als wie der Polizeichef einer rückständigen Kleinstadt. Ein breitschultriger Fänger, der gut rennen konnte und nur schwer zu erledigen war.

»Ich bin Polizeichef Ellis Morgan«, sagte er.

Carver nickte. »Fred Carver.«

»Ich weiß.« Morgan schnitt eine Grimasse und blickte in Richtung der Morgensonne, die ihre Hitzestrahlen über die Baumwipfel sandte. »Kann ich reinkommen, Mr. Carver? Das ist kühler.«

»Natürlich, entschuldigen Sie.« Carver trat einen Schritt zur Seite. Morgan kam herein, warf einen Blick auf den Stock; weder Überraschung noch Mitleid waren auf seinem Gesicht zu erkennen. Er nahm seinen *Smokey*-Hut ab und befreite sein volles schwarzes Haar. Ohne Hut sah er noch jünger aus, keinesfalls älter als fünfundzwanzig.

»Sehr angenehm hier drin«, sagte er, während er seine Stirn mit einem blauen Hemdsärmel trockentupfte. Er sah sich mit freundlichen Augen um; zeigte keine besondere Reaktion, als er das Bett bemerkte, in dem ganz offensichtlich zwei Personen geschlafen hatte. Er sagte: »Ich wollte gern mit Ihnen über den Ärger reden, den es gestern abend bei Whiffy gegeben hat.«

»Ach, das ist doch schon erledigt, hoffe ich«, sagte Carver.

Morgan ließ seinen Atem zwischen beinahe geschlossenen Lippen durchpfeifen. «Nein, das glaube ich nicht. Die Brainards gehören nicht unbedingt zu den Typen, die so etwas einfach vergessen. Ich meine, Ihre Begleitung, noch dazu eine Schwarze, war gerade dabei, Junior zu erlegen, als Whiffy dazwischen kam. Old Farnham, der Typ an der Theke, hat gesagt, daß die Brainards ganz schön Schwein hatten, daß Whiffy rechtzeitig gekommen ist, sonst hätten sie noch mehr abgekriegt.« Er grinste. »Ist das wahr?«

»So ungefähr«, bestätigte Carver.

»Die Lady soll gesagt haben, daß ihr Mann ihr beigebracht hat, so zu kämpfen. Selbstverteidigung. Sie sind nicht zufällig dieser Mann?«

»Ich bin ein Freund.«

Die blauen Augen schossen zum Bett und wieder zurück. »Manchmal haben wir ein paar Touristen hier, Mr. Carver. Zum Fischen oder weil sie Luftkissenboot fahren wollen. Aber ich muß zugeben, Sie kommen mir nicht wie ein Fischer vor.«

»Wie wär's mit einem Luftkissenboot?«

»In dieser Gegend werden diese Boote vor allem benutzt, um Alligatoren zu wildern oder Drogen zu schmuggeln. Sie wollen doch wohl nicht, daß ich das von Ihnen annehme, oder?«

Carver sagte: »Was für ein Glück, daß ich gerade nicht meine Alligatorleder-Schuhe anhabe.«

Morgan lehnte sich an die Kante der Frisierkommode und überkreuzte die Arme, immer noch zeigte er sein freundlich-ländliches Grinsen. Vielleicht schlief er ja auch mit diesem Gesichtsausdruck. »Ich bin beeindruckt, das muß ich zugeben. Jemand mietet sich hier ein, geht mit seiner Freundin zum Abendessen bei *Whiffy's*, die beiden verbeulen die größten Schläger der Stadt, setzten sich wieder hin und essen in aller Ruhe zu Ende. Ich meine, normale Leute benehmen sich nicht so.«

Carver sagte: »B. J. und Junior hat das sicher auch überrascht.«

»Die beiden überrascht 'ne Menge im Leben.« Morgan drehte geistesabwesend seinen Hut an der steifen Krempe zwischen den Händen. »Mr. Carver, Sie sind ein harter Kerl, ziemlich kräftig, obwohl Sie am Stock gehen müssen.«

»Ist keine schlechte Waffe.«

»Scheint so. Und abgesehen von Ihrem Bein scheinen Sie recht gut in Form zu sein. Was ist damit passiert, ein Autounfall?«

»Etwas hat mich voll erwischt«, sagte Carver. Er sah, daß der Polizist gern mehr gewußt hätte, sich aber entschied, nicht zu fragen.

Statt dessen sagte Morgan: »Was machen Sie beruflich?«

Carver entschied sich, den Mann nicht zu unterschätzen, jung und Kleinstadt oder nicht. »Ich bin Privatdetektiv im Norden.«

»Norden?«

»Mitten in Florida.«

»Bei der Arbeit?«

»Nicht unbedingt. Ich begleite meine Freundin. Sie ist Studentin an der Florida State University, und sie ist von ein paar Leuten an ihrem Wohnort bedroht worden. Weil ich manchmal über Nacht bleibe. In ihrer Wohnanlage kommen die meisten Mieter aus dem Süden und halten nicht allzuviel von gemischtrassiger Liebe.«

»Liebe, ja?«

»Vielleicht. Jetzt werden Sie aber sehr persönlich.«

»Mir ist es ziemlich egal, wie Sie beide zueinander stehen. Geht mich ja auch nichts an. Ich bemühe mich nur, Ihnen und Ihrer Begleitung Ärger zu ersparen, Mr. Carver. Wissen Sie, verglichen mit Dark Glades könnten Ihre Nachbarn im Norden als NAACP-Mitglieder durchgehen.«

»Whiffy sagte schon etwas in dieser Richtung.«

»Er hat recht. Auf Whiffy zu hören, wäre eine gute Idee. Er hat lange außerhalb gespielt. Baseball gespielt mit den Atlanta Braves. Der Arme konnte die hohen harten Bälle nicht erwischen.«

»Das hat er uns auch erzählt«, bestätigte Carver. »Er ist Fänger.«

»Klar, sehen Sie sich seine Hände an.« Morgan nahm Haltung an, und sein Ausdruck veränderte sich. Er strahlte jetzt über das ganze Gesicht. »Guten Morgen, Ma'm.«

Beth stand in der Verbindungstür zu ihrem Zimmer, lächelte und grüßte zurück. Sie trug Jeans und ein Khakihemd mit übergroßen Taschen über ihren Brüsten. Ihr Haar glänzte naß vom Duschen, und sie war barfuß.

Carver sah sie an und sagte: »Das ist Polizeichef Ellis Morgan.«

Sie betrat den Raum. »Ich hab' das meiste mitgekriegt, während ich mich angezogen habe.« Sie setzte sich aufs Bett und schlug die Beine übereinander. Ihre Anwesenheit schien Morgan nervös zu machen. Er war jung und hatte sicher noch nicht viele Frauen mit Beths intensiver Ausstrahlung gesehen – gleich welcher Farbe.

Morgan zwang sich, ihr in die Augen zu sehen. Ein Mann mit Stil. Er sagte: »Sind Sie auch aus Del Moray wie Mr. Carver?«

Carver bemerkte, daß Morgan offensichtlich seine Autonummer hatte überprüfen lassen und daher seine Adresse kannte.

»Nein«, sagte Beth. »Ich lebe weiter südlich. Ich studiere.«

»Sie haben ein paar Probleme daheim, wenn ich das richtig verstanden habe.«

Beth sagte: »Das stimmt. Deshalb wollten wir mal eine Weile weg.«

Morgan sagte: »Ich würde Ihnen ja gern sagen, daß Sie hier richtig sind. Daß Sie bleiben sollten.« Er sah Carver an. »Statt dessen muß ich Ihnen dringend raten abzureisen.«

Beth fragte ungläubig: »Sie jagen uns aus der Stadt?«

Morgan lachte. »Nein, Gott bewahre. Das würde ich nicht einmal tun, wenn ich könnte. Ich bewundere, was Sie sich letzte Nacht geleistet haben. Der Punkt ist, daß B. J. und Junior mit Drogen handeln. Vielleicht weiß Carver, wie mies dieses Spiel sein kann. Vielleicht auch nicht. Ich sage Ihnen: Es kann ziemlich mies sein. Und diese Leute verdienen ihr Geld vor allem damit, als harte Typen zu gelten. Gestern abend haben Sie Juniors Bad-boy-Image demoliert, dafür muß er sich rächen. Er muß einfach. Selbst wenn er kein stupider Haudrauf wäre, müßte er das schon aus beruflichen Gründen tun. Wenn Sie beide also in Dark Glades bleiben, wird es früher oder später mit Sicherheit Ärger geben.«

Beth sagte: »Kriegen wir Personenschutz, wenn wir bleiben?«

»Klar. Aber ich kann Sie nicht rund um die Uhr beschützen. Es gibt nur mich und zwei Teilzeitkräfte. Wir haben zwei Wagen, von denen einer immer unterwegs ist. Mein Budget setzt meiner Hilfsbereitschaft enge Grenzen.«

»Reden Sie mit den Brainards«, schlug Beth vor. »Machen Sie Ihnen klar, daß sie sich besser mit was anderem beschäftigen sollen.«

»Man muß sich verhalten wie ein Gorilla, damit man die Jungs erreicht. Nicht unbedingt wie ein erwachsener Gorilla. Drogen verkaufen, Alligatoren jagen und Leute verkloppen – das ist ihr Leben. Sie haben ihnen ein Drittel davon genommen, weil Sie sie bei *Whiffy's* zum Narren gemacht haben. Dark Glades ist nicht besonders groß, solche Neuigkeiten verbreiten sich wie Schnupfen, bloß schneller.«

Carver fragte: »Wird hier viel mit Drogen gedealt?«

Morgan zuckte mit den Schultern. »Scheiße, Mann, die Leute hier bauen das Zeug an wie Löwenzahn. Und was sie nicht selber züchten können, kaufen und verkaufen sie. Bringt Geld. Es gibt kaum eine andere Möglichkeit, in einem Kaff wie diesem Geld zu verdienen. Ehrlich gesagt hatte ich angenommen, daß Sie hier wären, um irgendeinen Drogenhandel zu machen. Aber wenn das so wäre, hätten Sie sich nicht mit den Brainards angelegt; die wären entweder Ihre Handelspartner oder zumindest Geschäftsfreunde.« Er ging zur Tür, setzte seinen Hut auf und zog den Riemen unter dem Kinn fest. Lächelte Carver und Beth an. »Ich wollte Sie beide unbedingt treffen, nach dem, was gestern abend passiert ist. Wollte Ihnen sagen, wie's in Dark Glades zugeht. Wir sind leider keine allzu fortschrittliche Gemeinde. In dieser Gegend wird hin und wieder gern mal jemand gelyncht.«

Carver sagte: »Whiffy hat überlebt.«

»Tja, Whiffy, das ist 'ne Geschichte für sich.«

»Er ist schwarz.«

»Nicht unbedingt«, sagte Morgan. »Nicht im Sinne von Dark Glades. Whiffy ist rumgekommen. Hat Baseball gespielt und in der Stadt gelebt. Er ist 'ne Art Kosmopolit. Whiffy ist anders.«

Beth erhob sich, zornig und wunderschön zugleich. »Wir sind alle anders, Chief Morgan. Sehen Sie nie ›Geraldo‹?«

»Da haben Sie recht«, gab Morgan zu. Sein Lächeln sah jetzt aus, als könnte es jederzeit aus seinem Gesicht fallen und auf dem Boden zersplittern wie ein Glas. »Ich wollte Sie nicht verletzen, Ma'm.« Es klang ehrlich betrübt.

Beth antwortete nicht.

An der Tür drehte Morgan sich um und sagte: »Ich hoffe ernsthaft, Sie reisen bald ab. Ersparen Sie sich den Ärger.«

Carver sagte: »Wir werden darüber nachdenken. Auf alle Fälle vielen Dank für Ihre Mühe, Chief.«

»Und reden Sie mit der Lady.« Er hob grüßend zwei Finger wie ein Pfadfinder und tippte sich gegen seine Hutkrempe. »War mir ein Vergnügen.«

Er zog die Tür hinter sich zu, allerdings erst nachdem ein paar Fliegen hereingesummt waren.

Carver stand da, beide Hände auf dem Griff seines Stocks gefaltet. Er hörte, wie Morgan seinen Wagen anließ, der langsam über den Kies rollte, als er rückwärts aus der Parklücke stieß. Das Geräusch wurde tiefer und gleichmäßiger, als er in Richtung Ausfahrt beschleunigte.

Die Fliegen summten im Kreis und flogen gegen die Vorhänge. Sie klangen verzweifelt. Carver sah Beth an, die immer noch mit übereinandergeschlagenen Beinen auf dem Bett saß. Er sagte: »Wir sollten darüber reden.«

Beth sagte: »Klar. Reden ist billig.«

»Leben manchmal auch.«

»Ich kann nur von einer Seite zur Zeit Reißaus nehmen, Carver. Glaubst du, diese beschissenen Rednecks mit ihren kleinen Dope-Häufchen jagen mir Angst ein?«

Oh, *oh*. »Ich weiß nicht. Mir jagen sie Angst ein.«

Sie grinste und sagte: »Ja, aber nur bis zu einem gewissen Grad.«

Er betrachtete seine neue Geliebte, die vogelfreie Ehefrau eines Drogenbarons. Nicht Edwina, aber eine Frau, die in vielerlei Hinsicht immer noch eine Fremde war. Er spürte den kalten Widerhall der Einsamkeit.

Andererseits war Beth auf eine ganz bestimmte Art alles andere als eine Fremde. Hier und jetzt. Sie bewegten sich in einem Strudel neuer, unbekannter Leidenschaft aufeinander zu, die immerwiederkehrende, endlose Entdeckungsreise. Ein Whirlpool, dem keiner von ihnen widerstehen oder gar entkommen wollte.

26

Als die Eier mit Speck bei *Whiffy's* serviert wurden, war Beth nicht mehr so verstimmt. Bevor sie das Motel verlassen hatten, hatte sie noch telefoniert und sich vergewissert, daß es Adam gutging. Sie hatte ein langes, tränenreiches Gespräch mit Melanie geführt. Carver befürchtete, es gäbe ein zeitliches Limit, Mutter und Sohn voneinander zu trennen. Er wußte nur nicht, wie lang es war.

Die Kellnerin Marlene grinste sie beide schüchtern an, als sie das Frühstück servierte. Sie sah Beth bewundernd an und sagte, wenn sie mehr Kaffee wollten, müßten sie ihr nur ein Zeichen geben. Sie kehrte zum Grill hinter dem Tresen zurück.

Bei *Whiffy's* saßen ungefähr ein Dutzend Gäste, die meisten davon ungehobelt aussehende Männer. Nur drei Frauen, eine davon war sehr alt und beinahe kahl. Whiffy war heute morgen nicht zu sehen. Vielleicht tauchte er immer nur auf, wenn es Schwierigkeiten gab, wenn Marlene ihn wie einen Revolver hervorzauberte. Hin und wieder starrte einer der Männer zu Carver und Beth, ihre Züge verrieten kaum verborgene Feindseligkeit. Die Frauen hielten sich weniger zurück, ihre Gesichter spiegelten Verwunderung und Unbehagen. Carver spürte, wie Beth sich ihr ganzes Leben lang an solchen Orten gefühlt haben mußte. Er fragte sich, wie man lernen konnte, damit zu leben, ohne zu explodieren.

Der Geruch von Eiern mit Speck drang zu ihm und verstärkte seinen Appetit. Beth goß Milch in ihren Kaffee. Sie wirkte sehr ruhig, als habe sie das Telefongespräch bereits vergessen. Und offensichtlich hatte sie kein Problem mit dem Benehmen von den anderen Gästen. Na ja, sie rechnete eben einfach damit.

Er nahm seine Gabel und aß.

Die Eier waren fettig, aber sonst in Ordnung. Die Brötchen waren großartig. Starker Kaffee, genau wie Carver ihn mochte. Er konnte nachvollziehen, warum Whiffy keine ernsthafte Konkurrenz in Dark Glades hatte.

Als sie aufgegessen hatten und beide ihre zweite Tasse Kaffee tranken, sagte Carver: »Bist du sicher, daß du hier bleiben willst? Ich halte das für nicht besonders klug.«

»Ist es aber«, sagte Beth. »Das mußt du einsehen.«

»Du fliehst, um dein Leben zu retten«, erinnerte Carver sie.

Sie schlürfte ihren Kaffee und dachte darüber nach. An der

Decke tickte einer der Ventilatoren wie ein Metronom, während seine langen Blätter sich langsam im Kreis drehten. »Probleme wie dieses können wir überall bekommen.«

»Nicht in einer Großstadt. Wir könnten in Miami oder Tampa untertauchen.«

»Machst du Witze? In den Orten wickelt Roberto fast alle seine Geschäfte ab. Da hat er die meisten Kontakte. Du bist doch auf die Idee gekommen, daß wir uns in der Einöde verstecken, und das war eine gute Idee.«

»Das war, bevor wir wußten, wie es hier ist. Und bevor wir Junior und B.J. getroffen haben.«

Beth starrte ihn an, ihre dunklen Augen schienen ihn um etwas zu bitten. »Carver, du mußt das verstehen, ich kann einfach nicht vor Leuten wie Junior oder B.J. davonlaufen. Ich habe das zu einem Grundsatz für mein Leben gemacht, vor solchen Typen nicht Reißaus zu nehmen.«

»Und dich statt dessen mit ihnen einzulassen?«

Sie ließ sich zurückfallen und sah aus, als hätte er sie gerade in den Bauch getreten.

Er griff nach seiner Tasse, setzte sie wieder ab, ohne sie mehr als ein paar Zentimeter angehoben zu haben. »Verdammt, Beth, so hab' ich das nicht gemeint! Das weißt du.«

Sie sah ihn ausdruckslos an, alle Emotionen verborgen. Wie oft hatte sie diese Maske in Gomez' Gegenwart getragen? »Das Leben zwingt uns zu Kompromissen. Uns alle.«

»Stimmt. Wirklich, ich wollte nicht über dich urteilen.«

»Davon abgesehen war Roberto am Anfang ganz anders als jetzt.«

»Ich glaube dir, aber trotzdem halte ich, wenn's dir recht ist, nicht allzuviel von Roberto.«

»Das Geld, Carver. Weißt du, was es bedeutet, soviel Geld zu haben? Du hast keine Ahnung, *wieviel* Geld, endlos grün.

Roberto hat immer genug Geld. Er erwartet, alles zu kriegen, was er will. Es gibt nichts, was er sich nicht leisten kann. Nichts, was er nicht bezahlen könnte.«

»Dich«, schränkte Carver ein.

»Ja, stimmt. Ich bin die Ausnahme von der Regel. Deshalb versucht er ja auch, mich umzubringen.« Sie trank ihren Kaffee aus und stellte die Tasse laut auf die Untertasse. »Die Brainards sind nicht das Problem, glaub mir. Sie werden wieder in den Sumpf gehen, wo sie hingehören, und sich mit ihrem eigenen Kram beschäftigen. Ich kenne diese Typen. Sie haben keinen Mumm.«

»Chief Morgan kennt sie auch, und er glaubt, daß sie Mumm genug haben, um abzudrücken.«

Sie lachte sanft. »Gegen Roberto sind diese Jungs Schoßhündchen. Verglichen mit Robertos Feinden sind sie kleine Kätzchen.« Es klang, als wäre sie stolz auf Roberto. Carver mochte das nicht.

Er schmierte Butter auf das letzte Brötchen und aß es auf. Winkte Marlene herbei und bezahlte. Gab zwei Dollar Trinkgeld. Marlene benahm sich, als wären es zwanzig Dollar. Offensichtlich fand kein besonders großer Anteil des Drogengeldes von Dark Glades den Weg zu einer Kellnerin. Verbrechen war nicht demokratisch.

Chief Morgan betrat das Restaurant, als Carver und Beth gerade gingen. Er lächelte sein Gary-Cooper-Lächeln und nickte ihnen zu, während er zu einem Ecktisch schlenderte. Marlene hatte ihn bemerkt und kam bereits mit einer Tasse Kaffee auf ihn zu.

Sonne und Feuchtigkeit lieferten sich heute wieder einmal ein Duell. Carver vermutete, wenn er Falten in der Hose hätte, wären sie verschwunden, bis Beth und er beim Wagen angekommen waren.

Sie fuhren über den unebenen, kaum befahrenen Weg zum Motel zurück, als Carver plötzlich eine Bewegung im Rückspiegel bemerkte.

Ein Chevy Blazer mit Vierradantrieb und riesigen Reifen schien aus dem Sumpf auf die Fahrbahn zu kriechen. Folgte dem Olds. Der Chevy war rostig und verbeult, er war in braungrünen Tarnfarben gestrichen.

Carver starrte in den Rückspiegel. Plötzlich wurde der Chevy größer, als er hinter dem Olds herbrauste und fast bis an die Stoßstange heranfuhr. Jetzt war er sicher, wer den Blazer fuhr: B. J. Brainard saß am Steuer, neben ihm war die breite Silhouette von seinem kleinen Bruder Junior auszumachen.

Beth hatte sich umgedreht und sah hinaus. Sie wirkte etwas verängstigt, aber vor allem war sie wütend. »Diese Arschlöcher«, sagte sie, als würden die beiden ihr nur den Morgen verderben und wären keinesfalls extrem gefährlich.

Carver fuhr weiterhin zwanzig Meilen die Stunde und ließ den Blazer im aufgewirbelten Straßenstaub verschwinden. »Morgan hat uns gewarnt«, sagte er, »er hat nur keinen Zeitpunkt genannt.«

Der Blazer fiel etwas zurück, so daß B. J. durch die dichte Staubwolke hindurch wieder etwas erkennen konnte. Er hielt den Abstand; der Blazer wirkte wie eine überdimensionierte Karikatur eines Trucks. Die großen Reifen walzten über den Weg.

Beth starrte weiterhin aus dem Heckfenster, bis Carver bremste und auf den *Casa Grande*-Parkplatz einbog.

Der Blazer folgte ihnen und hielt startbereit auf der gegenüberliegenden Seite des Platzes. Er wartete im Leerlauf, als Carver und Beth aus dem Olds krabbelten und in Carvers Zimmer gingen. Das ungewöhnlich tiefe Brummen ließ auf gute Verarbeitung und 'ne Menge Power schließen.

Auf dem Parkplatz stand nur noch ein weiterer Wagen. Ein blaßblauer Plymouth, wie Autoverleiher sie gern benutzten, parkte am anderen Ende des Motels. Kein Mensch war zu sehen.

Das dumpfe Grollen des Blazer-Motors war sogar im Zimmer bei geschlossener Tür zu hören. Beth sah immer noch eher verärgert als verängstigt aus und fragte: »Was nun?«

»Hängt von denen ab«, sagte Carver. »Das ist genau der Grund, warum ich mich in Dark Glades nicht so besonders wohl fühle.«

Beth funkelte ihn mit dunklen Augen an. »Kommt jetzt die Ich-hab's-ja-gleich-gesagt-Nummer, Carver?«

Das Telefon klingelte, bevor er ja sagen konnte.

Carver nahm ab, und Watts sagte: »Ich hab' gerade aus dem Bürofenster gesehen, Mr. Carver. Der Truck der Brainards steht auf dem Parkplatz. Die beiden Jungs sitzen drin und beobachten Ihr Zimmer.«

»Danke, Watts, wir haben die beiden auch schon entdeckt.«

»Soll ich Chief Morgan anrufen?«

»Noch nicht«, sagte Carver. »Rufen Sie ihn an, wenn die beiden Ärger machen.«

»Geht klar.« Watts legte auf.

Carver humpelte zur Frisierkommode und zog den Colt Automatic unter seinen gefalteten Hemden hervor. Fischte ein volles Magazin aus einer Jockey-Unterhose und setzte es ein. Rüttelte daran. Ließ eine Patrone in die Kammer gleiten. Das leise, harte Klicken des präzisen Stahls war beruhigend.

Beth sah ihm über die Schulter. Sie stand so nah hinter ihm, daß er ihren Atem im Nacken spüren konnte und den Duft ihres Morgenkaffees wahrnahm. Sie sagte: »Ich hab' auch so eine. Soll ich die holen?«

»Eine Jockey-Unterhose?«

»Jetzt ist wohl kaum der richtige Moment für dumme Sprüche.«

Er sagte: »Wann denn sonst? Laß deine Kanone vorerst, wo sie ist.«

»Hast du vergessen, wer hier wen engagiert hat?«

Er antwortete nicht. Sie machte keine Anstalten, in ihr Zimmer zu gehen und die Waffe zu holen, von der er bislang nichts gewußt hatte. Sollten die Brainards von ihrem Truck runterklettern, würde er sie die Verstärkung holen lassen. Warum sollte man sich vorher nervös machen, nur wegen ein paar freundlicher Schußwechsel?

Als wolle man seinen Gedanken antworten, wurde der Motor des Trucks abgestellt. Die Beifahrertür schwang auf, und Junior sprang auf den Boden. Wegen der erhöhten Stoßdämpfer und übergroßen Reifen war das ein ganzes Stück, und sein dicker Bauch schwabbelte, als er unten ankam. Er griff in den Wagen und holte ein Gewehr heraus. Die andere Tür öffnete sich ebenfalls, und B. J. sprang runter. Er trug ein kurzes Gewehr in der Hand, ein großes Messer am Gürtel und eine Art runde, graue Filzkappe anstatt eines Hutes auf dem Kopf. Sah aus wie das böse *alter ego* von Sonny Crockett aus »Miami Vice«. Die Brainards waren schon ein tolles Paar.

Die Brüder warfen sich einen Blick zu. Junior grinste. Sie entfernten sich von dem Truck und kamen auf Carvers Zimmer zu. Der Abstand zwischen den beiden verringerte sich nicht.

Carver sah Beth an und sagte: »Weißt du, wie man mit ’ner Knarre umgeht?«

Sie sah etwas erschrocken aus, nickte aber.

»Hol sie. Aber schieß nicht, bevor ich es sage.«

Sie gab keine Antwort, ging aber schnell und geschmeidig

auf die Verbindungstür zu, öffnete sie und verschwand in ihrem Zimmer.

Carver schob die Vorhänge etwas weiter auseinander und blinzelte aus dem Fenster.

Die Brainards waren stehengeblieben, mitten auf dem sonnenheißen Parkplatz, ungefähr fünfzehn Meter von Carvers Zimmertür entfernt. Sie wußten, daß er sie beobachtete. Junior grinste und winkte ihm zu. Eine gemeine Vorfreude zeichnete sich auf seinem runden Gesicht ab.

Eine halbe Minute verging, und niemand rührte sich. Vielleicht hatten die Brainards die Absicht, ihn nur zu verängstigen und gar nichts zu tun. Katzen und Mäuse. Katzen, auf alle Fälle.

Carver dachte: Scheiß drauf. Er hielt den entsicherten Colt an der Seite, ging zur Tür und öffnete. Ging hinaus.

Keiner der Brainards wirkte überrascht.

Junior sagte: »Morgen, Arschloch.«

Carver antwortete nicht.

B. J. sagte: »Carver, wir können Sie jetzt ganz einfach erschießen. Sie haben keine Chance, uns beide zu erledigen, bevor es Sie erwischt.«

Carver sagte: »Junior wäre mein Ziel. Den kann man kaum verfehlen.«

Junior grinste nicht mehr. Empfindlich, wenn es um sein Äußeres ging. »Wissen Sie, Carver, das interessiert uns nicht. Und deshalb ha'm wir auch keine Angst.«

Carver sagte: »In Momenten wie diesem geht's mir ähnlich. Also stehen wir nicht rum und verschwenden unsere Zeit.«

Junior und B. J. sahen sich an. Junior sagte: »Er glaubt, er sei 'n ziemlich tolles Arschloch und nicht nur 'n Arschloch.«

B. J. sagte: »Tot ist tot. Wenn er auf dem Grabstein steh'n haben will, daß er toll war, meinetwegen.«

Junior stellte die Beine schulterbreit auseinander und beugte sich leicht vor. Bereit, das Gewehr hochzureißen. »Alles klar, B. J.?«

Carver vermutete, daß sie blufften, aber er mußte zugeben, daß es wirkte. Er verlagerte sein Gewicht auf sein gesundes Bein und den Stock. Spannte den Finger am Abzug an.

Hinter ihm sagte Beths Stimme: »Bei uns ist alles klar.«

Juniors winzige Schweineaugen schienen zu explodieren. Sein Körper wurde steif, und er starrte Carver direkt ins Gesicht. B. J. sah verwirrt aus, er ließ seinen Revolver locker herunterhängen.

Beth trat neben Carver. Sie hielt eine halbautomatische Uzi in der Hand, und offensichtlich wußte sie auch, wie man das Ding benutzte. Ihr Blick ließ keinen Zweifel daran, daß sie das auch tun würde.

Junior und B. J. taumelten ein paar Schritte zurück. Sie wußten, daß Beth sie in einer einzigen Sekunde zehnmal töten könnte.

Carver lächelte.

B. J. starrte ihn an und sagte: »Was ist sie, eine feministische afrikanische Söldnerin?«

Junior sah wütend aus und mußte das auch zeigen: »Bist du das, Niggerfrau?«

»Keine Söldnerin«, sagte Beth. »Eine psychotische Mörderin.« Sie hob die Uzi ein paar Zentimeter.

Die Brainard-Brüder rissen den Mund auf. Sie konnten nicht wissen, wie ernst es ihr war. Sie konnten nicht ahnen, ob sie auf den Abzug drücken würde, selbst wenn es ihr *nicht* ernst war. Wie B. J. so schön gesagt hatte: Tot ist tot.

Keiner der beiden drehte sich um. Sie sahen Carver und Beth an und tasteten sich langsam rückwärts auf den Blazer zu. Alle paar Schritte sah Junior sich um, um sicherzugehen, daß sie sich direkt auf den Truck zu bewegten; die Gerade als kürzeste Verbindung zwischen zwei Punkten. Sofort danach fixierten seine glitzenden Knopfaugen Beth erneut.

Als sie den Blazer erreichten, riß Junior die Tür auf und krabbelte schnell hinein, eilig darauf bedacht, Metall zwischen sich und das Maschinengewehr zu bekommen. Ohne seinen wütenden Blick zu verlieren, stemmte sich B. J. langsam, ruhig und kontrolliert hinter das Lenkrad.

Der Blazer wurde angelassen, der Motor jaulte. Der Truck machte einen Satz nach vorn, als B. J. den Gang einlegte.

B. J. und Junior starrten immer noch Beth an, als der Blazer auf seinen breiten, genoppten Reifen in Richtung Straße rollte. Als die Kühlerhaube auf die Stadt zeigte, steckte Junior seinen Kopf aus dem Fenster und schrie: »Wir kommen wieder, Niggerfotze!«

Der Motor des Blazer heulte auf, und die quietschenden Reifen schleuderten Kies, als der Wagen aus dem Tor und damit aus der Schußlinie raste.

Beth senkte die Uzi und grunzte: »Dumme Sumpfochsen!«

Carver sagte: »Beruhige dich.« Er versuchte, sich selbst zu beruhigen. Sein Magen war ein harter Klumpen, der Geschmack von Metall lag ihm auf der Zunge. Der Tod war nicht so weit entfernt gewesen.

»Er sollte lernen, andere Leute nicht Nigger zu nennen«, sagte Beth.

Carver sah auf die Uzi hinunter. »Du hast alles, was man braucht, um es ihm beizubringen.«

Sie ließ ihren Atem laut herauspfeifen, eine von ihren typischen Gesten, dabei blies sie die Wangen auf. »Bei Roberto stehen die Dinger rum wie Aschenbecher. Ich dachte, ich könnte ruhig eine davon mitnehmen, wenn ich gehe.«

Carver fragte: »Ist sie geladen?«

»Da kannst du Gift drauf nehmen. Und ich war sehr kurz davor, das unter Beweis zu stellen.«

Na wunderbar, dachte Carver. »Und du bist wirklich keine afrikanische Söldnerin?«

Sie lächelte.

Er sagte: »Laß uns reingehen. Hier ist es zu heiß. Und ich muß telefonieren.«

Desoto saß an seinem Schreibtisch. Als der Lieutenant in Orlando sein Telefon abnahm, konnte Carver lateinamerikanische Musik im Hintergrund hören. Eine Merengue mit vielen Gitarren. Als Carver sich meldete, wurde die Musik leiser.

»Wie geht's dir, *amigo*?«

Carver sagte, es ginge ihm ganz gut.

»Und der Frau von Gomez?«

»Auch gut.«

»Hmmm.«

»Irgend etwas, das ich wissen sollte?« fragte Carver.

Desoto sagte: »Ich hab' gehört, daß unser lieber Freund McGregor ganz wild darauf ist, sich mit dir zu treffen.«

»Kann ich mir vorstellen.«

»Außerdem hat er irgendeine semi-geheime Sache in Del Moray laufen. Er vermutet, daß da irgendwo demnächst ein großer Drogendeal stattfindet.«

»*Semi*-geheim?«

»Ja, dieser DEA-Typ, Dan Strait, hat's spitz gekriegt und sich eingeklinkt. Wenn du mich fragst, dann wissen zu viele Leute, was da läuft, als daß es klappen könnte. Irgend jemand wird den Dealern 'n Tip geben. Die haben gute Kontakte zur Polizei in Florida. Und zur DEA.«

»Nette Vorstellung.«

»Für die schon.«

Carver sagte: »Beth und ich haben 'n bißchen Ärger hier mit zwei Kerlen, die angeblich mit Dope handeln. B. J. und Junior Brainard. Hast du mal was von denen gehört?«

»Du vergißt, daß ich keine Ahnung habe, wo du steckst, *amigo*.«

»Stimmt. Ein Kaff namens Dark Glades, mitten in den Everglades-Sümpfen. Aber wenn dich jemand fragt, hast du noch nie davon gehört, klar? Wenn du hier wärst, erschiene dir das auch gar nicht so unwahrscheinlich.«

»Okay. Aber selbst wenn ich noch nie von Park Glades gehört –«

»*Dark* Glades.«

»Ist ja gut. Ich kann die Bullen von da anrufen und fragen, was das für Typen sind, mit denen du dich rumplagst.«

»Die Bullen sind ein Jüngling mit Namen Morgan und zwei Teilzeitkräfte. Ist 'ne echt kleine Stadt.«

»Vielleicht gibt's bei der DEA was über die Gebrüder Brainard. Aber wenn ich das überprüfen lasse, wissen die, daß irgend etwas in Dark Glades los ist. Und die denken ab und zu immer noch an dich und Mrs. Gomez, mein Freund.«

»Was ist mit *Mister* Gomez?«

»Soweit ich weiß, ist er verschwunden. Aber das ist nichts Besonderes; er ist schon oft genug abgehauen. Andererseits: Könnte es sein, daß er ganz entfernt mit dieser Drogengeschichte von Del Moray zu tun hat?«

»Könnte.«

»Und daß McGregor in Wahrheit seine Zeit gar nicht so sinnlos verschwendet, wie ich dachte?«

»Nicht unbedingt. Wenn er nichts falsch macht.«

»Dieser flinke Schweinehund hat eine Art, alles falsch zu machen und am Ende trotzdem groß rauszukommen.«

»Bislang stimmt das. Vielleicht kriegt er Gomez dran. Und wenn nicht, schafft Strait es vielleicht.«

Sie schwiegen einen Moment. »Du hast McGregor von diesem Deal erzählt, oder? Damit er Gomez erwischt, bevor der sich an deine Klientin ranmachen kann.«

»Ich zahl' Steuern«, antwortete Carver, »da kann McGregor ruhig mal für mich arbeiten.«

»Wenn er Gomez erwischt, könnte er demnächst als Bürgermeister für dich arbeiten.«

»Ein Risiko, aber McGregor als Bürgermeisterkandidat ist mir lieber als Gomez, der Killerwal.«

»Stimmt. Aber nur knapp.«

»Macht Gomez auch Geschäfte in diesem verdammten Sumpfland?«

»Der hat überall in Florida seine Finger drin. Diese Drogen-Heinis sind ja alle ganz dick miteinander, bis es ums Geld geht und plötzlich die Kugeln schwirren. Also, soll ich die DEA über die Brainards befragen?«

Carver dachte darüber nach, sagte dann: »Nein, ein Monster reicht mir.«

»Dasselbe Monster, *amigo*, nur ein anderer Kopf.«

»Griechische Mythologie?«

»Amerikanische Wirklichkeit.«

Carver gab Desoto die Nummer vom *Casa Grande* Motel, fügte aber hinzu, daß sie eventuell nicht mehr lange in Dark Glades bleiben würden.

Beth starrte ihn fragend an, als er das sagte.

Als Carver auflegte, hörten sie beide wieder das Geräusch von Reifen auf Kies. Waren die Brainard-Brüder zurück?

Carver humpelte zum Fenster und sah hinaus.

Chief Morgan kletterte aus seinem weißen, staubigen Polizeiauto. Zog seine Hosen hoch.

Carver war nicht sonderlich überrascht. Watts mußte die Kanonen gesehen haben.

27

Als Chief Morgan anklopfte, hinkte Carver zur Tür und öffnete. Die Sonne spiegelte sich auf der Windschutzscheibe des Polizeiwagens. Die warme Außenluft umfing Carver. Der stechende Geruch der Sümpfe warf ihn beinahe um, und einen Moment lang glaubte ein zurückgebliebenes Teilchen seines Hirns, daß die endlose Geschichte vom Überleben jetzt und hier in der grünen Arena der Everglades-Sümpfe weitergeführt würde.

Der Chief nahm höflich seinen *Smokey*-Hut ab, als er an Carver vorbeiging und den Raum betrat; sein Auftreten wirkte streng gesetzlich. Er nickte Beth zu und preßte seinen Hut flach vor seine Genitalien, als habe er Angst, sie könnte ihn dorthin treten. Jetzt trug er hohe schwarze Lederstiefel, sie knackten und quietschten leise, wie die Füße eines Schaukelstuhls.

Er lächelte Carver an: »Schon wieder Ärger mit den Brainards, was?«

»Sie haben vorbeigeschaut«, gab Carver zu, »und ein paar Verwünschungen ausgestoßen.«

»Sie hatten Waffen dabei, wenn ich richtig informiert bin.«

»Stimmt.«

Morgan legte den Kopf zur Seite und sah Beth an. Seine unschuldig blauen Augen blitzten amüsiert. »Sind die Brainards verschwunden, weil sie sich technisch unterlegen fühlten?«

Beth sagte: »Das müssen Sie sie schon selbst fragen.«

»Würde nichts bringen«, sagte der Chief. »Aber es scheint auch nicht viel zu bringen, Sie beide zu befragen. Ich werd' mit den Jungs reden, klar. Sie werden wahrscheinlich behaupten, daß sie niemals hier waren und daß Sie mich anlügen. Wir werden es nicht beweisen können. Es ist sinnlos, einen Zeugen gegen die Brainards zu suchen, solange es nicht absolut sicher ist, daß die in den Bau gehen. Und die Brainards wissen das. Die können sich darauf verlassen.« Er sah Carver fragend an. »Unter diesen neuen Umständen dachte ich, ich komm' noch mal bei Ihnen vorbei und versuche Sie davon zu überzeugen, daß Sie Dark Glades verlassen sollten. Wissen Sie, ich hab' keine Lust, Ihre Überreste von irgendeiner Wand zu kratzen, und im Moment habe ich den Eindruck, daß sich die Dinge genau in diese Richtung bewegen.«

Carver sagte: »Wir werden uns alle Mühe geben, diese Entwicklung aufzuhalten.«

»Sicher«, sagte Morgan. »Trotzdem denke ich, daß ich etwas mehr über Sie und die Lady herausfinden sollte, Mr. Carver. Ich finde es fair, Ihnen das zu sagen. Ich werde also in mein Büro zurückgehen und ein bißchen telefonieren und faxen. Mir ein paar Informationen über Sie beide besorgen. Ich sage das nicht gern, aber ich kann mich des Eindrucks nicht erwehren, daß Sie mir nicht die ganze Wahrheit gesagt haben. Und wenn mir nicht gefällt, was ich herausfinde, dann muß ich leider darauf bestehen, daß Sie diese Stadt verlassen.«

Beth richtete sich kerzengerade auf. »Und wenn wir nicht gehen?«

»Regen Sie sich ab«, sagte Morgan. »Ich versuche, mich nicht zu benehmen wie Marshall Dillon in der Fernseh-Serie, weil ich weiß, daß wir es hier mit dem wirklichen Leben zu tun haben. Aber wenn Sie tatsächlich ablehnen sollten, müßte ich mich vermutlich genauer mit der Aussage beschäftigen, daß vor Ihrem Apartment vor kurzer Zeit jemand mit einem Maschinengewehr herumgewedelt hat.«

Beth sagte: »Ich bin sicher, daß es 'ne Menge solcher Waffen in dieser Gegend gibt.«

Der Chief antwortete ruhig: »Genau das ist der Punkt. Ich will nicht, daß das noch weiter einreißt.«

Carver sagte: »Das klingt, als wollten Sie uns unter Druck setzen, Chief.«

»Ich glaube schon, aber nur weil ich die Brainards besser kenne, als Sie das tun. Sie könnten mit 'ner Stinger-Rakete rumlaufen, und es würde Ihnen nichts nützen, weil die beiden entweder auch so 'n Ding auftreiben würden oder – was wahrscheinlicher ist – Ihnen einfach aus irgendeinem Gebüsch von hinten 'ne Kugel ins Kreuz jagen. Wie bei der Kaninchenjagd.«

Beth sagte: »Wir sind keine Kaninchen.«

»Das denke ich auch.« Morgan drehte seinen Hut zwischen den Fingern. »Ich möchte nur, daß Sie es sich noch einmal überlegen, ob Sie wirklich hierbleiben und den ganzen Ärger eskalieren lassen wollen. Das finde ich einen angemessenen Vorschlag.«

»Das stimmt«, sagte Carver, ohne dabei den wütenden Blick zu beachten, den Beth ihm zuwarf.

»Und sprechen Sie mit der Dame«, sagte Morgan. »Manche Frauen haben zuviel Feuer im Blut, und ich befürchte, sie ist eine von ihnen.«

»Machen Sie sich keine Sorgen«, sagte Carver, »wir werden darüber reden.«

Morgan schüttelte den Kopf. »Es ist nicht einfach, sich nach den letzten beiden Tagen keine Sorgen zu machen.« Eine riesige Mücke, die mit ihm zusammen ins Zimmer gekommen war, ließ sich auf der Hand nieder, die den Hut hielt. Morgan schlug mit der anderen Hand nach ihr, verfehlte sie aber. »Nun gut, ich habe mein Bestes gegeben. Die Nummer von der Polizeistation steht vorn im Telefonbuch, nur für den Fall, daß die Brainards noch mal wiederkommen.« Er ließ den Hut zur Seite sinken und ging zur Tür. »Ich möchte keineswegs unhöflich erscheinen, aber ich hoffe, daß ich nichts mehr von Ihnen höre. Und am besten auch nichts mehr sehe.«

Beth lächelte und sagte: »Das war nicht unhöflich, Chief.«

Morgan lächelte sie zufrieden an. Nickte Carver zu und öffnete die Zimmertür. Setzte sich den Hut auf den Kopf und ging. Seine Arme schwangen leicht abgespreizt vor und zurück.

Sobald die Tür zu war, sagte Carver: »Wir fahren.«

Beth schüttelte den Kopf. »Ich wüßte nicht, warum.«

»Jedenfalls nicht wegen der Brainards«, sagte er, »sondern wegen Chief Morgan. Er wird seine Ankündigung wahr machen. Sich in sein Büro setzen und ein paar Informationen einholen. Vielleicht sogar die Polizei von Del Moray anrufen.«

»Na und? Wir –«

Sie hielt inne, plötzlich war ihr klargeworden, worauf Carver hinauswollte.

»Wenn die Bullen oder die DEA herausfinden, wo wir stecken, wird Roberto es auch bald wissen. Die Kommunikation zwischen den armen Gesetzeshütern und den reichen Drogenhändlern ist extrem unbürokratisch. Du hast selbst gesagt, wie viele korrupte Beamte es gibt.«

Beth sagte: »Ja, Roberto kann leicht herausfinden, wer Informationen über uns eingeholt hat. Er hat Informanten, über die du staunen würdest.«

»Er kann mich nicht mehr verblüffen«, sagte Carver. »Ich kenne seine Frau.«

»*Ex*-Frau«, korrigierte Beth. »So sehe ich mich, auch wenn es noch nicht ganz der Wirklichkeit entspricht.«

Carver stützte sich auf seinen Stock und berührte ihre Schulter. Eine aufregende Energie schien durch seinen Körper zu fluten. »So sehe ich dich auch.«

»Wie lange könnte Roberto brauchen, um herzukommen, sobald er weiß, daß der Polizeichef von Dark Glades Informationen über uns angefordert hat?«

»Morgen um diese Zeit könnte er da sein«, sagte Carver. »Um ganz sicher zu sein, sollten wir noch heute nachmittag verschwinden.«

»Gut. Packen wir«, sagte Beth. »Hauen wir so schnell wie möglich ab.« Sie war jetzt vollständig überzeugt; Roberto Gomez war für sie eine weitaus ernsthaftere Bedrohung als die dumpfe Brutalität der Brainards.

Carver hatte das Gefühl, sich so schnell wie möglich aus dem Staub zu machen, war eine gute Idee. Er schnappte sich seinen Koffer und warf ihn aufs Bett. Beth ging in ihr Zimmer. Während er den Inhalt der Schubladen der Frisierkommode in den Koffer schaufelte, konnte er sie auf der anderen Seite der dünnen Wand umherlaufen hören. Chief Morgans Riesenmücke attackierte ihn. Er schlug nach ihr, sie fiel auf den Boden. Carver zertrat sie. Ganz einfach. Vielleicht kam jetzt alles in Ordnung. Die Sterne kämen wieder zur Ruhe, das Glück wäre ihm hold, und seine Überlebenschancen stiegen. Vielleicht.

In nur einer halben Stunde hatten sie ihre Klamotten gepackt. Carver sagte Beth, sie solle drinnen warten, während er die Schlüssel abgab und Watts sagte, daß sie abreisten. Er ließ sie mit den zwei Koffern in der Nähe der Tür stehen.

Aber anstatt zur Motelrezeption zu gehen, stand er einen Moment in der Hitze und humpelte dann zurück in sein Zimmer. Jetzt erinnerte er sich wieder an das große Messer an B. J. Brainards Gürtel.

Beth fragte verunsichert, ob irgend etwas nicht in Ordnung wäre. Er bedeutete ihr, aus dem Fenster einen Blick auf den Wagen zu werfen, während er nach einem Abschleppwagen aus Dark Glades telefonierte.

Alle vier Reifen des Olds waren platt. Sie waren Dutzende von Malen durchstochen worden; jemand hatte ein Messer mit einer breiten scharfen Klinge mit dem Enthusiasmus von Jack the Ripper benutzt.

Carver und Beth würden Dark Glades erst heute abend oder morgen, oder wann immer neue Reifen für den Olds zu kriegen waren, verlassen können.

Beth wandte sich vom Fenster ab. »Die Brainless*-Brüder«, sagte sie wütend.

Carver sagte: »Sie sind nicht gerade einfallsreich, aber ich bewundere beinahe ihre Ausdauer.«

»Dann bewundere sie allein!« Beth rauschte zornig in ihr Zimmer.

Feuer im Blut.

* Brainless = hirnlos

28

Nach einer Stunde erschien ein staubiger roter Truck mit der Aufschrift MURRAY'S GARAGE auf dem *Casa Grande*-Parkplatz. Die dicke Kette schepperte gegen den Abschleppkran. Der Wagen sah ziemlich alt aus, der rechte vordere Kotflügel fehlte.

Carver und Beth beobachteten von ihrem Fenster aus, wie der Abschleppwagen sich vor den Olds stellte. Der Truck setzte vor und zurück; die Reifen schleuderten Kies. Der Motorlärm scheuchte einen Vogelschwarm im Sumpf auf.

Die Wagentür schwang auf, und ein kleiner Mann in einem fettigen grauen Overall sprang heraus. Er schwankte einen Moment lang, sein Atem ging schnell, und die Hände ruderten in der Luft; wie ein verrückter Astronaut, der gerade aus seinem Raumschiff in ein fremdes Gravitationsfeld entlassen worden war. Dann untersuchte er den Zigarrenstumpen, den er im Mund hielt, um sicherzustellen, daß er bei seinem Absprung nicht hineingebissen hatte.

Carver humpelte nach draußen und sagte hallo. Bemerkte, daß der Mann um die Fünfzig war und ein rundes, rotes Gesicht hatte, das so sehr voller Öl und Schmiere war, daß er wie ein Indianer mit Kriegsbemalung wirkte. Ein winziger Crazy Horse, verloren in Zeit und Raum.

Der Mann roch wie ein Ölfaß. Mücken umschwirrten ihn, aber er schien das nicht wahrzunehmen. Ein Namensschild war schief auf seinen Overall genäht worden, es verkündete, er sei Jack Murray.

Er sagte: »Ha'm Sie angerufen? Ein Mr. Carver?«

Carver sagte, das sei er.

»Jack Murray«, sagte der kleine, stocksteife Mann. Er stemmte seine fettigen Fäuste in die Hüften und beäugte die platten Reifen auf der Fahrerseite des Olds. Ging um den Wagen herum und besah sich die andere Seite. Als er wieder zu Carver zurückkehrte, sagte er: »Oh, oh, das sieht ganz so aus, als wenn irgendwer Sie gar nicht abkann.«

Carver sagte: »Und ich weiß auch, wer.«

»Auf alle Fälle ist das saubere Arbeit. Die Reifen sind hin. Eine Schande. Ist noch viel Profil drauf.«

»Können Sie den Wagen abschleppen und so schnell wie möglich neue Reifen draufziehen?«

»Klar, aber so früh wie möglich ist frühestens heute nachmittag.«

»Das ist in Ordnung.« Mußte es sein.

Beth kam aus dem Apartment und stellte sich neben Carver. Murray sah sie an und wandte sich dann wieder Carver zu. »Hey, Sie sind die beiden, von denen ich gehört hab', daß sie diese Nummer mit den Brainards bei *Whiffy's* abgezogen ha'm.«

Beth sagte nicht ohne Stolz: »Ja, sind wir.«

»Na, dann isses auch kein Wunder, was mit Ihren Reifen passiert ist. Wenn man die Brainards anpißt, pissen sie immer zurück.«

Beth sagte: »Machen Sie neue Reifen drauf, und wir verschwinden. Dann können die Brainards sich selber anpissen.«

Murray grinste sie bewundernd an. Ein paar fehlende Vorderzähne verliehen ihm einen zynischen Ausdruck. »Das würde ich Ihnen auch raten. Ich würd' Ihnen sogar den nächsten Greyhound-Bus empfehlen, wenn er hier durchkäme. Sie könnten mir dieses Wrack verkaufen und sich glücklich schätzen, hier rauszukommen.« Er schüttelte den Kopf. »Auch noch Michelins. Eine Schande.«

Beth steckte ihre Fingerspitzen in die hinteren Hosentaschen ihrer Jeans und lächelte Murray an. Ihre Ellenbogen zeigten nach hinten, ihre schweren Brüste standen beachtlich vor. Carver fragte sich, ob sie den armen Murray absichtlich so bearbeitete. »Werden die Gebrüder Brainless etwas dagegen haben, daß Sie unseren Wagen reparieren, damit wir endlich abreisen können?«

»Heh! Heh! Die Gebrüder Brainless, was?« Murray hatte Beth in sein Herz geschlossen. »Sie werden rumpöbeln, aber wen interessiert das schon? Diese beiden Sumpfköpfe arbeiten nie und machen sich über alle anderen lustig. Wenn die was dagegen haben, wie ich mein Geld verdiene, sollen sie sich an die Eier fassen.« Er blies seine Brust auf, wie eine stolze Taube, und trottete zu seinem Abschleppwagen. »Die Frage ist nur, ob ich vier Reifen in dieser Größe habe.«

Carver sagte: »Alles, was auf diese Felgen paßt, tut's.«

Murray ließ die Elektrowinde an und rollte die Kette ab. Ließ sich auf alle viere sinken und befestigte die Kette am Chassis des Olds. »Moment mal!« sagte er plötzlich und krabbelte unter dem Wagen hervor.

Carver humpelte zu ihm hinüber. »Was ist?«

Murray knickte in der Hüfte ein, als wollte er seine Zehen berühren. Er war überraschend beweglich. Er kratzte etwas Weißes vom Kies, rieb es zwischen Daumen und Zeigefinger. Stöhnte. Berührte mit den Zeigefinger die Zungenspitze, wie ein Koch bei der Arbeit, und sagte: »Verdammter Mist!«

Carver sah zu, wie Murray den Tankdeckel des Olds aufschraubte und in den Tank starrte. Er winkte Carver mit einer kurzen Handbewegung herbei.

Murray sagte: »Sehen Sie sich das an.«

Carver entdeckte lauter kleine weiße Kristalle am Einfüllstutzen. Er wußte sofort, was das war.

Murray schraubte den Tank wieder zu. Die beiden Männer lauschten dem leisen Knirschen. Murray sagte: »Da hat Ihnen irgend'n Arsch Zucker in den Tank geschüttet. Zucker löst sich in Benzin nicht auf; Sie lassen den Wagen an, und er fließt mit bis in den Motor. Da verklebt und zerreibt er dann die Metallteile. Entschuldigen Sie, wenn ich das so deutlich sag', aber jetzt ist das hier wirklich nur noch 'n Haufen altes Blech. Ich mein', diese steinalten Olds ha'm Motoren mit der Kraft vom Arnold Schwarzenegger, aber wie Sie sehen können, ist das Chassis auch schon fast durchgerostet.«

»Also, wie kriegen wir ihn wieder flott?« fragte Carver.

»Abgesehen von den Reifen muß ich den Tank ausbauen und feinsäuberlich ausspülen. Die Benzinleitung auch, nur um sicherzugehen, daß der ganze Zucker rauskommt. Dann muß alles trocknen, und ich bau's wieder zusammen. Dann tanken wir, drehen den Schlüssel – und hoffen, das alles okay ist und der Motor sich so fühlt, wie Gott und Detroit es vorgesehen haben.«

»Wie lange wird das dauern?« erkündigte sich Carver.

»Bestimmt bis morgen früh. Und ich weiß nicht, ob ich Reifen hab'. Muß ich vielleicht bestellen.«

Carver starrte auf den Sumpf, der nah und grün und bedrohlich wirkte. Irgend etwas in diesem Matsch machte ein heiseres Geräusch. Ein Alligator? »In Ordnung«, sagte er zu Murray, »so schnell es eben geht.«

Er gab Murray die Nummer seiner Visa-Karte und beobachtete, wie das Heck des Olds angehoben wurde. Murray sah nach, ob das Steuer arretiert war.

Als der Abschleppwagen und seine sich hin und her windende Fracht im Straßenstaub verschwunden waren, sagte Beth: »Der Kerl ist ein fettiger Mr. Schraubenschlüssel.«

»Das hoffe ich.« Carver hatte das Gefühl, daß Murray sich mit Autos auskannte. Jedes von ihnen genauso liebte wie manche Männer eben alle Frauen liebten.

Der Staub sank auf die Straße, Carver und Beth gingen zurück in Carvers Zimmer.

Sie schlossen die Türen ab und legten sich nebeneinander aufs Bett. Sie wußten, daß sie in Dark Glades festsaßen. Aber immerhin waren sie der Hitze entkommen. Sie hatten keinen Sex, redeten kaum miteinander, lagen nur nebeneinander, lauschten dem beruhigenden Brummen der Klimaanlage und dachten nach.

Schließlich, ein paar Minuten nach eins, wurde Carver unruhig. Er stand auf und hinkte umher. Redete so lange auf Beth ein, bis sie zugab, daß sie hungrig war.

Sie liehen sich Watts Ford Pickup und fuhren in die Stadt, um etwas zu essen und nachzusehen, wie Murray mit dem Olds vorankam.

29

Nachdem Murray an seinen öligen Fingern eine lange Liste dringend notwendiger Ersatzteile heruntergebetet hatte, gingen Carver und Beth zu *Whiffy's*. Murray hatte nur zwei Reifen, die auf den Olds paßten, und hoffte, daß der Wagen morgen vormittag fertig wäre. Irgendeine spezielle Dichtung und die beiden fehlenden Reifen würden morgen früh mit dem Truck aus Haines City kommen.

Die Kellnerin Marlene füllte ihre Kaffeetassen laufend nach. Carver war das nur recht; er hielt es für eine ganz gute Idee, in dieser Nacht wach zu bleiben, vielleicht konnten sie sich stundenweise abwechseln. Beth und er ließen sich von Whiffy mit ein paar Geschichten von Bällen, die man mit der

Mütze hätte fangen können, unterhalten. Wenn man Whiffy Glauben schenkte, dann hatte bloß ein winziger blinder Fleck die Schuld daran, daß aus ihm kein zweiter Henry »der Hammer« Aaron geworden war – mit einem weitaus aufregenderen Körper, natürlich.

Es war schon beinahe Nacht, als Carver Watts alten Pickup auf den Weg zum Motel brachte. Beim Einparken bemerkte er drei weitere Wagen vor verschiedenen Zimmern. Ein großer Lincoln mit einem kanadischen Kennzeichen, ein roter Toyota, auf dessen Rücksitz sich die Klamotten stapelten, und der blaue Plymouth mit dem Aufkleber einer Mietwagenfirma auf der Stoßstange. Jeweils zwei Zimmer rechts und links von Carver und Beth waren frei. Watts wollte die Opfer gegebenenfalls auf das notwendige Minimum reduzieren.

Carver parkte in der Nähe der Rezeption, blieb sitzen und hörte, wie der Dieselmotor knisternd abkühlte. Der Sumpf ruinierte Menschen und Maschinen.

Beth öffnete die Beifahrertür und sprang auf den Boden. Carver sah ihr neidisch nach und krabbelte mit Hilfe seines Krückstocks vorsichtig aus dem Führerhäuschen des Trucks.

Er schloß den Wagen ab, hinkte in den Empfangsraum und entdeckte Watts hinter dem Tresen. Er sah sich eine »Mayberry RFD«-Wiederholung an. Watts warf Carver einen Blick zu. »Dieser Barney ist eine Nervensäge, was?«

Carver stimmte ihm zu und legte die Wagenschlüssel auf den Tresen. »Danke, Watts.«

»Ihr Wagen ist noch nicht fertig, nehm' ich an.« Watts wandte seinen Blick wieder dem Fernseher zu. Barney hatte ein gebrauchtes Motorrad gekauft und führte es dem skeptischen Sheriff Andy vor.

»Morgen früh ist er fertig«, sagte Carver. »Ist hier inzwischen irgendwas Besonderes passiert?«

»Nein. Keine Anrufe, keine Schüsse.«

Beth war es langweilig geworden, in der Tür zu stehen. Sie kam ins Büro und stellte sich neben Carver, betrachtete den Fernseher. »Ich fand Barney schon immer bescheuert.«

Watts sah sie an, als hätte sie gerade eine Reliquie angespuckt. »Aber, aber, er ist doch nur 'n harmloser Deputy.«

»Ach ja? Lassen Sie sich von so jemandem mal schikanieren, dann werden wir ja sehen, wie harmlos Sie ihn finden.«

Watts starrte sie an und kaute an der Innenseite seiner Wange. Dann nickte er, als habe sie ihn überzeugt.

Carver sah zu, wie Barney auf dem Motorrad davonraste; der verblüffte Sheriff saß in einem Beiwagen, der sich gelöst hatte. Watts juchzte. Das Studiopublikum brüllte vor Lachen. Carver grinste. Beth schüttelte traurig den Kopf.

Carver sagte: »Wir sind die Nacht über auf unseren Zimmern.« Er humpelte zur Tür.

Watts winkte mit einer Hand, er hatte verstanden. Fasziniert lauschte er Floyd, dem Friseur von Mayberry.

Während sie über den Kiesparkplatz zu ihren Zimmern gingen, fragte Beth: »Und jetzt? Kuscheln?«

Carver fuhr ihr mit den Knöcheln seiner freien Hand sachte über die Wange. »Klingt nicht schlecht.«

Sie schob seine Hand beiseite. »Im Ernst, Carver.«

Er hatte es ernst gemeint. »Wir schließen uns ein, legen die Uzi und den Colt neben das Bett und morgen früh leihen wir uns noch mal Watts Truck, um den Olds abzuholen. Murray sagte, er könnte den Truck zurückbringen.«

»Klingt ganz einfach.«

»Es könnte funktionieren; die Brainard-Brüder *sind* einfach.«

Sie lachte. »Das ist die Atombombe auch, wenn man sie richtig erklärt kriegt. Trotzdem ist sie gefährlich.«

Carver überlegte, ob er sie darauf hinweisen sollte, daß ursprünglich sie diejenige gewesen war, die Dark Glades nicht hatte verlassen wollen. Er entschied sich, es bleiben zu lassen. Sie hatten die mörderische Sturheit der Brainards beide unterschätzt.

Insekten surrten und quietschten. Carver wedelte etwas weg, das sich wie eine Motte anfühlte und ihm ins Gesicht geflattert war. Er bließ stehen und starrte in die Dunkelheit. Der Sumpf umgab sie, ein dunkles, unbekanntes Terrain der Phantasie; Geburtsort der Alpträume.

Ihm war heiß, und sein Körper war mit einem öligen Schweißfilm überzogen. Urplötzlich fiel es ihm schwer, die feuchte Luft einzuatmen, er wollte nur noch abhauen.

Schnell schloß er die Tür zu seinem Zimmer auf. Öffnete sie und hinkte hinein. Machte das Licht an und stützte sich schwer auf seinen Stock, während Beth ihm folgte. Er zog die Tür zu und schloß sorgfältig ab, schob den Riegel vor und hängte die Kette ein. Das Klicken beruhigte ihn, obwohl er wußte, daß Junior Brainard die Tür mit einem einzigen Tritt aus den Angeln reißen konnte. Die Schlösser und die vier Wände hielten den Sumpf auf Distanz; die Alpträume waren ausgesperrt.

Ihre reisefertig gepackten Koffer standen noch auf dem Boden, wo sie sie gelassen hatten, nachdem Carver die zerstochenen Reifen des Olds entdeckt hatte. Das Gepäck hatte etwas Beunruhigendes an sich. Alles war fertig, und dennoch konnten sie nicht weg.

Beth sagte: »Ich muß an meinen Koffer. Ich brauch' Zahncreme, Nagellackentferner und so was.«

Plötzlich versteifte sich ihr Körper, und sie starrte auf ihren Gucci-Koffer.

Carver umfaßte seinen Stock fester. »Was ist?«

»Ein Rocksaum ist im Reißverschluß eingeklemmt. Ich hab' das Gefühl, daß jemand meinen Koffer durchsucht hat.«

Carver und Beth gingen auf den Koffer zu. Beth beugte sich gerade darüber, als die Verbindungstür zwischen den beiden Zimmern aufging.

Junior kam herein, er hielt ein Schnellfeuergewehr. B. J. folgte ihm; mit Beths halbautomatischer Uzi zielte er auf Carver.

Junior grinste wie ein Schuljunge, der gleich einer Fliege die Flügel ausreißen wird. »Ich wette, ich weiß, was ihr sucht.«

B. J.s schmales Gesicht sah aus wie gegerbtes Leder. Er sagte: »Wir haben die gefunden« – er bewegte die Uzi ein wenig –, »aber wir haben Ihren Colt nirgends entdecken können, Carver. Seien Sie doch so freundlich, und holen Sie ihn unter Ihrem Hemd, oder wo immer er steckt, heraus und legen Sie ihn aufs Bett.«

Carver rührte sich nicht. Beth hatte sich neben ihm wieder aufgerichtet. Er konnte ihren schnellen Atem hören.

B. J. sagte: »Ich drücke ab, und Ihr Herz sieht aus wie 'n Hamburger. Und die Niggerfotze ist als nächste dran, bloß langsamer.«

Junior sagte: »Viel langsamer.«

Carver hob sein lose herunterhängendes Hemd. Faßte den Colt vorsichtig zwischen Daumen und Zeigefinger, zog ihn aus seinem Hosenbund und legte ihn aufs Bett. Junior schlenderte hin und nahm ihn an sich. Er untersuchte ihn flüchtig, aber interessiert, als wäre das ein neues Spielzeug, dann stopfte er ihn in seine Latzhose. Er trug kein Hemd, nur seinen verdreckten Overall; der betäubende Geruch seines Körpers erfüllte den Raum, als sei der ganze Sumpf hereingelaufen.

B. J. sagte: »Wir dachten, es wäre gar keine so schlechte

Idee, wenn wir einsteigen, bevor Ihr uns ausschließt. Wir ha'm das Badezimmerfenster bei der Tussi eingeschlagen, und schon waren wir drin. Wir ha'm 'ne Stunde auf euch gewartet.« Er spuckte auf den Boden. »Ihr wolltet die Zwischentür abschließen und verrammeln, stimmt's?«

»Ja.«

Junior sagte: »Das hätten wir nicht zugelassen. Ein Geräusch an der Tür, und wir hätten das Zimmer gestürmt wie ein verdammtes SWAT-Team.«

Carver sagte: »Wo Sie nun schon da sind, wie geht's weiter?«

»Zuerst«, sagte B. J., »schmeißt du mal deinen Stock auf das Bett wie die Kanone eben, und dann gehst du an die Wand und setzt dich dahin. Die Niggerfrau daneben.«

Carver gehorchte. Er legte den Stock auf das Bett, beugte sich dann vor und benutzte die Matratze als Stütze, um in die Zimmerecke zu gelangen.

»O nein«, sagte Junior. »Du sollst auf dem Boden kriechen, verfluchter Krüppel. Gleich am ersten Abend wußte ich, daß du vor unseren Füßen rumkriechen wirst.«

»Los«, sagte B. J. lakonisch. Carver hörte den Sicherheitshebel der Uzi klicken.

Er ließ sich auf den Boden sinken und kroch die letzten paar Schritte, zog sein steifes Bein hinter sich her. Setzte sich und lehnte den Rücken gegen die Wand. Beth starrte Junior wütend an, dann stolzierte sie zur Wand, als habe sie alles unter Kontrolle, und setzte sich neben Carver.

Junior ließ sein Gewicht auf den einzigen Stuhl donnern, der hilflos quietschte. B. J. setzte sich auf die Ecke des Bettes. Sie beide starrten Carver und Beth auf eine Art an, die Carver gar nicht behagte. Er wußte, daß sie für die Brainard-Brüder keine Menschen mehr waren; sie waren nur noch Business.

Sie würden auf eine Art und Weise beseitigt werden, die den Brainards Freude bereitete, aber sie waren immer noch Business. Gnade gab es in diesem Geschäft nicht.

Die nächtlichen Insekten brummten immer lauter. Ochsenfrösche quakten hinter dem Motel. B. J. sagte: »Wir warten hier, bis es dunkel ist.«

»Und dann?« fragte Beth. Carver hörte, wie sie schluckte. Sie verschränkte ihre Finger und bog sie gerade. Konnte ihre Angst nicht verbergen.

Juniors Phantasie raste davon. Er grunzte wie ein fickendes Schwein.

B. J. grinste Beth an und beschrieb einen kleinen Kreis mit der bösartigen Mündung der Uzi.

Er sagte: »Ja, was dann?«

30

Um Mitternacht ließen B. J. und Junior Carver und Beth vor ihren Kanonen nach draußen gehen. Das Motel war vollkommen unbeleuchtet, das Straßenschild mit dem Neonumriß einer spanischen Burg glimmte einsam in der Dunkelheit. Carver hatte seinen Stock zurückbekommen. Er war sicher, daß niemand sie sehen konnte, als sie über den kiesbestreuten Parkplatz und die Straße ins Sumpfgebiet gingen.

Sie bogen in eine schmale, ungepflegte Nebenstraße ein. Carvers Schwierigkeiten mit dem Stock hielten sie auf, zudem schützte er eine weitaus größere Unsicherheit vor, um Zeit zum Nachdenken zu gewinnen. Der Sumpf umgab sie: schwarzes Stöhnen in der Dunkelheit. Flügel und Fänge und Klauen. Manchmal hörte Carver es platschen und fragte sich, welches Tier wohl dieses Geräusch machte. Er schwitzte vor Hitze und Angst. Sein Hemd klebte auf der Haut, Insekten umflatterten ihn und bissen oder stachen ihn hin und wieder in die Arme. Beth ging leichtfüßig neben ihm. Sie hatte ihre Finger wie selbstverständlich in seinen Gürtel gehakt, als wollte sie ihn halten, wenn er stürzte. Er konnte B. J. und Junior hinter ihnen herstapfen hören. Ab und zu sagte Junior: »Weiter, los. Weiter.« Ein pervers tröstlich anmutender Refrain.

Plötzlich sagte B. J.: »Halt. Wir sehen uns um, bevor wir weitergehen.«

Eine Gewehrmündung knallte auf Carvers Rückgrat. Schmerz!

Er stützte sich schwer auf seinen Stock und atmete besonders schnell, als wäre er von dem Marsch über unebenen Boden vollkommen erschöpft. Seine täglichen Schwimmübungen im Meer hatten ihm eine ausgesprochen gute Kondition verschafft; er konnte das hier problemlos wegstecken. Notfalls auch mehr. Er sah nach oben. Keine Sterne. Beth und er sahen sich mit ausdruckslosen Mienen an, die jegliche Panik verbargen. Sie standen mitten im Sumpf zwischen dichtem Buschwerk.

»Hier rüber«, schnauzte B. J. Er schubste Carver auf einen schwarzen Schatten neben der Straße zu. Der Blazer mit den Riesenreifen.

Carver und Beth saßen hinten auf dem mit Gummi ausgelegten Boden, Junior ließ die Uzi auf sie gerichtet. B. J. fuhr.

Das Innere des Blazers roch nach Öl und vergammeltem Fisch. Werkzeuge oder Angelausrüstung schepperten in einer verschlossenen Stahlkiste herum, die hinter den Sitzen auf den Wagenboden genietet war. Dunkelheit drückte gegen die Fenster. Es gab keine Möglichkeit, die Fahrtrichtung festzustellen. Der rumpelnde Truck bog mehrmals scharf ab. Ein Fenster war offen, aber es ließ nur die drückende Wärme des Sumpfgebietes herein, zusammen mit einer Menge Mücken und etlichen großen Käfern, die wie wahnsinnig im Führerhaus des Trucks kreisten und schließlich auf den Boden fielen und sich zu Tode surrten.

Nach ungefähr einer Viertelstunde bremste B. J. den Blazer urplötzlich ab. Der abrupte Stopp ließ Beths Kopf gegen ein Seitenfenster schlagen. Sie gab keinen Laut von sich, verzog nicht einmal das Gesicht.

Junior grinste im Schatten hinter dem schwarzen Auge der Uzi. »Wir sind zu Haus'.«

B. J. stieg zuerst aus, er stand hinter dem Blazer, als Carver und Beth hinten herunterstiegen. Beth half Carver, bis er auf dem Erdboden mit Hilfe seines Krückstocks wieder festen Halt gefunden hatte. Einen Moment lang war ihr Mund direkt neben seinem Ohr, und er dachte, sie wolle ihm etwas zuflüstern, aber sie sagte nichts.

Sie befanden sich auf einer Lichtung, die der Mond in blasses Licht tauchte; umgeben von Seegras und geduckten Zypressen. Es gab eine klapprige Hütte mit flachem Dach und einer vollkommen verrotteten Eingangstür. Ein uralter, riesengroßer Cadillac stand davor. Linker Hand waren Zaunpfosten mit Stacheldraht zu erkennen. Die Pfosten ragten schief aus dem Boden, wie gebrochene Finger, aber der Draht war straff gespannt und glänzte messerscharf im Mondlicht. Hinter dem Zaun waren ein paar Tiere zu sehen. Ziegen, dachte Carver sofort, obwohl er im Mondlicht nur vage Schatten ausmachen konnte.

Er wußte, daß sie jetzt weit weg von jedwedem zivilisierten Leben waren. Beth schien das auch zu ahnen. Sie zitterte in der brühwarmen Sumpfluft.

Junior hielt immer noch die Uzi. Grinste immer noch. Seine kleinen Schweineaugen sahen im Mondlicht aus wie glitzernde Diamanten. »Wißt ihr, wozu wir die Ziegen ha'm?« fragte er.

Carver sagte: »Vermutlich nicht, um den Rasen kurz zu halten.«

»Wette gewonnen«, sagte B. J. Er bewegte die Mündung des Gewehrs langsam zwischen Carver und Beth hin und her. Er konnte sie jederzeit genau auf einen von ihnen richten und losknallen. Carver dachte, er könnte vielleicht nahe genug an ihn herankommen, um ihn mit dem Stock zu erwischen und ihm vielleicht sogar die Waffe aus der Hand zu schlagen. Aber da war auch noch Junior mit der Uzi. Die Brainards hatten es drauf. Das hier war ihr Spiel.

Junior sagte: »Wir holen uns eine Ziege und binden sie nachts an 'nem Pflock in der Nähe fest. Die Alligatoren hören sie meckern und kommen aus dem Sumpf, weil sie denken, jetzt gibt's Essen. Und während der Alli frißt, brennen B. J. und ich ihm was auf den Pelz. Da kriegen wir genug Allis für 'nen ganzen Anzug zuammen.« Er spielte mit seiner Zunge vor seinen Zähnen herum, einen Augenblick sah es aus, als kaue er Tabak. Er spuckte aus. »Allis abknallen ist verboten, aber es lohnt sich«, ergänzte er, ganz so, als wolle er seine Wilderei rechtfertigen.

»Ganz abgesehen von dem Spaß«, sagte B. J.

Junior sagte: »Heute nacht wird's bestimmt besonders gut.«

Carvers gutes Bein schien sich in Gummi zu verwandeln. Er stützte sich schwer auf seinen Stock. Beth kam näher zu ihm, ihre Hüfte berührte seine. Sie hatte die Richtung, in die die Rache der Brainards sich zu bewegen schien, erfaßt. Er spürte, wie sie zitterte.

Sie sagte: »Ihr miesen Säcke!«

Junior kicherte, es klang, als kitzelte jemand ein Schwein.

B. J. sagte: »Spar dir den Atem für die Allis, Nigger.« Er machte eine kurze Bewegung mit dem Gewehr. »Ihr beide geht jetzt vor uns her, Richtung Sumpf, bis ich halt sage.« Beth ging langsam, während Carver neben ihr her humpelte, über einen schmalen Pfad. Zweige schlugen ihm ins Gesicht. Etwas, das sich anfühlte wie ein Spinnennetz, sank auf seinen Nacken. Er wischte es weg. Ganz kurz berührten seine Finger ein großes Insekt; dann setzten sich Flügel in Bewegung, und etwas schwirrte in die Dunkelheit. Ein Käfer wie die im Blazer? »Weiter, weiter«, murmelte Junior. Carver setzte seinen Stock sorgfältig auf. Der Boden wurde weicher, matschiger. Carver konnte hören, wie sich an beiden Seiten des Pfades irgendwelche Dinge im Wasser bewegten. Der Sumpf schwappte über das Seegras und die freigelegten Wurzeln großgewachsener Zypressen, die sich grotesk durch die Dunkelheit wanden. Einer der Brüder schubste Carver vorwärts, als er innehielt, um eine trockene Stelle für seinen Stock zu finden. Carver stürzte beinahe. Er fing sich nur, indem er seinen Stock in den weichen Boden stemmte. Mit einem saugenden Geräusch zog er ihn aus dem Matsch heraus. Beth wiederholte: »Säcke!«

B. J. zog eine Taschenlampe aus dem Gürtel unter seinem Hemd hervor. Er machte sie an, leuchtete nach rechts und links. Der Lichtstrahl sah aus wie eine helle Lanze, die auf einen dunklen Schatten traf und weiterwanderte. Schwärze und dichtes Gebüsch umgaben sie. Carver war sich ganz sicher, daß der gelbe Lichtstrahl für einen Moment von geheimnisvollen Augen reflektiert wurde. Beth hatte sie nicht gesehen; sie war damit beschäftigt, Carver zu helfen, auf dem schmalen, sumpfigen Pfad voranzukommen.

»Hier gibt's Treibsand«, sagte Junior und kicherte wieder. Ihm gefiel diese Veranstaltung ausgesprochen gut.

Sie gingen auf das Zentrum der Dunkelheit zu.

Nach ungefähr einer halben Stunde erreichten sie die nächste Lichtung. Diese war kleiner. Ein großer, verwachsener Baum stand in der Mitte. Das Gras um den Stamm herum war flachgetreten. Das Licht der Taschenlampe geisterte über einen dicken Strick, der um den Baumstamm geknotet war.

B. J. sagte: »Wir sind da, Leute.«

Junior ging um sie herum und stellte sich seitlich vor Carver. Er zielte mit der Uzi auf dessen Eier und sagte: »Wenn du dich rührst, schieß' ich dich in zwei Hälften. Futter für unsere Freunde.«

B. J. setzte eine Hand in die Mitte von Beths Rücken und schubste sie auf den Baum zu. Schubste sie noch einmal, als sie taumelnd versuchte, wieder ins Gleichgewicht zu kommen. Sie fiel auf die Knie, sah hoch und spuckte ihn an. Er knallte ihr den Gewehrlauf über den Schädel. Ein paar Tropfen Blut, schwarz im diffusen Licht, liefen über ihre Wange. Er drückte ihr den Lauf ins Kreuz, zwang sie, sich flach auf den Bauch ins Gras zu legen. Carver entdeckte einen blanken weißen Knochen neben ihrer Schulter. Hilflose Wut durchströmte seinen Körper, als er in Juniors fettes, grinsendes Gesicht starrte.

B. J. spreizte die Beine, streckte einen Arm aus und wikkelte ungefähr eineinhalb Meter von dem Seil ab, das an den Baum geknotet war. Er beugte sich herunter, drückte sein Knie auf Beths schmalen Rücken und fesselte geschickt ihre Handgelenke hinter ihrem Rücken zusammen. Es sah aus wie beim Rodeo; er brauchte weniger als dreißig Sekunden.

B. J. stand auf, das Gewehr zeigte auf den Boden, als er Beth ansah. Er lächelte verträumt im Mondlicht und sagte: »Die verschwindet nicht. Nie mehr.«

Beth setzte sich auf und zuckte verzweifelt. Riß an dem Seil und schien zu begreifen, daß sie nicht fliehen konnte. Sie konnte ihre Arme nicht freibekommen. Ihr Körper wand sich, sie rutschte im Kreis um den Baum herum, um das Seil abzuwickeln, aber es war verknotet und hatte nur fünfzig Zentimeter Spiel, so daß sie sich nicht einmal aufrichten konnte.

B. J. machte einen Schritt auf sie zu und schlug ihr ins Gesicht. Dann faßte er an den Kragen ihrer Bluse und riß sie halbwegs herunter. Der Stoff machte ein Geräusch wie ein heiseres Pfeifen.

Carver trat einen Schritt auf ihn zu. Junior hob die Uzi, er sah aus, als würde er sie gern einmal ausprobieren. »Bleib stehen, verdammter Krüppel. Du kannst zugucken, das willst du doch.«

Carver sog die Luft ein. Das war alles, was er tun konnte, um nicht mit dem Stock um sich zu schlagen und sich auf Junior zu werfen, um ihm die Uzi wegzunehmen und sie auf B. J. zu richten. Aber Junior hielt zuviel Abstand. Die Drogendealerei oder vielleicht auch das Militär hatten ihn gelehrt, jemanden mit Hilfe einer Kanone unter Kontrolle zu halten. Carver konnte seinen Blick nicht von dem abwenden, was unter den Ästen des schiefen Baumes vor sich ging.

Beth trat verzweifelt nach dem lachenden B. J. Er schnappte sich eins ihrer Beine und riß es hoch, so daß sie auf den Rücken fiel, auf ihre zusammengebundenen Handgelenke. Er öffnete den Reißverschluß ihrer Jeans und zog sie bis auf die Knöchel herunter, damit sie nicht mehr nach ihm treten konnte. Dann zerriß er ihren Bikinislip, betrachtete ihn nachdenklich und stopfte ihn in die Tasche. Zerfetzte den Rest ihrer Bluse bis auf ein paar Überreste und öffnete ihren BH mit überraschender Behutsamkeit. Dann zerrte er ihr die

Jeans von den Füßen, ihre verdreckten Schuhe flogen durch die Luft, und er trat einen Schritt zurück, als wolle er sein Werk bewundern.

Junior rieb sich mit der freien Hand über seinen Schwanz. Atemlos sagte er: »Das wird ein echter Spaß.«

B. J. starrte Beth keuchend an und sagte: »Jetzt biste gar nicht mehr so 'ne harte Frau, Niggerfotze.«

Beth sagte: »Verfick dich, blöder Sumpfkopf!«

B. J. schüttelte den Kopf. »Meine Güte. Weißt du, verdammt noch mal, nicht, was jetzt passieren wird?«

Beth schwieg. Sie hatte die Knie hochgezogen, sie verdeckten einen Teil ihrer Brüste. Das Mondlicht spielte über ihren schlanken, elastischen Körper und ließ sie genauso verwundbar wirken, wie sie war. Ihre lackierten Zehennägel krallten sich in den feuchten Sand. Sie starrte Carver an, irgendeine innere Instanz hielt den Horror, den ihre Augen ahnen ließen, unter Kontrolle.

Junior ging an Carver vorbei und winkte mit der Uzi. »Da rüber«, sagte er, während B. J. über die Lichtung zu ihm geschlendert kam.

Carver humpelte einen schmalen Trampelpfad entlang, bis Junior sagte: »Genug. Jetzt nach rechts, zu dem Baum da. Quetsch dich zwischen die Wurzeln.«

Wasser schwappte in Carvers Schuhe. Er hörte den sumpfigen Boden unter seinen Sohlen schmatzen. Sein Stock fand kaum mehr Halt und war so gut wie nutzlos.

Endlich stand er mitten in einem Gewirr aus Zypressenwurzeln, als wäre er in einem grotesken Käfig gefangen.

Junior quetschte sich hinter ihm her. Carver konnte seinen warmen Atem spüren, er roch sauer. Junior hatte kürzlich Zwiebeln gegessen und Bier getrunken. B. J. hielt jetzt die Uzi. Er setzte sich auf eine horizontal herausragende Wurzel.

Carver konnte sich kaum bewegen; Junior drückte sich von hinten an ihn und ein hartes Holzstück bohrte sich in seinen Magen.

B. J. und Junior hatten hier schon viele Stunden verbracht, sie schätzten die Stelle als exzellenten Aussichtspunkt. Durch das Gewirr dicker Zypressenwurzeln konnten sie durch die Dunkelheit Beth sehen, die zusammengekrümmt unter dem Baum saß, die Schultern hochgezogen, die Hände hinter dem Rücken gefesselt. Sie bewegte sich nicht, ihr Kopf hing vornüber, als hätte das Geschehen endlich ihr Gehirn erreicht und sie gnädig in Schock versetzt.

Carver hörte, wie sich Junior die Lippen leckte. Fühlte Haß und Übelkeit, wie er sie sich noch niemals hatte vorstellen können.

B. J., ebenso erwartungsvoll wie Junior, hielt sich mit der Uzi in sicherer Entfernung. Schlagschatten ließen sein knochiges Gesicht wie einen Totenkopf erscheinen. Er keuchte immer noch von seinem Kampf mit Beths Kleidung, preßte einen Daumen seitlich gegen seine Nase, schneuzte und schleuderte den Rotz in die Dunkelheit. Wischte sich die Hände an der Hose ab und sah in Beths Richtung. Blickte Carver an.

Er sagte: »So, jetzt warten wir. Und bald kommen sie.«

31

Etwas Langes, Nasses, Glänzendes kam auf die Lichtung. Zuerst eine abgeflachte Schnauze, dann ein paar Glupschaugen, schließlich der ganze Körper eines Alligators. Er machte kein Geräusch, als er aus dem hohen Seegras glitt und sich erst einmal niederließ, um Beth zu betrachten, die ihn noch gar nicht bemerkt hatte.

»Die Fotze schreit ja noch nicht mal«, beschwerte sich Junior leise.

B. J. sagte: »Sie wird schon noch schreien, da bin ich ganz sicher. Der Alli muß uns die ganze Zeit zugeguckt haben.«

»Ist 'n großer«, sagte Junior und bewunderte den Alligator. »Bestimmt über drei Meter lang.«

Es platschte leise, und ein zweiter, wesentlich kleinerer Alligator watschelte auf die Lichtung. Der Mond glänzte auf seinem rauhen, nassen Panzer. Er bleckte seine scharfen Zähne, ein gräßliches, weißes Grinsen im Dämmerlicht.

Beth mußte das Plätschern gehört haben. Sie hob ihren Kopf und entdeckte den kleinen Alligator, der nicht mehr als neunzig Zentimeter lang war. Ihr Körper wurde steif, und mit beiden Beinen schob sie sich rückwärts bis an den Baumstamm heran. Sie zerrte noch einmal an dem Seil, um ihre Hände frei zu bekommen, dann saß sie da und starrte den kleinen Alligator an. Er starrte zurück.

Carver flüsterte: »Um Gottes willen, ihr könnt das nicht zulassen!«

Junior fragte: »Was ist denn das? Bettelst du, harter Mann?«

»Nenn es meinetwegen so«, antwortete Carver, »aber laß sie so nicht sterben. Bitte!«

»Das wird ein Riesenspaß«, sagte Junior.

»Haltet die Klappe. Beide!« fauchte B. J.

Der größere Alligator schien den kleineren zu bemerken. Er erhob sich plötzlich auf überraschend langen, krummen Beinchen und zischte laut. Beths Kopf schoß herum. Sie sah das riesige Tier und riß die Augen auf. Ihr Mund blieb offen stehen. Sie versuchte zu schreien; Carver konnte sehen, wie sich ihr Adamsapfel bewegte. Aber sie brachte keinen Ton heraus. Der große Alli zischte noch einmal und bewegte seinen Schwanz.

Beth riß an dem Seil.

Ermutigt durch ihre verzweifelten Zuckungen, begann der große Alligator, in seinem abartigen Echsengang auf sie zuzuwatscheln. Er schien sich langsam zu bewegen, legte aber in Wirklichkeit ein ganz schönes Tempo vor.

Junior drückte Carver das Gewehr an den Schädelansatz. »Keinen Laut, Mann, sonst –«

Sein Körper zuckte. Er sagte: »Was, zum Teufel...?« und begann, sich hin und her zu winden. Die Gewehrmündung verschwand irgendwo, wie eine verwirrte Kompaßnadel.

Carver hatte einen Schuß gehört. Er drehte sich um und sah in Juniors glasige Augen; er spürte etwas Warmes, Feuchtes an seinem Rücken. Er wußte, daß es Blut war, er erkannte den metallisch-stechenden Geruch.

B. J. zischte: »Was ist los, verdammt?« Er sprang von seiner Wurzel. Carver sah, daß der große Alligator nach dem Schuß wie versteinert dastand.

B. J. entdeckte Junior, der in sich zusammengesackt war. Er starrte ihn ungläubig an, richtete seinen Blick dann auf Carver. »Du Dreckschwein!« schrie er und fletschte seine Zähne wie ein Alligator. Offensichtlich dachte er, Carver hätte Junior das Gewehr abnehmen können und ihn erschossen. Er zielte mit der Uzi auf Carver.

Carver schrie: »Ein Alligator!«

B. J. glaubte ihm nicht, aber warf sicherheitshalber einen Blick über die Schulter.

Ein zweiter Schuß kam aus der Dunkelheit des Sumpfes.

B. J. drehte sich einmal um sich selbst und trampelte auf die Lichtung.

Ein dritter Schuß, der wie ein halbherziges Klatschen von der Dunkelheit verschluckt wurde. Carver sah, wie B. J.s Kopf zur Seite und nach hinten gerissen wurde, als wollte er sich die Haare aus der Stirn schleudern. Die Uzi donnerte ein halbes Dutzend Kugeln in den Boden.

Carver griff nach dem Gewehr und stemmte sich unter Juniors kapitalem Wanst hervor. Junior, der jetzt aufrecht zwischen den Wurzeln saß, schien ihn in dem gelblichen Mondschein begeistert zu beobachten.

Carver richtete das Gewehr auf B. J., aber der schlaksige Sumpfbewohner hatte seinen fetten Bruder nur um ein paar Sekunden überlebt. Er lag auf dem Rücken, Arme und Beine seitlich gespreizt, als wäre er von irgendwo hoch oben heruntergefallen.

Das Stakkato der Uzi mußte die Alligatoren in den Sumpf gescheucht haben. Die Lichtung war leer, abgesehen von Beth, die Carver benommen anstarrte, ohne etwas zu verstehen. Das Weiße ihrer Augen schien die winzigen Pupillen beinahe zu überdecken. Ihr leerer Blick ließ einen Horror ahnen, der Carver beinahe das Herz zerriß.

Er humpelte zu ihr und zerrte mit den Fingernägeln an dem feuchten Seil, das eng um ihre Handgelenke geknotet war. Es gelang ihm, einen Knoten aufzuknüpfen. Noch einen.

»Paß auf«, sagte er zu ihr. »Kannst du mich hören? Wir müssen hier verschwinden! Hast du verstanden?«

Er bildete sich ein, daß sie nickte, war aber nicht sicher. Er bearbeitete mit schmerzenden, steifen Fingern weiterhin die Knoten.

Er hörte niemanden kommen.

»Ich übernehme das, Carver«, sagte jemand.

Er kannte die Stimme.

Roberto Gomez.

Carver nahm seinen Stock und drehte sich um, entdeckte Gomez und Hirsh. Gomez trug eine khakifarbene Hose, einen schwarzen oder dunkelgrünen Rollkragenpullover und Gummistiefel, die sich eng an seine hineingesteckten Hosenbeine schmiegten. Hirsh trug seinen dunklen Anzug samt Weste, und etwas, das wie ein Paar Cowboystiefel aussah. Der goldene Bogen seiner Uhrkette schimmerte auf seinem Bauch. Gomez hielt eine Uzi, genau wie die auf dem Boden neben B. J.; Hirsh trug einen riesigen, dunklen Revolver.

Hirsh sagte: »Schmeißen Sie das Gewehr auf die Lichtung, und gehen Sie zur Seite, Carver.«

Carver hatte gar nicht bemerkt, daß das Gewehr, das er aus Junior toten Händen gewunden hatte, neben seinem ausgestreckten steifen Bein lag. Er nahm es und schleuderte es zu B. J.s Leiche. Dann stand er langsam auf und humpelte über den weichen Grund auf Gomez und Hirsh zu.

Hirsh sagte: »Stehenbleiben.«

Carver blieb stehen und verlagerte sein Gewicht auf den Krückstock.

Gomez ging zu Beth, die das Seil jetzt so weit gelockert hatte, daß ihre Hände frei waren. Sie rieb sich die Handgelenke, sah nicht hoch zu Gomez.

Er beugte sich hinunter und packte eine Handvoll ihrer Haare, riß ihren Kopf nach hinten, so daß sie ihn ansehen mußte. Nachdem er irgend etwas auf Spanisch zu ihr gesagt hatte, spuckte er ihr ins Gesicht.

Sie ließ ihren Kopf wieder sinken und saß einfach da. Zitterte.

Gomez beugte sich hinunter und nahm das lose Ende des Seils in die Hand. Er sah Hirsh an und sagte: »Diese Idee mit den Alligatoren kann man wirklich kaum noch verbessern.«

Hirsh sagte: »Das nehme ich an. Aber wie wäre es mit der Baustelle?«

Gomez sagte zu Carver: »Er meint eine Stelle, wo die Highway-Bauherren morgen den Beton für ein neues Stück Straße ausgießen werden. Das wird Ihr Grab werden, Carver, und das von Beth. Sie beide werden einen langen, flachen Grabstein mit einer gelben Linie drauf haben.«

Hirsh sagte: »Ich habe den Eindruck, er weiß das nicht so recht zu schätzen, Mr. Gomez.«

»Ist das wichtig?«

Hirsh sah Carver mit traurigen Augen an. »Nicht wichtiger als ein Mückenarsch.«

»Wir können sie hier erledigen«, sagte Gomez. »Dann stopfen wir sie in den Kofferraum und fahren sie zur Baustelle. Haben wir Plastikbeutel?«

»Natürlich«, antwortete Hirsh.

»Dann kriegen die Allis einen Imbiß, und wir beseitigen die Reste.« Gomez lächelte Carver an. »Was ist, Mann? Fällt Ihnen was Besseres ein, um diese Fotze um die Ecke zu bringen?«

»Wenn Ihnen nichts Besseres einfällt«, sagte Carver, »warum haben Sie dann die Chose unterbrochen? Warum haben Sie sich nicht zurückgelehnt und zugeguckt?«

Gomez sah Carver genauer an. Er wirkte irritiert. Er blickte zu B. J., dann wieder auf Carver. »Moment. *Sie* haben diese Sumpfmänner nicht erledigt?«

Hirsh sagte: »Jesus!«

Der große Alligator war wieder da. Er stand am Rande der Lichtung, überraschend hoch reckte er sich auf seinen Beinen, um über das Seegras gucken zu können. Er ließ seine Zähne blitzen. Zischte. Er mochte es gar nicht, beim Essen gestört zu werden.

Hirsh konnte seinen Blick nicht von dem Alligator losreißen. Sein Mund stand offen, als wollte er ihn nachäffen.

Carver knallte seinen Stock mit aller Kraft auf Hirshs Handgelenk. Der Revolver fiel zu Boden. Hirsh hielt sich instinktiv das vermutlich gebrochene Gelenk, und Carver donnerte ihm den Stock gegen den Hals. Spürte und hörte Knorpel knacken.

Hirsh fiel auf den Rücken, zerrte an seinem zerquetschten Kehlkopf und zappelte mit den Beinen. Hechelte und keuchte.

Beth stöhnte. »Carver!«

Carver sah, wie Gomez die Mündung der Uzi auf ihn richtete. Er tastete nach Hirshs Revolver, konnte ihn aber nicht finden. Hirsh mußte darauf gestürzt sein. Gomez näherte sich ihm, die Uzi auf ihn gerichtet, sein Blick wanderte zwischen dem gurgelnden, zappelnden Hirsh und Carver hin und her.

Der große Alligator zischte noch einmal. Gomez winkte mit einer Hand abwehrend in die Richtung, aus der das Geräusch kam.

Das war Carvers Chance. Er warf seinen Stock nach Gomez und wollte sich auf ihn stürzen. Der Stock sauste wie ein Pfeil durch die Luft.

Gomez mußte es gespürt haben. Vielleicht hatte er auch das leise Geräusch gehört, mit dem der Stock die Luft durchschnitt.

Er duckte sich.

Der Stock streifte ihn an der Schulter und fiel hinter seinem Rücken zu Boden.

Er lächelte Carver an. »Zeit, daß du ein Teil vom Sumpf wirst.«

Sie hörten beide den Schuß. Warteten. Sahen sich um.

Plötzlich bemerkte Gomez, daß er getroffen worden war. Er griff sich an die Brust. Versuchte, die Uzi hochzureißen, aber es gelang ihm nicht. Er sagte: »Verdammt« und setzte sich hart auf den Boden. Fiel auf den Rücken und lag still.

Beth war aufgestanden, sie hielt sich mit beiden Händen an dem Baum fest. Starrte auf etwas hinter Carvers Rücken.

Carver drehte sich um, um zu sehen, was sie entdeckt hatte.

Er hörte ein rhythmisches Platschen.

Jemand stapfte durch den Sumpf.

McGregor kam durch den Matsch, er trug ein Jagdgewehr und grinste breit.

Der große Alligator sah ihn und krabbelte zurück ins Dunkel der Alpträume. Überließ die mondhelle Lichtung seinem bösartigeren Kollegen.

32

McGregor näherte sich Roberto Gomez mit schnellen, langen Schritten bis auf etwa drei Meter. Er zielte sorgfältig mit seinem Gewehr. Diesmal war der Knall ohrenbetäubend. Gomez' Körper zuckte, als die Kugel ihn traf. Tiere krabbelten durch die dunkle Welt des Sumpfes, aufgeschreckt durch den Schuß, dann wurde es still. Gomez abstehender rechter Arm zuckte, aber das war nur noch eine verzweifelte Reaktion der Nerven in einem sterbenden Körper. Wahrscheinlich war er schon tot gewesen, als McGregor das zweite Mal geschossen hatte.

Carver sah Beth an, die McGregor ungefähr genauso anstarrte wie vorhin den großen Alligator. McGregor warf ihr einen Blick zu. Er grinste immer noch.

Carver sagte: »Darf ich vorstellen: McGregor.«

Sie nickte, ganz so, als begrüße sie auf einer Stehparty jemanden, der ihr unsympathisch war. McGregor jagte manchen Leuten Angst ein. Spinnen taten das auch.

Sein Grinsen verzerrte sich lüstern, als sein Blick über Beths nackten Körper wanderte. Er sagte: »Also, darum geht's. Die Wurzel alles Bösen, abgesehen vom Geld.«

Carver kroch zu seinem Stock, nahm ihn, stand auf und hinkte zu Beth, die immer noch an dem Baumstamm lehnte. Er zog sie an sich. Ihr Körper war starr und steif. Dann atmete sie aus und schmiegte sich an ihn.

Aber nur für ein paar Sekunden. Dann schien ihr Körper wieder eigene Energie zu haben, und sie richtete sich auf. Sie schämte sich ihrer Nacktheit nicht, eine dunkle Eva in einem düsteren Eden. Sie betrachtete McGregor, als sei er die Schlange.

Er sagte: »Du könntest dich ja mal für dein Leben bei mir bedanken, blöde Zicke.«

Carver sagte: »Er hat die Brainards erschossen. Roberto und Hirsh dachten, *ich* wäre es gewesen. Ich dachte, *sie* wären es gewesen.«

»War alles ich«, sagte McGregor stolz. Er deutete mit dem Gewehr auf Hirshs reglosen Körper. »Ist das Arsch tot?«

»Tot«, bestätigte Carver. Er erinnerte sich an das Geräusch der Knorpel und an den zappelnden Hirsh, der nach Luft schnappte, die seine Lungen niemals erreichen konnte. Er wollte Hirshs Gesicht jetzt nicht sehen.

McGregor betrachtet erst Hirsh, dann Carver. »Für einen Ex-Bullen mit Krücke sind Sie echt gut drauf.«

Carver versuchte, sich auf etwas zu konzentrieren. »Wieso sind Sie hier?« fragte er. »Wie haben Sie uns gefunden?«

McGregor sagte: »Wie ich euch *gefunden* habe? Meine

Güte! Ich wußte von Anfang an, wo ihr seid. Ich bin Ihnen zu dem Haus von der Beame nachgefahren und hab' ihr Telefon angezapft. Bei Elizabeths erstem Anruf, wie es ihrem Sohn ginge, hab' ich gut zugehört. Hab' den Anruf in dieses gottverlassene Kaff zurückverfolgt. Ich hab' in eurem verdammten Motel gewohnt, Sie Schwachkopf. Hab' euch die ganze Zeit beobachtet.«

Carver begriff, was McGregor sich geleistet hatte. Was das bedeutete. Wut und Galle quetschten sich in seinen Hals. »Verflucht! Sie haben in Dark Glades gesessen und nur darauf gewartet, daß Gomez auftaucht.«

»Stimmt«, sagte McGregor, offensichtlich zufrieden mit sich und seinem Plan. »Sie sind ein echter Detektiv. Aber Sie kennen ja den Spruch von dem blinden Huhn und dem Korn. Als ihr zwei ohne das Baby abgehauen seid, habt ihr mir die Möglichkeit gegeben, Gomez zu mir *kommen* zu lassen, Arschgesicht. Ich mußte nur ein oder zwei Gerüchte in die Welt setzen und dann Sie und diese Torte da im Auge behalten.«

»Köder«, sagte Carver. »Sie haben herausgefunden, wo wir sind und dafür gesorgt, daß Gomez es auch rausfindet. Und dann haben Sie darauf gewartet, daß er auftaucht und uns umbringen will.«

»Köder?« fragte McGregor. »Ja, so könnte man das nennen. Aber vergessen Sie bitte nicht, daß diese beiden Sumpfkönige euch schon längst erledigt hätten, wenn ich nicht gewesen wäre. Ganz abgesehen von eurem Gomez-und-Hirsh-Problem. Ich hab' euch zweimal hintereinander das Leben gerettet, und Sie pupen hier rum, weil ich Sie den großen Fisch habe hierherlocken lassen? Toller Dank.« Er starrte Beth an. Seine rosa Zungenspitze stach lüstern zwischen seinen weit auseinanderstehenden Schneidezähnen hindurch.

»Das ist nicht ganz exakt der polizeilich vorgeschriebene Weg, wenn ich mich recht erinnere«, sagte Carver. »Polizisten sollten Bürger im Regelfall nicht als Köder verwenden und dann die Gangster hinterrücks abknallen, ohne ihnen 'ne Chance zu geben, sich zu stellen. Das könnte Sie Ihre Marke kosten.«

»Von zwei der bösen Buben wird niemand etwas erfahren«, sagte McGregor, der Beth immer noch gierig ansah. »Das wird meine Version und mein Verhalten wesentlich glaubwürdiger erscheinen lassen.«

Carver zog sein Hemd aus und reichte es Beth. Sie zog es über. Es bedeckte ihre Blößen und reichte bis zu ihren Knien. Sie zog am Saum, um noch ein wenig mehr nacktes Fleisch zu bedecken. McGregor schien enttäuscht zu sein.

Er sagte: »Ich wollte diese beiden schwachköpfigen Brüder in den Sumpf schmeißen, aber das ist vielleicht keine so gute Idee. Ich denke, wir sollten Gomez' Vorschlag aufgreifen und die beiden auf dieser Baustelle abladen. Ich weiß, wo die ist. Ich bin auf dem Hinweg dran vorbeigefahren.«

»Und was wird mit Gomez und Hirsh?« fragte Carver. Er war gespannt, wie McGregor die Vorgänge zu seinen Gunsten verdrehen wollte. Wie sehr er die Geschichte verändern wollte, damit sie ihn bis ins Bürgermeisteramt von Del Moray katapultierte, und vielleicht noch darüber hinaus. Moral, Dienst am Volk oder Mitgefühl würden dabei auf der Strecke bleiben. Politik und McGregor paßten gut zusammen, weil er groß dachte und klein handelte.

»Wir lassen Gomez und Hirsh hier liegen«, sagte McGregor. »Wir drei kariolen die toten Brüder zu der Baustelle und begraben sie. Werfen ein bißchen Dreck drauf, bevor sie morgen einbetoniert werden. Wir können sie in ihrem eigenen Tarnfarben-Truck transportieren. Dann kommen wir hierher zurück und holen meinen Wagen. Stellen den Truck neben die Hütte. Das sollte alles zusammen nur ein paar Stunden dauern. Wenn wir fertig sind, fahr' ich euch zum Motel zurück und rufe die Dorfpolizei und die DEA an. Gebe zu Protokoll, daß ich Roberto von Del Moray aus bis in diesen gottverdammten Sumpf gefolgt bin, weil ich Informationen über einen großen Drogendeal hatte. Sie bemerkten mich, und es gab eine Schießerei. Gomez wollte mich umlegen, aber ich habe beser geschossen.«

»Und als erster«, ergänzte Carver, »und aus dem Dunkeln.«

McGregor zuckte mit den Achseln. »Man wird annehmen, daß die Sumpfbrüder mit dem Deal zu tun hatten und abgehauen sind. Soweit ich weiß, wird das niemanden bedrükken.«

»Was wird, wenn die Alligatoren inzwischen Gomez und Hirsh auffressen?«

»Es gibt immer irgendwelche Überreste«, sagte McGregor, »und die Spurensicherer sind echt gut heutzutage.«

»Sie werden ein Held sein«, sagte Carver. Er mußte McGregors Unverfrorenheit bewundern, aber da gab es noch einen Risikofaktor. Zwei, genaugenommen. »Wieso glauben Sie, daß wir dabei mitmachen?«

McGregors laszives Grinsen breitete sich wieder aus. »Vergessen Sie nicht, Carver, daß Sie sich nicht sonderlich moralisch benommen haben bei dieser Geschichte. Sie sollten sich nicht die Grundlage Ihres Lebensunterhaltes entziehen. Und für die Dame hier kann ich ganz sicher eine Aussage unter Ausschluß der Öffentlichkeit ermöglichen. Sie wird so oder so durch die Mühlen des Gesetzes gedreht werden, aber auf diese Weise werden Gomez' Kollegen keinen Wind bekommen und ihr auch nicht die Kehle durchschneiden, oder?«

»Sie glauben wirklich, daß Sie das hinkriegen?«

»Ich *weiß*, daß ich es hinkriege. Sie verrät ein paar Handelspartner, und ich bin der Mann der Stunde.« Der Mond spiegelte sich in seinen blassen, schmalen Augen. »Alles andere wäre Selbstmord für sie.«

»Vielleicht«, sagte Carver. Eine Mücke landete auf seinem Handrücken. Er schnipste sie weg, allerdings erst, nachdem sie schon begonnen hatte, ihn auszusaugen.

»Und dann ist da noch das Kokain«, sagte McGregor.

»Kokain?«

»Ich habe ein bißchen Koks mitgebracht, und wenn wir uns nicht einig werden, muß ich wohl zu Protokoll geben, daß ich es in Ihrem Zimmer gefunden habe. Gomez' Frau hat Sie korrumpiert, so sieht's aus. Sie hat Ihnen einen Anteil vom großen Drogengeld versprochen, wenn Sie ihr helfen. Direkt neben einem heißen Drogenumschlagsplatz wie diesem werden Sie beide 'ne Menge Probleme mit dem Kokain kriegen.«

Carver betrachtete Beth, die McGregor ungläubig anstarrte.

»Er hat recht«, sagte Carver. »Und er würde das tun. Ich kenne ihn. Er würde es tun.«

Beth sagte: »Der ist noch mieser als die Kerle, die Roberto kennt. Kannte.«

McGregors Grinsen wurde breiter, als habe ihm gerade jemand ein Kompliment gemacht. »Also los«, sagte er, »wir holen jetzt die Plastikbeutel, von denen Roberto gesprochen hat, aus seinem Kofferraum. Seine Limousine steht neben der Hütte der Brainards. Wir wickeln die Brüder ein und bewerfen sie auf der Baustelle mit Dreck. Morgen nachmittag liegen sie in aller Seelenruhe unter einem Highway. Sie werden begraben, wie sie leben wollten – auf der Überholspur.«

McGregor faßte in Hirshs Hosentasche und zog den Wagenschlüssel hervor. Beth zog ihre Schuhe an, dann folgten sie und Carver McGregor zu der Hütte.

Die Limousine hatte nicht den ganzen unebenen Weg geschafft. Sie stand ein paar hundert Meter von der Hütte entfernt. Sie holten die Plastiksäcke aus dem riesigen Kofferraum, außerdem fanden sie noch ein paar nagelneue Schaufeln. Gomez und Hirsh waren auf alles vorbereitet gewesen, bloß nicht auf ihr eigenes Ende.

Mittlerweile schwitzten sie alle drei mächtig, sie trabten zur Lichtung zurück und standen um den toten B. J. herum. Carver sagte: »Der macht keine Probleme, aber Junior zum Blazer zu schleppen wird noch richtig anstrengend.«

»Zu dritt schaffen wir das«, sagte McGregor. »Kein Problem. Vor dem Morgengrauen liegen die zwei unter der Erde, und ich amüsiere mich hier mit einem Haufen DEA-Agenten und ein paar Polizisten aus der Gegend. Ihr beide seid wieder in euren Zimmern im Motel. Ich krieg' das hin. Warten Sie nur ab, Arschgesicht.«

Carver sagte: »Irgendwie hab' ich tatsächlich das Gefühl, es könnte klappen.«

»Dann falten Sie endlich diese Plastikscheiße auseinander. Sammeln Sie die Waffen ein, die verpacken wir zusammen mit den Leichen.« Er wandte sich an Beth. »Sie tragen mein Gewehr. Lassen Sie Gomez' und Hirshs Waffen liegen, klar?«

Beth sagte, sie habe verstanden. Sie starrte auf ihren toten Ehemann. Ihr Ausdruck war leer. Es war unmöglich, auch nur zu ahnen, was in ihr vorging. Ob sie erleichtert war.

McGregor sagte: »Vergessen Sie nicht, daß er Sie an die Alligatoren verfüttern wollte.«

Beth überraschte McGregor. Sie trat mit der Spitze ihres Schuhes gegen Gomez' Leiche und sagte: »Das wollte er wahrhaftig. Nicht nur heute nacht. Fahr zur Hölle, Roberto.«

McGregor sah sie beinahe bewundernd an.

Carver und McGregor tüteten die Leichen ein. Carver zog seinen Colt aus Juniors Gürtel und versenkte ihn an seinem eigenen Rücken im Hosenbund. Dann nahm er die Uzi, die die Brainards Beth weggenommen hatten, und wickelte sie zusammen mit B. J. ein.

B. J. machte keine Schwierigkeiten. McGregor warf sich die verpackte Leiche über die Schulter und trug sie wie ein Feuerwehrmann zum Truck, Carver und Beth dackelten hinterher.

McGregor entdeckte in einer klapprigen Werkzeughütte eine rostige Schubkarre, mit der sie Junior transportierten. Sie mußten über weichen Untergrund fahren, und Beth mußte sogar ein paarmal mit anpacken, wenn das schmale Rad eingesackt war.

Sie wuchteten die beiden Körper auf die Ladefläche des Blazer. Carver setzte sich zu ihnen und sah, wie McGregor den Kofferraum des blauen Plymouth öffnete, der im Motel gestanden hatte. Beth warf das Gewehr in den dunklen Kofferraum, und McGregor knallte eilig den Deckel zu. Vergewisserte sich, daß er abgeschlossen hatte.

McGregor fuhr den schwer beladenen Blazer mit eingeschaltetem Vierradantrieb durch den Sumpf auf den Highway. Er donnerte über Wurzeln und Löcher hinweg, als hätte er sein ganzes Leben hier verbracht. Wie so viele Egomanen konnte er sich den Gegebenheiten anpassen und entdeckte dabei noch verborgene Fähigkeiten an sich selbst.

In weniger als einer Stunde hatten sie die Baustelle erreicht, und kurz darauf lagen die Plastikmumien der Brainards in ihrem Riesengrab. Wolken waren aufgezogen. Die Nacht wirkte mittlerweile vollkommen schwarz, und nur die vorbeirasenden Scheinwerfer durchbrachen die Dunkelheit wie

Lichtblitze auf der Durchreise. Die grausige Arbeit wurde in aller Stille vollendet.

Als sie die letzte Schaufel Erde über die beiden Plastiksäcke gekippt hatten, trat McGregor zurück und legte eine Hand auf sein Herz. Neigte seinen Kopf nach vorn. Einen Moment lang dachte Carver, er wollte tatsächlich einige Worte der Trauer vorbringen. Statt dessen sagte McGregor: »Besser ihr als ich, Arschkekse.« Dann lachte er. »Fertig? Dann laßt uns abhauen.«

Carver war fertig.

Carver und Beth verbrachten den Rest der Nacht in Carvers Zimmer im *Casa Grande*. Sie konnten weit entfernt die Sirenen hören. McGregor hatte seinen Auftritt vor Chief Morgan und der DEA. Und vor der Presse. Die Geburt eines Helden.

Beth kuschelte sich an Carver. Sie hatten zusammen geduscht, sie roch nach parfümierter Seife und Shampoo.

Sie fragte: »Glaubst du, daß sie es McGregor abnehmen?«

Carver sagte: »Vertrau ihm einfach.«

Er schlief ein.

Am nächsten Morgen bei *Whiffy's* wurde über nichts anderes als die nächtlichen Abenteuer in der Nähe der Brainard-Hütte gesprochen. Daß ein Drogenbaron und seine rechte Hand bei einem Deal umgelegt worden waren und die Brainards davongekommen waren. Whiffy stand hinter dem Tresen. Er sah Carver und Beth kurz an und meinte, die Brainards würde man in Dark Glades wohl nicht so schnell wiedersehen. Ein paar Gäste stimmten ihm zu und sagten, das wäre ja auch sehr gut so.

Carver und Beth aßen friedlich ihre Eier mit Schinken und genossen die kühle Brise vom Deckenventilator.

Nachdem sie frischen Kaffee bekommen hatten, sah Beth Carver an und sagte: »Ich sollte es dir wohl sagen.«

Er sah es in ihren Augen, aber er verstand es nicht. Etwas Kaltes schien sich in seinem Inneren auszubreiten. Eine böse Vorahnung. »Mir was sagen?«

Sie atmete tief ein und hielt für ein paar Sekunden den Atem an, als wollte sie nicht anfangen zu reden. Dann sagte sie: »Adam ist gar nicht mein Sohn. Er ist Melanies Sohn.«

Carver konnte es nicht glauben. Er knallte seine Tasse so hart auf den Tisch, daß er beinahe die Untertasse zerbrach. Heißer Kaffee schwappte auf seinen Daumen. Er setzte sich aufrecht hin und starrte sie an.

Beth sagte: »Ich hab' mir Adam sozusagen ausgeliehen. Ich hab' Melanie gebeten, mir zu helfen.«

»Und dein eigener Sohn?«

»Er starb bei der Geburt. Nicht durch Drogen, sondern weil er eine Steißgeburt war und sich die Nabelschnur um seinen Hals gewickelt hatte. Er ist erstickt.«

»Wußte Roberto das?«

»Nein. Ich hab' die Story meiner Heroinsucht verbreitet, genau wie ich es dir gesagt habe. Ich hatte keine Ahnung, daß es ihn in ein Tier verwandeln würde, das nur noch nach Rache lechzt. Ich habe nicht im mindesten geahnt, daß er mich jagen würde, um mich zu töten.«

»Er war schon immer ein Tier, und er dachte, du hättest seinen Sohn getötet.«

Beth beugte ihren Kopf vor und begann leise zu weinen. »Verdammt, ich weiß nicht, vielleicht habe ich das ja auch *getan.* Vielleicht ist er gestorben als Strafe für mein Leben. Weil ich mich von jemandem wie Roberto schwängern ließ. Er liebte mich nicht, er hat mich nur aus rechtlichen Gründen geheiratet – ich hätte vor Gericht die Aussage verweigern können, wenn es je zu irgendeiner Verhandlung gekommen wäre. Es hat mir das Herz gebrochen, als unser Kind starb, aber es war meine Chance, auszusteigen. Du kannst jemanden wie Roberto nicht einfach verlassen; so eine Ehe ist dann zu Ende, wenn *er* es sagt. Ich hatte gehofft, mit dieser Heroingeschichte durchzukommen. Ich hatte gehofft, daß er denkt, ich sei sowieso bald tot. Daß es sich nicht mehr lohnt, nach mir zu suchen. Ich habe mich geirrt.«

Carver sagte: »Du hast dich geirrt! Mit allem.« Er wollte einen Schluck Kaffee trinken, aber seine Hände zitterten zu sehr. Er stellte die Tasse zurück auf die Untertasse, vorsichtig dieses Mal, lauschte dem Geräusch von Porzellan auf Porzellan. »Du hast mich geködert. Mit einer Lüge nach der anderen.«

»Hättest du mir sonst geholfen?« fragte sie ruhig und traurig.

»Nein«, gab er zu. Die Wahrheit fühlte sich an wie ein tiefer Schnitt. »Wenn es gar nicht dein Baby war, warum hast du dann Melanie aus dem Hotel angerufen?«

»Ich wollte, daß du mir glaubst, und ich wollte sichergehen, daß Roberto uns nicht verfolgt und Melanie erwischt hatte.«

»Mein Gott«, sagte Carver. »Du solltest zum Film gehen.«

Beth richtete sich auf. Sie rieb sich mit den Handballen die Augen, als wäre sie müde, dann sah sie Carver an wie eine zwanzig Jahre ältere Frau. »Ich habe getan, was ich mußte, um zu überleben. Kannst du das nicht verstehen?«

Er sagte: »Ich verstehe.«

»Dann kannst du mir verzeihen?«

»Nein«, sagte Carver, »es tut mir leid, aber das kann ich nicht.«

Er konnte sie auch nicht ansehen. Er legte eine Zehndollarnote für das Frühstück auf den Tisch und stand auf. Hinkte nach draußen. Sie ließ ihn gehen, ohne ein Wort zu sagen.

Sie brauchte ihn ja auch nicht mehr.

Während der Rückfahrt nach Del Moray hörte er im Olds Radionachrichten. McGregor verkaufte seine Story der DEA und den Journalisten. Carver hatte das niemals bezweifelt, aber er war dennoch beeindruckt. McGregors Arglist und sein Ego überfluteten und überzeugten jeden.

Carver hatte genug gehört. Er drehte das Radio aus und machte es sich in dem sonnenwarmen Vinylsitz bequem. Das Leinenverdeck hatte er geöffnet. Er drapierte die eine Hand lässig oben auf dem Lenkrad und genoß den Fahrtwind.

Als er an der Baustelle vorbeifuhr, sah er eine lange Reihe Betonmischer, deren Mischtrommeln sich langsam drehten. Sie fuhren nebeneinanderher und pusteten stinkigen Dieselgestank in die Luft. Gemeinsam gossen sie den Grabstein der Brainards.

33

Vor drei Monaten hatte sich Carver am Flughafen Orlando von Edwina verabschiedet. Er hatte dagestanden und beobachtet, wie die Maschine in Zweihundert-Meilen-pro-Stunde-Zeitlupe von der Startbahn abhob. Sie hinterließ eine dichte Wolke Abgase, und Carver wußte, daß er Edwina nie wiedersehen würde. Sie hatten sich geliebt, aber sie hatten sich voneinander verabschiedet, als ob sie Fremde wären.

Beth Gomez hatte ihre Aussage bei der DEA gemacht, und dementsprechend waren ungewöhnlich viele Drogenübergaben in Florida, Georgia und Lousiana aufgeflogen. Die Brainards ruhten unter einem Highway, der in Floridas endlosem Sommer weit länger als eine Generation halten würde. Irgendwann im nächsten Jahrhundert könnten ihre Knochen bei notwendigen Reparaturarbeiten entdeckt werden, aber dann konnte niemand mehr ahnen, wer sie waren, und es war dann auch egal. Ihr Leben, und das aller anderen Beteiligten, war dann nur noch ein winziger Baustein der Geschichte.

Carver arbeitete wieder in seinem Büro an der Magellan Avenue, er hatte ein paar Fälle übernommen. Eine Scheidung, zwei Industriespionagen. Nichts Aufregendes. Er fühlte sich durch diese Arbeit an seine Zeit bei der Polizei in Orlando erinnert. Meistens hielt er sich in seinem Strandhäuschen auf, beobachtete das endlose Meer, lauschte dem immerwährenden Rauschen und spürte die Ebbe seines Lebens. Er trank zuviel und rasierte sich zu selten.

Ab und zu kam Desoto vorbei, sie saßen dann herum und tranken Bier, und Desoto bemühte sich, ihn aus seiner Lethargie zu reißen. Desoto wußte, was Carver noch viel mehr belastete als die Trennung von Edwina.

Vielleicht hatte Desoto irgend etwas mit dem zu tun, was in der Dämmerung eines feuchtheißen Tages passierte. Carver lag auf dem Bett und starrte die Decke an. Er hörte, wie sich die Verandatür quietschend öffnete und wieder zufiel, aber er machte sich nicht die Mühe, seinen Kopf zu heben, um nachzusehen, wer gekommen war. Kaum jemand besuchte ihn. Wenn er hochblickte, würde er vielleicht Penner-Johnny sehen, der gern vorbeikam, um Carver von seinem Leben zu erzählen und ihm die Muscheln zu zeigen, die er gerade gesammelt hatte. Vielleicht würde er auch Desoto sehen.

Beths Stimme sagte: »Du siehst aus wie etwas, das eine Katze *rausschleppen* würde.«

Er drehte den Kopf und sah sie an. Sie trug ein blaßgelbes Kleid und weiße Schuhe, das Haar hatte sie zurückgebunden. Sie sah großartig aus. Etwas regte sich in seinem Inneren und sandte lange Fangarme durch seinen Kopf an Orte, die er sich bemüht hatte, zu vergessen.

Er sagte: »Ich hatte keinen Besuch erwartet«, und ärgerte sich darüber, daß seine Stimme beinahe brach. Daß er den Blick nicht von ihr wenden konnte.

Sie machte einige elegante Schritte bis in die Mitte des Zimmers – wie eine Königin, die durch den Dreck watete. Sie stand im sanften Abendlicht und sah mit einem Blick auf ihn herunter, den andere Leute alten Möbeln widmen, die man noch einmal aufarbeiten lassen könnte. Er konnte ihr Parfum riechen – bekannt, aufwirbelnd, es weckte Erinnerungen.

Sie sagte: »McGregor kandidiert nicht als Bürgermeister.«

»Das wundert mich nicht«, sagte Carver.

»Warum nicht?«

»Damals, im Sumpf, hab' ich dir ein Gewehr gegeben, damit du es in den Kofferraum legtest. Das war nicht McGregors Knarre, sondern die der Brainards. McGregors Gewehr liegt in einem Plastiksack zusammen mit den Brainards unter dem Highway.«

Beth stemmte die Hände in die Hüften und lächelte zu ihm hinunter, sie hatte verstanden. »Die Kugeln in den Brainard-Brüdern passen zu diesem Gewehr, das auf McGregor eingetragen ist – und mit dem Roberto erschossen wurde.«

»Genau«, sagte Carver. »McGregor weiß, wenn er als Bürgermeister kandidiert, sorge ich dafür, daß die Leichen exhumiert werden.«

»Würdest du dann nicht 'ne Menge Ärger kriegen? Du warst schließlich sein Komplize.«

»Klar, aber McGregor weiß nicht, ob ich's nicht trotzdem mache.«

»Würdest du?«

Carver antwortete nicht. Statt dessen sagte er: »Waren die letzten Monate hart für dich?«

»Manchmal. Aber besser als die Alternative. Was könnte man mehr verlangen?«

Er rollte den Kopf erneut über das verschwitzte Kissen und betrachtete die altbekannten Risse in der Decke. Eine Wespe krabbelte dort oben herum; er erinnerte sich, daß sie heute nachmittag andauernd gegen die Fensterscheibe geflogen war, auf der verzweifelten Suche nach Licht und Freiheit.

Beth seufzte und sagte: »Ich habe davon gehört, wie du dein Leben ruinierst. Wenn du nicht jetzt sofort aufstehen willst, ist das in Ordnung. Aber ich muß es wissen.«

»Oh? Was wissen?«

»Weswegen ich hergekommen bin. Ob ich bleiben oder verschwinden soll.«

Ohne sie anzusehen, sagte Carver: »Bitte bleib.«

Sie zog sich aus und kam zu ihm ins Bett. Die Federn quietschten laut. Sie schob ein langes, dunkles Bein über seine beiden, schlang einen Arm um ihn. Dann legte sie ihren Kopf auf seine Brust und weinte leise. Sie konnten beide spüren, was geschah, und es machte sie traurig und ängstlich und froh zugleich.

Seen wendeten sich.

Eine neue Saison begann.